L'INTRÉPIDE AMAZONE

DU MÊME AUTEUR

Aux éditions De Borée

Les Brûlots de paille, 2009
La Bonne École, 2010
La Vagabonde de Saint-Ours, 2011
Le Domaine des Rochettes, 2013
La Sauvageonne des Maures, 2015
La Rebouteuse, 2016
L'Heureuse Providence, 2019
La Berceuse de sang, 2020
La Panse-Bêtes, 2020
La Vengeance de Jean sans Dieu, 2021, prix du roman historique de Saint-Bonnet-le-Château 2007
Le Filon du hasard, 2021
La Caverne de vie, 2022
Des dentelles de charbon, 2022

Aux éditions du Mot passant

Le Retour au mas, 1999, prix des Automnales 2004
La Grimace du givre, 2000, prix Lucien-Gachon 2002
Le Sans-Gueule, 2001
Les Fachines, 2003
Les Sarments d'Hippocrate, 2003
La Cagnotte de Cyprien, 2004
Le Mécréant de Saint-Poutouzat, 2004
Les Jumeaux de Malatresque, 2004, prix Cabri d'Or 2004
L'Inconnu du Vaccarès, 2006
Les Fourches écarlates, 2010
Le Fada des garrigues, 2015
La Noire Tourmente, 2017
La Dévoilée, 2018
Retour de flammes à Montségur, 2020
Les Falaises d'Outretemps, 2020
Les Pierres maudites, 2020
Les Eaux troubles, 2021

Michel Lacombe

L'INTRÉPIDE AMAZONE

Roman

TERRES D'ÉCRITURE

de Borée

45, rue du Clos-Four – 63056 Clermont-Ferrand Cedex 2

Avant-propos

Ma toute première intention était de m'inspirer de la vie de Madeleine de Saint-Nectaire en la transposant en une région différente et en des lieux imaginaires. Je me suis alors aperçu que ses faits d'armes n'avaient jamais fait l'objet d'un roman, ce qui m'a incité à oublier cette première idée et à me tenir au plus près de la réalité. Je ne savais pas alors que je m'attaquais à un vaste défi ! Au fil de mes recherches, je me suis en effet rendu compte que les différents documents auxquels je pouvais avoir accès étaient souvent contradictoires. Ainsi, les généalogies ne coïncidaient pas, les dates divergeaient, les lieux et les événements relatés par plusieurs sources ne correspondaient pas... J'ai failli renoncer et me contenter d'une fiction libre de toute contrainte historique, mais j'ai préféré m'entêter malgré tous ces obstacles. Pour cela, j'ai été obligé de choisir parmi toutes ces imprécisions afin de dépeindre ce personnage d'une façon romanesque, mais sans trop dénaturer sa possible réalité. Ainsi, certains textes insistent sur sa vertu après son veuvage, alors que la légende prétend que son fantôme hante encore les lieux en repentance de ses innombrables amants ! La plupart des textes la disent veuve encore jeune en 1566, alors qu'un autre cite le testament de son mari des décennies plus tard. J'aurais pu imaginer pour ce couple une séparation volontaire après que mon héroïne se fut convertie au protestantisme, mais j'ai préféré me rallier à la majorité des témoignages d'époque. C'est pourquoi, sans preuve aucune, je le fais mourir de la peste... Certains ouvrages mélangent aussi noms et lignées, au point de confondre, par exemple, Gilles de Montal et François de Nozières... etc. À chaque page ou presque, j'ai été confronté à ce genre de problèmes qui demandaient souvent plus de vérifications finalement vaines que de moments d'écriture. Tout cela pour dire au lecteur que, si j'ai parfois été obligé de tordre un peu l'Histoire, je me suis efforcé de ne pas vraiment l'essorer !

Bonne lecture à tous.

1

Une aurore grise persistait, luttant désespérément contre les assauts d'un pâle soleil naissant. Dans la cheminée crépitaient encore quelques brandons rougeoyants mais, malgré le printemps, la température de la petite pièce restait fraîche, en ces régions de moyenne montagne. Le pays d'Auvergne savait se montrer rude en toute saison, tout autant que ses habitants ! Magdeleine, seule fille de l'illustre famille propriétaire des lieux, bénéficiait contrairement à ses trois frères aînés d'une chambre pour elle seule dans une partie de l'aile du château. Un nid qui restait douillet, même l'hiver, pour une enfant de son âge. Encore la fillette qu'elle était pouvait se targuer de dormir dans un lit-clos, l'un des tout premiers conçus dans la contrée et inspiré de la mode bretonne... Le grincement de la porte la tira des vapeurs du sommeil, et elle ne sursauta même pas lorsque Franchou lui intima de sa voix familière en ouvrant les portes du lit :

— Allons, debout, damoiselle... Il est temps de se lever !

Elle bâilla longuement : pourquoi lui était-il impossible de sortir de ses draps à l'heure qui lui convenait ? Mais comment en vouloir à Franchou qui, dès treize ou quatorze ans, avait été sa fille de compagnie et l'avait accompagnée tout au long de son encore courte vie. La petite lui vouait une affection sans faille, et bien plus qu'à sa propre mère qu'elle ne voyait que rarement... et pas tous les jours !

— Allez, la belle... Pas question de rester au lit ! D'abord, la prière, et ensuite debout. C'est dimanche, aujourd'hui.

Dimanche ! Magdeleine grimaça : elle détestait ce jour où la messe était de rigueur pour tous. Elle s'y ennuyait tellement, au fil d'un rituel immuable, à entendre le curé parler dans un langage incompréhensible ! Une véritable corvée...

Après une brève toilette, Franchou entreprit de lui brosser ses longs cheveux, une torture qu'elle n'appréciait guère.

— Mais arrête donc de bouger comme ça ! Tu seras la plus belle de toute l'assemblée...

Elle ne répondit que par une moue : qu'en avait-elle à faire, d'être la plus belle ? Elle préférait largement échapper aux murs du château pour jouer avec les garnements du village. Chose interdite, bien sûr, mais d'autant plus excitante !

— Descendons aux cuisines, maintenant. Il faut que tu manges un morceau... Ensuite, je t'aiderai à t'habiller comme il se doit !

— Pff... Je préfère mes habits de semaine !

— La semaine, c'est une chose, demoiselle Magdeleine. Et le dimanche en est une autre !

— Alors j'aimerais que les semaines soient sans dimanche !

Si descendre l'escalier à vis aux dalles froides restait désagréable à cause des courants d'air, la cuisine du rez-de-chaussée se révélait un havre de douceur. Une immense pièce où la cheminée occupait une place importante, et dans laquelle régnait Philibert, que chacun appelait Filou. Un homme à la carrure et à l'embonpoint impressionnants, mais doté d'une voix fluette de jeune fille :

— Ah ! Voilà donc notre petite demoiselle ? Va donc rejoindre tes frères à table !

Tandis que le cuisinier se retournait pour surveiller la vieille Mariette qui l'assistait dans la préparation des repas, Magdeleine se hissa sur son banc auprès de ses trois aînés. François, du haut de ses huit ans, et Antoine, sept ans, la traitaient souvent avec un mépris condescendant. Quant à Jacques, bien que n'étant âgé que d'un an de plus qu'elle, il lui faisait bien comprendre qu'elle n'était qu'une fille et devait ne point se mêler des affaires « d'hommes »... Il profita de ce qu'elle s'installait près de lui pour lui pincer vicieusement une cuisse, et elle laissa échapper un petit cri de douleur. Sans se retourner, Mariette gronda :

— Jacques ! C'est la dernière fois que je le dis : si vous continuez à martyriser ainsi votre sœur, j'irai en référer à dame votre mère !

François, qui ignorait ostensiblement la petite dernière de la famille, ne put s'empêcher de lancer un regard ironique à son frère : il savait bien qu'il était, face à Antoine et Jacques, l'héritier de la lignée des Senneterre ! Il en fallait plus pour décourager la fillette, qui se hissa à hauteur du plateau et attaqua avec appétit sa part de miche de pain trempée de bouillon de viande chaud.

— Allons, demoiselle... Franchou doit s'impatienter ! Si vous ne voulez pas fâcher votre mère, il ne faut pas être en retard à la messe...

— Oui, Filou...

Elle se contenta ensuite d'un mouvement de menton pour obéir et remonta prestement les marches de la tour ronde.

Franchou avait déjà étalé sur le coffre, au pied du lit-clos, les vêtements qu'elle se devait de porter pour cette cérémonie religieuse hebdomadaire, et elle les considéra d'un œil triste. Elle détestait ces habits trop stricts.

— Allez, Magdeleine... On se dépêche !

Résignée, elle passa sa chemise de lin, son jupon, sa jupe, son haut de robe, et se laissa affubler de cette collerette plissée qui lui irritait le cou.

— La coiffure, maintenant.

À l'aide d'un peigne, Franchou sépara habilement la blonde chevelure par une raie au milieu, avant de relever les cheveux sur les tempes et de les réunir en cœur sur la tête, puis de les maintenir en place avec un arcelet finement ciselé.

— Voilà, tu es la plus belle ! Va donc rejoindre au plus vite dame Marguerite... Elle doit déjà pester de ton retard !

Vivement, depuis la tour où se nichait sa chambrette, elle emprunta escaliers et couloirs pour rejoindre, au centre du château, le donjon carré qui était le véritable cœur de la demeure seigneuriale. Elle ralentit pourtant le pas en approchant de la grande salle d'apparat. Elle avait toujours de l'appréhension à côtoyer celle qui lui avait donné le jour : la prestance et la fierté un peu froide de cette grande dame l'inquiétaient. Marguerite d'Estampes, fidèle à son rang, n'apportait que peu d'importance aux rapports mère-fille !

— Bonjour, mère...

— Bonjour, Magdeleine... J'ai bien failli attendre !

La noble épouse de Nectaire de Saint-Nectaire affichait avec grâce une trentaine d'années et portait avec élégance une robe bleue à vertugadin, doublée de fourrure et assortie à une jupe noire, ainsi qu'une chemise blanche à col carré orné de dentelles. Sa chevelure sombre était emprisonnée sous un fichu à résille et surmontait un visage volontairement inexpressif. Le bombement proéminent de son ventre laissait présager de la mise au monde imminente de son cinquième enfant, cinq ans environ après la naissance de Magdeleine...

— Allons, décida-t-elle. Il est temps !

Entourée d'Isabelle, sa dame de compagnie, de ses trois fils et de sa petite dernière, elle descendit le grand escalier monumental conduisant au rez-de-chaussée et s'avança vers le porche d'entrée du vénérable château. Le petit groupe traversa la cour intérieure sous un maigre vent frisquet et franchit une première enceinte avant de se diriger vers la majestueuse église du village. En approchant de l'édifice, la gamine ne put s'empêcher de se retourner une fois de plus sur sa demeure familiale : une antique forteresse bâtie par ses ancêtres des siècles auparavant. Magdeleine ne se lassait pas de l'admirer, avec sa silhouette élancée sur fond de ciel voilé, ses hautes tours crénelées, son donjon abritant la demeure principale, ses toits en dôme, ses chemins de ronde et ses mâchicoulis… Elle se félicitait des travaux qui, depuis bien avant sa naissance, amélioraient le confort des occupants au fil du temps. Aussi ne comprenait-elle guère la volonté de son père, en plus de ces efforts d'habitabilité de lieux austères issus de la guerre de Cent Ans, à encore consolider les défenses de la demeure en augmentant les renforts des remparts encerclant le château, l'église, et protégeant une partie de la petite agglomération villageoise…

L'église toute proche n'avait rien à envier à la majesté du château dans l'enceinte commune qui les protégeait. Petite, sans doute, mais d'une grâce et d'une beauté enviées à des lieues à la ronde, avec la flèche élancée de son clocher ! La gamine se trouvait particulièrement impressionnée par les différences de couleurs des pierres avec lesquelles elle avait été construite, et dont les contrastes se révélaient bien plus attrayants que la grisaille des murs du château. Une fois assise sur les bancs réservés à la famille seigneuriale, elle perdit ses yeux au creux des cintres de la voûte. Indifférente aux propos du curé, elle préférait occuper le temps de ce culte hebdomadaire pour laisser son imagination s'accrocher, tout en haut des colonnes entourant la nef, aux chapiteaux sculptés représentant des scènes dont elle ignorait encore tout, mais qu'elle considérait un peu comme un prolongement des contes et légendes dont Franchou l'abreuvait depuis ses premiers langes.

— *In nomine Patris et Filii et Spiritus Sancti...*

— *Confietor Deo omnipotenti et vobis, fratres, quia peccavi nimis cogitatione...*

Un coup de coude de sa mère l'arracha à ses rêveries.

— Écoute donc la parole de Dieu au lieu de laisser ton esprit vagabonder ! lui intima-t-elle à voix basse d'un ton sévère. Tu dois te montrer bonne chrétienne aux yeux de tous nos gens !

Elle baissa la tête : les villageois réunis debout dans l'église avaient sans doute la foi, mais ils ne devaient pas plus qu'elle comprendre le sens de ces cantiques qu'ils chantaient pourtant dans une langue qui leur restait inconnue :

— *Agnus Dei, qui tollis peccata mundi, miserere nobis...*

À quoi rimaient les grands gestes de bras du curé, ses génuflexions, ses allées et venues devant l'autel, et ces signes de croix à foison ? Magdeleine soupira : elle savait bien qu'il lui faudrait, fille du seigneur des lieux, se plier à ces célébrations encore obscures pour elle...

Comme chaque dimanche, l'office une fois célébré, il fallait encore être confronté durant de longues minutes aux hommages que les gens de Saint-Nectaire se devaient de rendre, par politesse et soumission, à la maîtresse des lieux, son époux seigneur en titre étant comme presque toujours absent. Marguerite, les mains croisées sur son abdomen déformé par la grossesse, écourta ces formalités et s'adressa à sa demoiselle de compagnie :

— Ma chère Isabelle, rentrons maintenant... Je me sens plutôt fatiguée.

— Il sera fait ainsi que vous le souhaitez, dame Marguerite !

Isabelle de Beauvillard était loin d'être une domestique, car issue de bonne famille. Elle était liée à celle qu'elle considérait comme sa maîtresse depuis l'adolescence au point que l'amitié surpassait désormais la différence de rang. Elle se montrait toujours si aimable que Magdeleine la préférait à sa propre mère… De façon qu'elle eût voulue plus discrète, la fillette laissa filer devant elle ses frères et la châtelaine pour s'attarder un peu. Elle aimait tant cette agitation des villageois, une ambiance qui n'avait pas cours au sein des murs du château : ici, les paysans profitaient du dimanche pour se rencontrer, discuter de tout et de rien comme des dernières nouvelles de la région, les femmes papotaient entre elles, les vieux échangeaient des souvenirs de jeunesse…

2

Sachant ce jour-là que Franchou était occupée à la lessive, Magdeleine entendait bien profiter de la situation pour s'enfuir du carcan de cette vénérable fortification qu'elle admirait tout autant qu'elle l'oppressait. Ayant passé sa plus vilaine robe, elle emprunta une courtine pour passer d'une tour à l'autre, dévala un escalier pour se retrouver à l'extérieur, face aux écuries tenues par Déodat, palefrenier en chef au sein du domaine. Un homme d'environ vingt-cinq ans qui avait combattu auprès du père de la fillette et qu'une vilaine blessure avait rendu boiteux... Depuis, loin des cavalcades et des batailles, il assurait les soins et le dressage des chevaux de son maître. Tapie dans l'encoignure d'un mur, Magdeleine s'assura qu'il n'était pas en vue avant de courir en direction de l'enceinte. Secrètement, elle se doutait bien que le brave homme n'ignorait rien de ses innocentes fugues, et elle lui était reconnaissante de n'en avoir jamais rien dit à sa mère... Parvenue à la seconde enceinte qui faisait face aux murailles encerclant le minuscule village de moins d'une vingtaine d'habitations, elle passa une porte basse et bondit sur le chemin, dont l'entrée était défendue par une tour de garde. Vêtue comme elle l'était, Magdeleine savait que le soldat de guet, là-haut, ne pouvait faire la différence entre un enfant de paysan et la fille de son seigneur. « Et puis ce n'est pas son rôle de me surveiller ! »

Dépassant l'église et le château perchés sur le mont Cornadore, elle plongea en direction de la vallée. Délaissant les mauvaises sentes grimpant en direction du sommet du piton, elle dévala jusqu'à atteindre le ruisseau du Frédet après avoir évité les trois ou quatre maisons implantées près du cours d'eau. Sans surprise, elle y découvrit un petit groupe d'enfants qui, retroussant leur robe, barbotaient pieds nus dans l'eau encore fraîche. Aussitôt, l'un des galopins un peu plus âgés qu'elle vint à sa rencontre, la mine radieuse.

— Mad'leine ! T'as réussi à t'sauver ?

— Comme tu le vois, Miroul...

— N'restons pas ici, alors... On pourrait nous voir !

— Et alors ? s'exclama-t-elle. Tu sais, ce n'est pas pour cela qu'on me mettra au cachot !

— Toi p't-être, répliqua le petit bonhomme. Mais les parents n'aiment pas trop nous voir ensemble. Ils ont peur que, si ça s'savait, ils n'subissent des reproches d'la part des Senneterre...

— Mais pourquoi ? Nous ne faisons rien de mal !

— J'sais, mais nous n'sommes pas du même monde, comme ils disent.

— Qu'est-ce que ça peut bien faire, puisqu'on s'amuse ?

* *
*

Le temps file si vite, lorsque l'on joue à patauger ! Ce fut d'ailleurs Miroul qui s'en inquiéta le premier :

— Il faut vite que je rentre, maintenant. Regarde : le soleil est déjà bien bas...

La fillette eut un sourire radieux et posa furtivement ses lèvres sur celles de Miroul avant de s'échapper en gambadant, le laissant abasourdi et ravi de cette trop brève attention. N'avait-il pas rêvé ? La fille du seigneur lui avait accordé un baiser, à lui, fils d'un pauvre paysan !

— À bientôt, Magdeleine ! cria-t-il.

— À bientôt...

Heureuse de sa journée, Magdeleine réintégra le plus discrètement possible sa chambrette, mais son arrivée ne passa pas inaperçue pour autant : Franchou pénétra dans la pièce alors qu'elle s'apprêtait à ôter son vêtement souillé. Le regard faussement furibond, elle lui reprocha d'une voix sèche :

— Mais où es-tu allée courir, encore, petit démon ? Tu sais bien que dame Marguerite ne veut pas que tu battes ainsi la campagne ! Et cela juste au moment où ta mère vient d'avoir ses premières douleurs !

— Ça veut dire quoi ?

— Qu'elle va te donner un petit frère ou une petite sœur, bécasse...

— Ah ?

En quoi cela allait-il changer sa vie ? Et en quoi devait-elle s'en sentir concernée ?

Comme il en était de coutume, l'événement ne se déroulait pas dans la chambre de la dame, mais dans une pièce à part surchauffée, où un grand lit avait été placé. Lit qui ne servait d'ailleurs que durant les premières contractions, car il était plus naturel pour la parturiente d'accoucher assise ou accroupie, soutenue par les femmes venues lui apporter leur aide. Bien évidemment, aucun homme n'était admis à assister à la naissance, ce dont ils se félicitaient d'ailleurs : d'après ce qu'ils en savaient, c'était un spectacle plus répugnant qu'enchanteur ! Du peu que Magdeleine comprit, Marguerite d'Estampes était entourée de matrones, nourrices et commères du village et des hameaux environnants, et une *ventrière*[1] s'était déplacée pour l'occasion depuis Issoire. Dans le couloir étaient réunis tous les gens au service du château. De sourds gémissements et quelques cris traversaient parfois les lourds panneaux de bois de la porte, et la fillette en ressentit des frissons dans le dos. Franchou lui chuchota, comme si elle se trouvait à la messe :

— Tout devrait bien se passer. C'est là son cinquième enfant, et les complications ne sont généralement à craindre que pour le tout premier : le passage est fait, comme on dit ! Et puis M. le curé a passé au cou de ta mère des médailles bénites à l'effigie de la Vierge...

De temps à autre, une femme sortait de la pièce pour aller chercher de l'eau chaude, des linges ou des onguents, mais elle ne donnait aucune information sur l'avancement des choses.

Il fallut attendre plus d'une heure avant d'entendre les braillements du nouveau-né et de voir enfin le battant s'ouvrir. Selon un ordre bien établi, le curé entra le premier pour assister la châtelaine. Puis il apparut dans l'embrasure en brandissant aux yeux de tous le bébé en pleurs, un petit être hideux, encore violacé et mal essuyé.

— C'est une fille ! clama-t-il en lui traçant de l'index un signe de croix sur le front. Et elle se nomme Marguerite... Marguerite de Saint-Nectaire, bienvenue en cette noble maison !

Ce ne fut qu'ensuite que les enfants de l'accouchée furent admis à s'approcher du lit. Magdeleine ouvrit de grands yeux étonnés face à sa mère : Marguerite d'Estampes était allongée sur sa couche, méconnaissable, seulement vêtue d'une mauvaise chemise de nuit, échevelée, le visage défait en sueur, encore haletante des efforts fournis et des douleurs en

1. Sage-femme.

résultant. Du plus profond de sa mémoire, la fillette ne conservait de sa mère que l'image d'une femme fière et élégante, raide et digne, toujours vêtue à la dernière mode et coiffée avec soin. Et elle se surprit, à la découvrir ainsi, de la trouver enfin plus humaine. Franchou interrompit ses réflexions en la prenant par l'épaule.

— Allez, viens maintenant. Il te faut te préparer et t'habiller pour que tu sois présentable, ce soir au banquet. Ce jour est un jour de fête à Saint-Nectaire !

* *
*

Il ne se passa que deux semaines avant qu'une intense animation s'emparât de nouveau de tous les occupants du château : un émissaire à cheval avait porté un pli annonçant l'arrivée imminente du maître des lieux. Nectaire de Saint-Nectaire tenait à s'assurer de la bonne santé de son épouse et faire la connaissance de sa seconde fille ! La nouvelle enthousiasma Magdeleine, qui n'avait que rarement vu son père. Elle n'en avait qu'un vague souvenir, celui d'un homme grand et à barbiche, vêtu d'habits comme elle n'en avait jamais vu. Elle savait déjà, d'après ce que Franchou lui avait dit, que Nectaire de Saint-Nectaire était issu d'une noblesse séculaire qui avait fait ses preuves, au fil des générations, dans les arts militaires en s'illustrant par des actes de bravoure faisant honneur à leur nom. Pour en savoir plus, elle pensa à Déodat, qui s'occupait de l'écurie du château : bien que plus jeune que son seigneur, ce boiteux taciturne avait accompagné durant des années Nectaire, et nul mieux que lui ne devait le connaître d'aussi près !

— Déodat ?

— Oui, damoiselle... Serait-y que vous viendriez m'aider à nourrir ces destriers ?

Elle se mit à rire pour protester :

— Non, non ! J'aimerais bien apprendre à les monter, mais je sais que je suis encore trop jeune…

L'ancien militaire se contenta de répondre :

— Pour faire un bon cavalier, il n'y a pas d'âge, et le plus tôt est souvent le mieux ! Vos frères viennent de s'y mettre depuis moins d'un an, et ils ne font encore que débuter… Ne me dites pas que vous souhaitez suivre leur exemple ?

Elle n'y avait pas encore songé, mais répliqua rêveusement :

— Pourquoi pas, après tout ? Mais ce n'est pas ce qui m'amène aujourd'hui ! J'ai appris que, comme écuyer, vous étiez fort proche de mon père, avant votre blessure à la jambe…

— Pour ça, oui ! Le seigneur Nectaire et moi, nous étions toujours côte à côte, même au plus fort des combats… Mais pourquoi cette question ?

Elle sourit, histoire de l'amadouer, puis répondit :

— Parce que vous êtes à mon avis le mieux placé pour me parler de lui : je l'ai si peu vu depuis ma naissance que je tiens à tout savoir de lui avant qu'il n'arrive au château, ce qui ne saurait tarder !

Le palefrenier posa sa fourche, passa machinalement la paume sur ses joues mal rasées avant de bougonner :

— Voilà qui part d'un bon sentiment, damoiselle…

Il s'assit sur le rebord d'un abreuvoir creusé dans un tronc et se confia sur un ton plus doux :

— Les Saint-Nectaire, dont vous êtes issue, sont une grande famille noble depuis des siècles ! La preuve en est ce château, que tes ancêtres ont fait construire depuis la nuit des temps ! Les générations de Saint-Nectaire ont fourni au royaume des ecclésiastiques de renom et de valeureux guerriers qui se sont battus partout avec vaillance. Votre père est de cette trempe…

— Un brave, alors ?

— Oui, un brave parmi les braves, toujours à la pointe du combat ! Il en a été récompensé, en étant nommé entre autres député de la noblesse d'Auvergne, car il a gagné depuis longtemps la confiance des grands du royaume, au point d'être personnellement remarqué par notre bon roi François ! Vous ne le saviez pas ?

— Avant, j'étais trop petite pour que ça m'intéresse !

— Il est seigneur non seulement de Saint-Nectaire, mais aussi de Valbeleix, de Grolière et autres lieux, et a reçu en dot de ta mère La Ferté-Nabert... Votre père vous expliquera sans doute cela dans le détail, si vous le lui demandez.

— Merci, Déodat... Je peux te poser une autre question ?

— Bien sûr !

— Quand est-ce que tu m'apprendras à monter à cheval ?

Il se mit à rire.

— Je crois qu'il faudra que vous attendiez encore ! À neuf ans, votre aîné François vient à peine de poser le cul sur une selle...

— Je suis sûre de faire aussi bien que lui ! Je demanderai l'autorisation à mon père...

— Vous avez raison, cela aura au moins l'occasion de le faire rire !

— Je peux te demander autre chose ?

— Encore ?

— Oui... J'aimerais bien que tu ne me dises plus « vous », ça m'embête !

— Comme tu voudras... Mais ce ne sont pas des choses qui se font ! Il ne faut pas que tu oublies que tu es loin d'être une fille de vilain...

3

L'excitation fut vite à son comble, à Saint-Nectaire ! Dans cette petite bourgade dont la vingtaine de pauvres maisons contrastait avec le faste de son église et la fierté de son château, l'événement était de taille, et nul ne voulait rater l'arrivée du seigneur du lieu... À tel point que certains s'étaient déplacés de loin pour assister au spectacle : l'homme et son nom étaient respectés dans toute l'Auvergne, et même au-delà ! Une foule assez importante s'était alors amassée près de la tour de guet. Il faisait beau, et seuls quelques nuages roulaient doucement leur panse en direction du Sancy. Il était près de midi lorsque Jacques, juché dans la plus haute tour, s'écria de sa voix encore juvénile :

— Ils arrivent !

Depuis la position perchée du village, les yeux distinguèrent en effet, au loin, près de la jonction du ruisseau de Farges avec la couze Chambon, des volutes de poussière provenant du chemin qui suivait ensuite le Frédet avant de s'attaquer à la rude montée en lacets du mont Cornadore. Il ne fallut qu'une poignée de minutes pour voir plus distinctement la troupe d'une quinzaine de cavaliers amorcer le raidillon : une fière équipée, que ces hommes en armes, en armure et lance ou hallebarde en l'air, sous le bleu de la fière bannière des Saint-Nectaire !

— D'azur à cinq fusées accolées d'argent réunies en fasce, glissa Déodat à l'oreille de la fillette.

Dès le bas de la pente, le son clair d'une trompette accompagna leur approche, et ce fut sous les hourras que le groupe s'arrêta devant les remparts. Un écuyer descendit alors de sa monture pour assister celui qui semblait être le chef, lequel refusa son aide d'un mouvement de bras. Bien qu'il fût engoncé dans son armure, son pourpoint recouvrant le métal ainsi que le luxe du tissu des manches bouffantes trahissaient un homme de haut rang… Magdeleine comprit aussitôt qui il était.

— Père…

Un presque inconnu pour elle ! Elle faillit courir à sa rencontre, mais Déodat la retint par le bras.

— Non, non, damoiselle ! La réception familiale se fera dans la salle de fête du château… Pour le moment, ton père doit d'abord recevoir les respects du peuple et de ses vassaux.

L'escorte de Nectaire s'étant répartie dans les anciens logis proches des écuries, Marguerite d'Estampes, entourée de ses enfants hormis la petite Marguerite, se tenait raide et digne, la tête haute pour accueillir son époux. Le seigneur des lieux apparut bientôt à l'entrée de la pièce, son écuyer Amaury sur ses pas. L'homme, portant une fine barbiche et ayant sans doute dépassé la quarantaine, avait troqué son casque contre un couvre-chef à bords relevés. Après avoir fait quelques pas dans la pièce, il s'arrêta et ouvrit les bras. La mère de la fillette s'avança alors vers lui à petits pas gracieux, et Nectaire lui prit les épaules pour l'attirer contre lui.

— Ma mie, je n'ai pu faire plus vite pour vous rejoindre et avoir le plaisir de voir la deuxième fille de notre délicieuse union !

— Il est vrai que je vous attendais, messire mon mari ! Mais je ne sais que trop bien que vos hautes responsabilités ne vous laissent que peu de loisirs… Et toutes ces guerres me donnent bien du souci à votre égard. Vous n'avez pas été blessé, au moins ?

— Par la grâce de Dieu, non... Mais laissons là ces civilités, et montrez-moi notre petite Marguerite.

Sur un signe de menton de sa maîtresse, la douce et aimable Isabelle de Beauvillard s'éclipsa pour revenir peu après en tenant le nourrisson serré contre elle. Elle l'abandonna aux mains de Marguerite d'Estampes, qui le présenta ensuite à son époux, lequel arbora un large sourire en l'élevant à portée de ses yeux.

— Que nous voici une mignonne garcelette ! Qui sera, je l'espère, aussi belle que sa mère...

Ces quelques mots à peine prononcés, il se débarrassa aussitôt du bébé braillant dans les bras d'Isabelle, s'approcha de ses trois fils en se contentant de leur passer une main paternelle dans les cheveux et n'eut qu'un simple sourire à l'intention de Magdeleine, qui s'en sentit un peu vexée. Puis il clama :

— Laissez-moi me défaire de cette ferraille et passer des habits de circonstance, et il sera temps de se mettre à table pour fêter cette naissance et mon retour ! J'espère que Philibert se sera surpassé, car j'ai une faim de loup...

* *
*

Durant deux jours, Magdeleine se trouva assez déçue du peu d'attention que lui montrait son père. Elle s'en consolait en appréciant l'animation qui bousculait la routine au sein du château : tous ces gentilshommes et gens d'armes au service de Nectaire parlaient haut et fort, riaient à gorge déployée, se chamaillaient du lever au coucher du soleil, et même tard dans la nuit. Heureusement, si le maître des lieux leur donnait l'occasion de faire journellement ripaille, ces banquets se déroulaient dans la salle basse, alors que les repas du seigneur étaient servis dans la salle d'apparat du château, où les épais tapis au sol et les lourdes tentures richement ornées tapissant les murs affichaient l'opulence du propriétaire. Nectaire de Saint-Nectaire s'y mettait à table dans ses plus beaux habits, et son épouse tenait à ne pas être en reste. Le père de Magdeleine aimait à se présenter au mieux, comme s'il voulait compenser la différence d'âge avec sa femme : il portait volontiers une chemise de lin d'une blancheur immaculée sous un pourpoint richement orné de broderies vivement colorées, rehaussées de fils dorés, lui-même en partie recouvert d'une casaque de fin tissu moiré à manches bouffantes. En bottes montantes de cuir souple, chausses et hauts-de-chausses, il impressionnait par sa prestance... Marguerite d'Estampes, face à lui en bout de l'immense table sur tréteaux, choisissait chaque jour une nouvelle robe à corsage pointu finement agrémentée de dentelles, et serrée à la taille par une ceinture incrustée de pierres semi-précieuses. Une courte cape légère à grands pans retombait en plis sur ses bras, et elle affectait sous sa coiffe agrémentée de perles un perpétuel sourire de circonstance... Tous deux profitaient de ces moments festifs pour arborer leurs plus beaux bijoux, chaînes et colliers.

Si ses frères semblaient apprécier ces longs festins, la fillette eut vite le sentiment de s'y ennuyer, tant elle se découvrait ignorée par toute cette cohorte de convives bruyants et rigolards. D'autant plus que Franchou l'avait prévenue :

— Pas question pour toi d'abandonner la table pour t'éclipser : ce serait une sorte d'affront pour ton père et ta famille !

* *
*

Ce jour-là, décidée, elle fit l'impasse sur son déjeuner matinal pour rejoindre la cour intérieure. Elle avait vite remarqué que son père s'octroyait journellement de bonne heure une balade à cheval en compagnie de quelques hommes de troupe. Elle ne fut d'ailleurs pas longue à le voir apparaître au bas du grand escalier monumental, toujours flanqué de son fidèle Amaury. Timidement, elle s'avança à sa rencontre.

— Père... Pourrais-je vous parler un instant ?

Le maître de maison lui lança un regard étonné et répliqua, l'air amusé :

— Cela tombe bien, Magdeleine. J'avais justement l'intention de vous entretenir d'ici peu de votre éducation... Qu'avez-vous de si important à me dire ?

— Ben... J'aimerais que vous permettiez à Déodat de m'apprendre à monter à cheval !

Nectaire se mit à rire à gorge déployée avant de répondre en la tutoyant :

— Mais tu as à peine six ans, ma pauvrette ! Tu tiens vraiment à te casser le cou ? Et puis j'ai d'autres projets pour toi.

— Oui ?

— Plutôt que de jouer les amazones, j'estime que tu es d'âge à commencer ton éducation. Religieuse d'abord, et notre prieur de Saint-Nectaire a accepté de t'affecter un de ses moines pour ce faire. J'ai aussi obtenu du prieur de Royat qu'il me dépêche un moine clunisien afin qu'il vive en ces murs : il sera ton précepteur et t'initiera à la lecture, l'écriture et le latin... Si je tiens à ce que mes fils deviennent de bons soldats, je tiens aussi à ce que les filles de mon sang soient élevées dans la foi catholique, érudites et cultivées, et j'espère que tu ne me décevras pas !

Un peu effrayée par ces perspectives, Magdeleine baissa la tête. Elle acquiesça pourtant :

— Oui, père… Il en sera fait ainsi que vous le souhaitez. Mais… pour le cheval ?

— C'est une idée fixe, par Dieu ! Nous allons donc conclure un marché : si tu donnes satisfaction dans les études que se doit d'avoir une jeune fille de noble famille, je demanderai à Déodat de se mettre en quête d'un cheval nain[1] pour te mettre en selle. Nous sommes d'accord ?

Bien que l'idée d'être contrainte à un apprentissage si austère la contrariât, que pouvait-elle objecter ?

— Je ferai pour le mieux, père…

Désemparée par la nouvelle, elle resta songeuse en le regardant s'éloigner. Si elle n'avait aucune inclination à rester une fille docile et effacée, elle se jura de se soumettre à cette discipline afin de pouvoir avoir accès aux mêmes activités que ses frères qui, s'ils devaient eux aussi maîtriser lecture et écriture, avaient l'avantage d'en rester aux rudiments, l'essentiel de leur enseignement étant nettement plus viril. « Je saurai leur montrer que je vaux mieux qu'eux, aussi bien comme fille que comme si j'étais née garçon ! »

---

1. Le terme poney n'apparaît qu'au XIXe siècle.

4

Le seigneur de Saint-Nectaire était reparti au fil de sa vie aventureuse vers d'autres horizons depuis près d'une semaine lorsque le père supérieur du prieuré se présenta un matin devant dame Marguerite. Dans l'heure qui suivit, Magdeleine vit apparaître Franchou.

— Ta mère t'attend en compagnie de notre père prieur Christophe de Saint-Hérem... Dépêche-toi, et essaie de faire bonne figure !

Magdeleine se sentit aussitôt déterminée à se plier aux volontés de son père dans l'espoir de pouvoir au plus vite se livrer à l'équitation. Elle éprouvait tellement d'impatience à cavaler librement sur les pentes proches des monts Dore ! Aussi adopta-t-elle une attitude humble pour se présenter au cabinet de Marguerite d'Estampes.

— Avancez, ma fille... et veuillez accueillir le père Christophe comme il se doit...

Elle le connaissait déjà pour ce qu'il officiait souvent à la messe, s'approcha d'un pas vif du religieux, mit un genou à terre et esquissa un signe de croix.

— Relevez-vous, Magdeleine de Saint-Nectaire. Et venez saluer notre frère Armand, qui a pour mission de vous inculquer les vertus de la foi catholique : il viendra vous délivrer deux matins par semaine l'enseignement issu de Notre-Seigneur Jésus-Christ...

Obéissante, elle s'avança devant le moine désigné par le prieur et lui fit une rapide révérence. Frère Armand, flottant dans une robe de bure trop large pour lui, était un être malingre, mais dont l'œil d'acier trahissait une vive énergie. Les bras croisés sous les amples replis de ses manches, il se contenta de dire d'une voix impersonnelle :

— J'espère que nous nous entendrons bien, damoiselle Magdeleine. Et je suis certain que vous serez vite une bonne chrétienne, à l'image de vos parents et de la longue lignée de vos ancêtres...

— Je m'y attacherai au mieux, frère Armand ! assura-t-elle d'un ton qu'elle voulait décidé.

Marguerite d'Estampes elle-même parut surprise de son obéissance.

— Que de bonnes résolutions, ma fille ! s'exclama-t-elle. Vous ne nous aviez pas habitués à une telle observance des règles établies... Pourriez-vous m'expliquer les raisons de ce revirement ? Je m'attendais à plus de réticences de votre part !

Subitement plus assurée, Magdeleine releva la tête.

— Père m'a promis de me procurer un cheval nain afin que j'apprenne à monter comme un garçon, à condition que je me montre assidue à mon éducation !

— Tiens ? Il ne m'en avait rien dit ! Mais si c'est là une motivation pour vous instruire dans la foi de Dieu, je n'y vois aucun inconvénient, bien que je trouve que ce soit une idée un peu saugrenue pour une fille que de vouloir jouer les cavalières...

La fillette, heureuse du déroulement de cette entrevue, se permit le luxe de s'essayer à une de ces gracieuses révérences qu'elle avait observées de la part de nobles dames, ce qui fit pour une fois sourire Marguerite d'Estampes...

« Contrairement à ce que je craignais, cette petite est peut-être plus raisonnable qu'on aurait pu le penser. »

* *
*

L'après-midi du même jour, sa mère ne jugea pas nécessaire de la convoquer à nouveau, et ce fut Franchou qui reçut le religieux chargé d'être le précepteur de la fille du seigneur du lieu.

— Je m'appelle Léonard, et noble dame de Saint-Nectaire m'a fait conduire ici par un domestique de la maison, car je dois faire connaissance avec la jeunette qui doit m'être confiée pour son instruction...

La gouvernante détailla le moine et hocha de la tête : malgré son habit d'un noir corbeau qui eût pu s'avérer austère et inquiétant, la bonne bouille souriante de ce moine bien en chair incitait d'emblée à la confiance.

— Je vais aller la chercher. Elle doit encore musarder près des écuries ! Mais vous avez l'air fort las, mon frère... Vous venez sans doute de loin, si j'en juge à votre mine fatiguée ?

— De Royat, près de Clermont...

— À pied ? Mais c'est à près de huit lieues[1] d'ici !

— Rassurez-vous, ma sœur, j'ai fait le voyage en deux jours...

Franchou ne fut pas longue à dénicher Magdeleine qui, comme elle s'en doutait, épiait depuis un recoin de l'enceinte Déodat, lequel tentait avec patience d'enseigner à François et Antoine l'art de maîtriser un cheval trop grand pour eux. Elle eût bien continué à les observer, mais se résigna à suivre Franchou qui la mit tout de suite à l'aise.

— Frère Léonard m'a l'air tout à fait débonnaire, et certes moins rigide que le moine Armand que tu as vu ce matin !

---

1. Une lieue équivaut à 4,828 kilomètres.

La fillette s'aperçut vite qu'elle avait raison. Elle ne fut pas plutôt entrée dans la pièce où patientait le moine qu'elle partagea son avis. Esquissant une génuflexion devant lui, elle assura :

— Je vous souhaite la bienvenue, frère Léonard.

— Pas tant de manières entre nous, ma fille. Ainsi, c'est toi, la petite Magdeleine de Saint-Nectaire ? Tu me sembles bien éveillée pour ton âge, et je considère cela comme un avantage pour apprendre au mieux...

Agréablement surprise par cette entrée en matière et soulagée que le moine n'utilisât pas envers elle de ce voussoiement de rigueur envers de nobles personnes, fussent-elles de son âge, elle se redressa et leva un nez volontaire.

— Soyez-en convaincu, frère Léonard. Plus vite je saurai lire et écrire, mieux ce sera ! Quand commençons-nous ?

Le religieux se mit à rire.

— Dès demain si tu le veux ! Mais je dois te prévenir que ce n'est guère facile et qu'il te faudra de la patience et beaucoup de travail pour y arriver... Sans doute plusieurs années !

— Plusieurs années ? s'indigna-t-elle. Non, non, il faut que ça aille plus vite, si je veux monter à cheval !

Frère Léonard fronça les sourcils sans comprendre.

— À cheval ? Je ne vois pas le rapport...

Sans aucun complexe, rassurée par l'amabilité du personnage, elle n'hésita pas à lui confier le pacte passé avec son père, ce qui amusa fortement son futur précepteur.

— Que c'est beau, l'enthousiasme de la jeunesse ! Si seulement ça pouvait durer...

— Faites-moi confiance, frère Léonard, je saurai vous surprendre ! lança-t-elle en sentant la rage d'apprendre l'envahir.

* *
*

Bien que n'étant encore qu'une enfant, Magdeleine avait un tempérament fougueux, peut-être davantage que ses frères plus âgés destinés en principe aux arts de la guerre. Quant à elle, elle entendait bien se battre avec d'autres armes que l'épée pour acquérir au plus vite les vertus de la religion, de la lecture et de l'écriture. Aussi se montra-t-elle assidue aux enseignements chrétiens de frère Armand qui, à chaque entrevue, lui emplissait la tête des prières à Dieu, au Christ et à la Vierge, les psaumes, les Évangiles, les différents passages de la Bible, l'exemplaire vie des saints, la rémission des péchés et les bienfaits de la confession...

— Récitez donc, damoiselle, le psaume en latin pour les morts que je vous ai répété cinq fois avant-hier, et que vous deviez retenir...

— Oui, oui : *De profundis clamavi ad te, Domine... Domine exaudi vocem meam. Fiant aures tuae intendente in vocem deprecationis meae. Si iniquitates observaveris, Domine, Domine*[1]...

— Cela suffit, gente Magdeleine... Je vois qu'après seulement une semaine vous avez déjà tout retenu de ce langage dont nous n'usons plus dans notre vie de tous les jours. C'est très bien, la mémoire, mais il en est autre chose de la compréhension ! Te souviens-tu du sens de ces paroles ?

Magdeleine réprima un sourire : elle n'allait tout de même pas lui avouer qu'elle avait, de manière plus ou moins innocente, pris depuis deux ou trois jours contact avec un jeune novice du prieuré pour l'amener à mieux comprendre la traduction de ce texte ?

1. Du fond de l'abîme je t'invoque, ô Éternel ! Seigneur, écoute ma voix ! Que tes oreilles soient attentives à la voix de mes supplications ! Si tu gardais le souvenir des iniquités, Éternel, Seigneur...

— Oui, frère Armand... « Du fond du trou, Éternel, écoute ma voix ! Que tes oreilles soient attentives à mes supplications ! Si tu gardais le souvenir des iniquités, Seigneur, qui pourrait demeurer... »

— Assez, assez, Magdeleine ! Je suis heureux que vous preniez d'emblée à cœur mon enseignement, mais je ne m'attendais pas à ce que vous soyez aussi vite intéressée par la teneur des textes sacrés. Passons maintenant à un passage des Évangiles...

* *
*

L'ambiance se révéla dès le premier jour bien plus agréable et détendue avec le débonnaire frère Léonard, qui lui sembla si sympathique qu'elle le tutoya d'emblée, ce qui était sans doute sinon une inconvenance, tout au moins une entorse aux bonnes manières ! Une initiative qui parut au contraire enchanter le brave moine, comme si la fraîcheur de cette enfant compensait un peu la rigueur de son existence monacale !

— Alors, frère Léonard ! Vas-tu enfin m'apprendre à écrire, plutôt que de me parler sans cesse des principes des textes sacrés ? Frère Armand me suffit largement pour cela !

— Écrire ? se gaussa le clerc. Cela ne se pourrait sans des rudiments de lecture, et sans quelques bases de latin pour commencer... Parce que si quelques écrits commencent à être imprimés en français de langue d'oïl et rarement d'oc, nos livres de référence sont rédigés avant tout en latin et sont le plus souvent encore des manuscrits, Magdeleine. Il va falloir que je t'explique toutes les lettres afin que tu les reconnaisses une à une, avant que tu puisses les assembler en syllabes, puis en mots, et enfin comprendre le sens des phrases.

— Et ce sera long ?

— Pour ma part, il m'a fallu plusieurs années, mais c'était il y a longtemps...

— Non, non... s'indigna-t-elle. Il faut que ça aille plus vite, frère Léonard !

— Tu devrais savoir que plus on va vite, moins on fait les choses convenablement.

— Commençons, alors !

— Bien, bien... Ouvrons donc ce livre qui provient de la bibliothèque de cette maison.

Il déposa sur la table l'épais volume à couverture de cuir et l'ouvrit avec précaution. Sur les épaisses feuilles jaunies et parcheminées, des lignes continues d'une écriture illisible soigneusement et régulièrement espacées s'y succédaient, parfois agrémentées et entourées d'enluminures colorées. Magdeleine scruta le texte avec perplexité.

— C'est cela, les lettres des livres ?

Frère Léonard sourit. Il s'attendait bien à sa réaction !

— Eh oui...

— Mais tout se ressemble ! Ce ne sont que des rangées de bâtonnets tracés à l'encre...

— Non, non... regarde de plus près !

— Ah, oui...

Une boucle ici, une barre là, une torsade, un accent... En examinant attentivement, chaque signe était bien différent de ceux qui l'encadraient. Son précepteur la laissa un instant perplexe avant d'essayer de la rassurer :

— Tu vois, Magdeleine, ce n'est pas si simple, et même si tu savais lire tu n'en comprendrais pas un mot, car ce rare manuscrit est écrit en latin ! Mais tu auras plus de chance que moi...

— Et pourquoi ?

— Parce que depuis une poignée d'années ces vénérables livres ne sont plus guère écrits à la main, mais reproduits de façon mécanique. Ce qui veut dire que le travail de plusieurs copistes qui mettaient des mois et des mois pour arriver au terme d'un ouvrage vient d'être peu à peu supplanté, depuis plus de cinquante ans, par des livres qu'on appelle imprimés et qui sortent des machines par dizaines en une seule journée ! Et c'est sur eux que nous allons d'abord travailler, mais en français. Nous commencerons par les Épîtres et le Nouveau Testament, traduits il y a peu en français vulgaire par Jacques Lefèvre d'Étaples... Avant tout, déchiffrons ces lettres une par une : c'est la base de toute lecture, quelle qu'en soit la langue...

5

Contrairement à ce qu'elle appréhendait, Magdeleine se surprit à se passionner pour ces exercices pourtant difficiles. De semaine en semaine, elle se convainquait des progrès qu'elle faisait, à la grande satisfaction des deux moines chargés de son éducation. Si elle trouvait plus rébarbatif l'enseignement religieux de frère Armand, elle ne s'en attachait pas moins à s'en imprégner. Elle préférait largement les cours quotidiens que lui inculquait frère Léonard, plus ardus sans doute, mais qui excitaient sa curiosité naturelle : déjà, elle savait reconnaître les lettres, tant en écriture gothique, cursive, onciale, mais surtout humanistique, bien plus lisible. Il ne lui avait guère fallu de temps pour les assembler en syllabes et les assimiler aux sons du langage courant, mais les tournures des phrases la déconcertaient quelque peu : que cela se révélait loin de la façon de s'exprimer dans la vie courante ! Elle avait malgré tout l'avantage d'habiter dans une région de langue d'oc voisine des territoires de langue d'oïl, et depuis ses premiers mots elle avait l'habitude d'entendre et comprendre ces deux façons de s'exprimer qui, jusque sur les marchés, se mêlaient et s'employaient couramment en ces montagnes d'Auvergne...

La fillette craignait un peu le jugement de sa mère sur ses études, mais jamais Marguerite d'Estampes n'aborda le sujet. Tout au moins jusqu'à ce soir-là où elle s'adressa à celui qui assumait le rôle de précepteur de sa fille :

— Dites-moi, frère Léonard... Qu'en est-il de l'avancement de l'enseignement qu'il vous échoit d'inculquer à mon espiègle Magdeleine ? A-t-elle acquis quelque savoir à votre contact ?

Le bon moine déglutit avec difficulté la bouchée de viande en sauce dont il se régalait, puis s'essuya les lèvres d'un revers de manche avant de répondre :

— Infiniment mieux que je ne l'aurais pensé, dame Marguerite ! Cette petite est étonnante par sa vivacité d'esprit : elle arrive déjà à déchiffrer syllabe par syllabe les textes calligraphiés ou imprimés, et je gage que, d'ici un ou deux mois, elle maîtrisera aisément la lecture de ces ouvrages... Ce sera sans doute plus dur ensuite pour le latin !

— Vraiment ? Je ne m'attendais nullement à de tels résultats en si peu de temps !

— Elle sait déjà reproduire à la plume les caractères des livres saints, mais je crois qu'il lui faudra encore bien des efforts pour acquérir l'écriture manuscrite dont nous usons pour les courriers... La calligraphie en est bien différente, comme vous le savez, de celle des ouvrages de nos bibliothèques !

— Vous me surprenez agréablement, frère Léonard : turbulente comme elle l'a toujours été, jamais je ne l'aurais imaginée si douée !

Le précepteur de Magdeleine échangea un clin d'œil avec sa jeune élève.

— Je crois que la perspective de monter à cheval lui est un puissant motif !

— Ah oui ! Ce fameux cheval... Je l'avais oublié, celui-là !

— En toute franchise, madame d'Estampes, votre fille progresse beaucoup plus vite que je ne l'ai jamais vu des meilleurs clercs de nos couvents !

— Je vous crois, frère Léonard, bien que ce que vous venez de me confier me semble tout à fait inouï de sa part... Au point que je vais moi aussi prendre la plume pour en informer mon époux de mari ! Il a beau être sans cesse loin de ses terres, il ne s'en occupe pas moins de sa famille : il devrait même nous dépêcher sous peu un maître d'escrime pour initier nos fils à l'art des combats...

Magdeleine ne put retenir un sourire. Non pas tant à cause des compliments reçus, mais parce que les derniers mots de sa mère avaient aiguisé son intérêt : tout comme elle observait de loin les techniques équestres enseignées à ses frères par Déodat, elle espérait bien, par curiosité, ne rien perdre des subtilités du maniement de l'épée : n'était-ce pas les armes à la main que la longue lignée des Saint-Nectaire s'était hissée aux plus hauts rangs de la noblesse ?

* *
*

Au fil des saisons, l'œil d'acier de frère Armand se teintait d'éclats plus doux. Au tout début, il avait considéré un peu comme une corvée la charge d'instruire dans la foi catholique la fille du seigneur des lieux. Mais plus il passait de temps avec la fillette, plus il s'attachait à elle : Magdeleine se montrait si attentive à ses moindres propos, si assidue, si encline à apprendre par cœur psaumes et prières ! Une fois de plus, il la considéra d'un œil rêveur tandis qu'elle lui débitait sans bafouiller le *Salve Regina*. Un exercice d'autant plus facile qu'elle l'avait souvent entendu durant les messes dominicales :

— *Salve, Regina, Mater misericordiae, vita dulcedo et spes nostra, salve. Ad te clamamus, exsules filii Evae. Ad te suspiramus, gementes et flentes in hac lacrymarum valle...*

— Mais c'est parfait, gente demoiselle Magdeleine... Mais avez-vous seulement retenu le sens de ces mots ?

— Oui, frère Armand. Cela veut dire : « Salut, ô Reine, Mère de miséricorde, notre vie, notre douceur, notre espérance, salut ! Nous crions vers toi, enfants d'Ève exilés. Vers toi nous... »

— D'accord, d'accord ! Mais j'ai peine à croire que tu te souviennes de tout cela au mot près...

Elle baissa la tête et avoua :

— J'ai trouvé dans la bibliothèque de mon père un ouvrage de prières imprimé en français, et j'ai reconnu le *Salve Regina*. Peut-être n'aurais-je pas dû l'apprendre ?

Frère Armand parut embarrassé, avant de répondre :

— Tu as bien fait, au contraire... Mais, si tu veux mon avis, mieux vaut t'en tenir à la version latine, car c'est ainsi qu'elle se récite ou se chante à l'église. Et puis il faut te méfier des textes traduits en langue ordinaire, car ils sont souvent le fruit de ces hérétiques qui renient le pape et la Vierge, et que selon moi il faudrait jeter au bûcher avant que leur poison ne se répande dans tout le royaume !

— Frère Léonard m'en a déjà mise en garde, mentit-elle, ne voulant pas voir s'installer une inimitié entre les deux religieux.

Son précepteur issu du prieuré de Royat se montrait tellement plus tolérant que ce moine austère imposé par le père prieur de Saint-Nectaire ! « Oui, je préfère mille fois frère Léonard à cette face de rabat-joie... »

* *
*

S'ils avaient su l'acharnement de Magdeleine à apprendre, le peu d'habitants des quelques maisons de Saint-Nectaire eussent pu dire : « Elle est bien de chez nous… une vraie têtue d'Auvergnate ! » Depuis plus d'un an en effet, la presque jeune fille se contraignait, avec chaque jour un peu plus d'avidité, à suivre l'enseignement de frère Léonard. Et ce d'autant plus qu'elle n'avait plus à subir les prêches de frère Armand, qui avait estimé que son éducation catholique était suffisamment avancée. Magdeleine regrettait d'autant moins son enseignement qu'elle trouvait un immense plaisir à côtoyer frère Léonard. Jour après jour, il lui inculquait un peu de ses connaissances sans la rebuter, préférant lui résumer les textes latins ou grecs en français plutôt que de lui faire apprendre, par cœur, de longs passages dans une de ces langues antiques que seuls les plus érudits pouvaient maîtriser… Il était toujours si calme et débonnaire que la fillette buvait ses paroles et apprenait, presque sans s'en rendre compte, une foule de notions qui lui étaient jusqu'alors inconnues.

— Magdeleine ?

— Oui, frère Léonard…

— Peux-tu me lire ces quelques vers du poète Martin Le Franc ?

— Oui, bien sûr !

Elle aimait particulièrement l'élégance des vers en français, et la poésie lui était une vraie récréation, après des heures bien plus austères passées à décortiquer les textes saints ! Tout en ânonnant encore un peu, elle commença :

— « Que diray je du chevallier
Qui tant amoit couvertement
La chastelaine du Vergier ?
Fait on riens tant secretement
Que fausse envye appertement
Ne congnoisse die et descelle ?

Je l'ay apris, Dieu scet comment... »

Elle poursuivit plus ou moins laborieusement la lecture d'une page complète de cet ouvrage imprimé, à la satisfaction de son précepteur qui la complimenta aussitôt :

— C'est très bien, damoiselle ! Voyons maintenant comment tu retranscriras ces couplets en écriture...

Pas de quoi effrayer la gamine qu'elle était encore ! Si elle s'était exercée jusque-là à tracer des mots au charbon de bois ou à la craie sur des dalles d'ardoise, elle savait le papier coûteux et en prenait soin pour ne point le gâcher : tout en essayant de ne pas faire de taches, elle s'appliqua, en serrant bien la plume d'oie fendue entre ses petits doigts, à une calligraphie qu'elle savait complexe, mais sans comprendre vraiment pourquoi on n'écrivait pas avec les mêmes caractères que ceux des livres imprimés, bien plus faciles à déchiffrer.

— C'est de mieux en mieux, Magdeleine... Mais cela suffira pour aujourd'hui ! Continue comme cela, et tu seras peut-être un jour assez cultivée pour, comme femme, écrire des poèmes de la grâce de ceux de Christine de Pizan qui, bien qu'étant née en Italie et ayant rejoint le Seigneur depuis plus d'un siècle, n'en reste pas moins une des premières femmes de lettres françaises !

— Ce n'est pas parce que je suis née de Nectaire de Saint-Nectaire qu'il te faut me flatter ainsi !

— Non, non, je t'assure : ta capacité à assimiler des notions aussi rébarbatives m'incite déjà à aborder avec toi des domaines plus sensibles encore...

— Ce qui veut dire ?

— Je ne sais pas... Mais d'autres poètes encore, par exemple. Ou les écrits d'un certain Érasme, d'une grande humanité à mon sens, mais dont la hiérarchie de notre Église se méfie, parce que les idées pourtant catholiques qu'il colporte sont parfois proches de celles des hérétiques de la

Réforme. Je n'en suis pas moins troublé par la justesse de certaines de ses réflexions...

Si elle n'avait pas tout compris de ce discours, Magdeleine s'en félicita : voilà qui allait ajouter du piment à ces exercices qui commençaient à lui paraître trop routiniers...

* *
*

Si elle se sentait intérieurement assez fière des compliments reçus, ce n'était pas pour autant qu'elle ne profitait pas de ses moments de loisirs pour parfois déserter les salles du château et s'évader dans la nature. Lorsque le temps le permettait, elle aimait à flâner le long de la couze Chambon ou du ruisseau de Farges. Souvent elle s'arrêtait devant les flots de la cascade de Saillant et poussait ensuite ses pas jusqu'à la table de pierre d'un dolmen situé à quelques centaines de mètres. Il se disait qu'autrefois un homme du nom de Roland possédait des pouvoirs surnaturels et qu'il aurait jeté cette dalle de basalte imposante sur les roches servant de piliers pour s'en faire un abri, raison pour laquelle on l'appelait le « palet de Roland ». Magdeleine aimait ce genre d'histoires, mais n'y croyait pas vraiment, d'autant plus que cette curiosité n'était pas unique dans la région... D'après frère Léonard, qu'elle avait consulté à ce sujet, ces constructions auraient été le fait d'ancêtres antédiluviens, mais il n'avait aucune idée pour expliquer comment ils avaient pu manipuler des roches aussi pesantes. Parfois, elle courait jusqu'aux hauteurs de Freydefont d'où elle pouvait apprécier un panorama dont elle ne se lassait pas : les crêtes souvent encore blanchies du Sancy, le château voisin de Murol perché sur son éperon, les monts Dore, les vertes vallées sinueuses et les prairies... Oui, elle se sentait vraiment chez elle au sein de ces paysages familiers !

6

De nouveau, l'effervescence s'emparait des murs du château : le père de Magdeleine avait annoncé sa venue, et une animation inusitée régna durant des jours des remparts aux courtines ! L'occasion pour Marguerite d'Estampes de faire accrocher aux murs les toutes dernières tapisseries et panneaux brodés qu'elle avait acquis, un luxe à la hauteur de la réputation du nom des Saint-Nectaire. Magdeleine aimait à contempler ces tentures impressionnantes par la variété et la richesse de leurs coloris. Elle appréciait beaucoup les représentations de chasse, mais ne restait pas indifférente devant les scènes de bataille dédiées à la gloire de ses ancêtres guerriers. Face à ces fastueux décors, elle se découvrit une nouvelle envie : « Il faudra aussi que j'apprenne la broderie ! Franchou ne pourra peut-être pas m'aider, mais je suis sûre que dame Isabelle maîtrise cet art... »

La dame de compagnie de sa mère était issue de noble souche, et la broderie avait dû faire partie de son éducation.

* *
*

Cette fois-ci, Nectaire de Saint-Nectaire se présenta sur ses terres accompagné d'une escorte réduite de cavaliers en armes : depuis quelque temps, les voyages étaient plus sûrs et les conflits plus ou moins apaisés... Ce fut d'ailleurs sans armure et vêtu de riches atours qu'il descendit de son destrier dans la cour intérieure. Et quelle vêture ! Élégante pelisse à fourrure d'hermine, ample robe courte de soieries colorées et agrémentées de fils d'or et d'argent, hauts-de-chausses bouffants, coiffe inclinée bordée de plumettes blanches. Magdeleine eut du mal à le reconnaître, et son père lui parut ainsi plus grand qu'il n'était vraiment. Après que le seigneur du lieu eut en premier lieu salué et étreint son épouse, elle fut surprise de le voir d'abord s'approcher d'elle plutôt que de ses fils.

— Entre les courriers de ta mère et ce qu'on m'a dit de toi, je suis fier d'avoir appris que j'aurai bientôt la plus érudite des filles !

Tête baissée, elle se plia à une rapide génuflexion devant son paternel en murmurant :

— J'en suis sans doute encore loin, mais je m'efforce de faire de mon mieux...

— Je sais, je sais... Et je t'en félicite !

Ce ne fut qu'ensuite qu'il fit quelques pas en direction de François, d'Antoine et de Jacques, vexés de n'être point passés en priorité devant leur jeune sœur dans les préoccupations de leur père.

— Alors, mes drôles ! Montez-vous désormais à cheval aussi bien que mes écuyers ?

Devant leur silence, Déodat affirma de sa voix grave :

— Ils ont fait beaucoup de progrès, monseigneur... Ils sont bien de votre race !

— Tant mieux, tant mieux... Il me faut de bons p'tits gars pour faire honneur à notre lignée !

Se désintéressant alors de sa progéniture, il remonta l'escalier monumental au bras de Marguerite d'Estampes pour enfin un moment d'intimité…

* *
*

Après les inévitables festivités et banquets, il fallut deux jours avant que Nectaire ne convoquât ses enfants, sauf la toute jeune Marguerite, dans le grand salon richement tapissé de la demeure. Un sourire assez tendre sur les lèvres, il s'adressa d'abord à ses garçons :

— François, mon aîné, avec Antoine vous avez prouvé votre aptitude à monter des chevaux de plus en plus fougueux. Tout comme Jacques, d'ailleurs… Il me semble que vous ferez, comme ceux dont nous sommes issus, de bons combattants pour la cause de notre roi ! Quant à Antoine, s'il veut un jour avoir une charge importante, je l'inciterais plutôt à poursuivre la longue histoire des Saint-Nectaire en choisissant la voie de Notre-Seigneur Jésus-Christ : il y a toujours eu d'illustres prélats dans notre famille, et il ne faut pas que cette lignée s'éteigne !

— Je le savais, mais j'aimerais aussi manier les armes, père ! protesta timidement Antoine.

— Rassure-toi, ce n'est nullement incompatible ! Si je tiens à ce que tu fasses tes études religieuses dans une abbaye de bonne réputation, en ces temps troublés je t'affecterai un maître d'armes… tout comme j'en enverrai un autre ici, à tes deux frères, pour les former eux aussi aux pratiques militaires. J'ai déjà pris contact pour toi avec l'abbaye de Saint-Chaffre, dont mon frère Charles est abbé tout comme il est aussi abbé d'Aurillac…

Estimant avoir dit ce qu'il souhaitait après ce bref entretien, il s'apprêtait à se retirer lorsque Magdeleine osa le dépasser pour s'incliner à ses pieds.

— Père ?

— Oui, ma fille… Auriez-vous quelque objection ?

— Non, non, bien sûr… Mais… mais je voudrais vous rappeler votre promesse !

Nectaire se mit à rire en gratouillant sa barbichette blanchissante.

— Ah bon ! Quelle promesse ?

— Celle de me permettre de monter à cheval comme mes frères ! C'était la condition si je me montrais sérieuse dans mes études…

— C'est vrai, j'avais oublié ! Mais on m'a dit tellement de bien de toi que je ne peux me dédire… Tu auras donc d'ici peu un petit cheval qui ne sera qu'à toi, avec Déodat pour te mettre le cul en selle ! Mais il ne faudra pas pour autant que tu négliges d'apprendre les bonnes manières que se doit d'avoir une fille de ton rang…

— Je vous le promets, père !

— Alors voilà qui est bien…

Heureuse de la permission qui lui était accordée, la fillette fila en informer Franchou sans souci des quolibets plus ou moins moqueurs de ses frères…

* *
*

Durant les jours qui s'écoulèrent ensuite, Magdeleine prit vraiment conscience du rang de son père dans la noblesse du pays. Elle apprit ainsi qu'il était non seulement gouverneur et bailli des montagnes d'Auvergne à Aurillac, de la Marche et de Saint-Pierre-le-Moustier, mais aussi depuis peu lieutenant général et gouverneur de la Haute-Auvergne et du Bourbonnais, et qu'il fréquentait la cour de François Ier. Une fois Nectaire reparti pour assumer ses hautes fonctions, elle s'en ouvrit d'ailleurs à Déodat :

— Je ne savais pas que père était si proche de notre roi François !

— Mais si... Il fait partie des quelques hommes de grande confiance de notre souverain. Le roi doit d'ailleurs le nommer incessamment écuyer du jeune dauphin Henri. C'est une marque de grande reconnaissance et un insigne honneur !

— Dans son château ?

Le palefrenier boiteux éclata de rire.

— Ce n'est pas si simple ! Selon les saisons, ses humeurs ou les événements dans le pays, François Ier se déplace en plusieurs endroits du royaume tout au long de l'année, avec sa suite, ses gens d'armes, ses meubles, et jusqu'aux tapis et tentures... Parfois au château d'Amboise, celui de sa jeunesse, parfois à celui de Blois, celui de Chambord, toujours en travaux, ou encore celui de Fontainebleau qui lui aussi est loin d'être achevé. En fait, notre roi n'a pas une véritable résidence fixe, et lui et sa cour sont plutôt nomades, bien qu'il passe de plus en plus de temps à Paris, faisant de l'ancienne forteresse du Louvre sa principale résidence en la transformant en palais à la mode italienne...

— Et mon père le suit partout ?

— Souvent, sauf lorsque sa charge l'appelle en région, ou encore pour se battre sur le terrain si la situation l'exige !

— Quelle vie aventureuse !

Déodat sourit.

— Les déplacements de cour sont moins dangereux que les campagnes de guerre, mais ils finissent par devenir usants, crois-moi ! Et, si je maudis la blessure à laquelle je dois ma patte folle, je la bénis aussi pour ce qu'elle me permet de demeurer ici, loin de ces cavalcades à travers le royaume !

Magdeleine éclata de rire.

— Je te comprends, Déodat... Mais as-tu des nouvelles du cheval que m'a promis mon père ?

— Je me doutais bien que tu ne m'avais pas abordé uniquement pour me parler de ton illustre paternel ! Eh bien, pour tout te dire, il ne s'en est pas occupé...

— Comment ?

— Oui, mais il m'a chargé d'en acquérir un qui serait susceptible de te convenir, et je crois que je l'ai trouvé ! On devrait me l'amener d'ici la fin de la semaine.

Elle bondit de joie et enlaça le cou de Déodat pour frotter la tendre peau de ses joues contre sa rude barbe.

— Merci ! Oh, merci...

L'ancien écuyer de Nectaire l'écarta doucement.

— Allons, damoiselle Magdeleine, reprocha-t-il d'un ton ironique. Faut-il que je te rappelle qu'une fille de grand seigneur ne se conduit pas ainsi envers un manant d'écurie ?

De nouveau ce rire clair qui enchantait tout le domaine.

— Manant, toi ? Le meilleur ami de mon père ! Frère Léonard m'a raconté tous tes exploits auprès de lui, dans les combats...

— Avec le recul, petite, je préfère ma condition d'aujourd'hui à celle des champs de bataille...

* *
*

— « Que les armes le cèdent à la toge »... Cela te rappelle Plutarque ou plutôt Cicéron ?

— Euh...

— J'ai l'impression que tu ne m'écoutes pas, aujourd'hui ! Alors ?

— Cicéron, bien sûr : « *Cedant arma togae.* » Mais nous avons déjà vu cela, non ?

— Tu es bien nerveuse, aujourd'hui, Magdeleine ! Quelque chose te préoccupe ?

Elle baissa la tête, confuse.

— Ben... C'est que... que j'ai beaucoup d'impatience à aller aux écuries pour voir Déodat. Le cheval que mon père m'a acheté devait arriver ce matin !

— Que ne le disais-tu ? s'écria en réponse frère Léonard. Cicéron ou Plutarque peuvent bien attendre un peu... Allons donc sans plus attendre aux écuries !

Quel bonheur d'avoir un précepteur si accommodant et bienveillant ! Et de si agréable compagnie...

Déodat ne fut pas surpris par leur visite : il y avait si longtemps que la petite Saint-Nectaire rêvait d'avoir sa propre monture ! Il sortit d'un box en tenant en longe un magnifique animal à la robe noire.

— Qu'il est beau ! s'écria Magdeleine en se précipitant pour lui caresser le poil luisant.

Superbe, en effet, avec son port de tête relevé, sa crinière fournie, ses jambes musclées, sa croupe large et ses flancs arrondis. Et surtout ses grands yeux expressifs dans lesquels se lisait un éclat si doux.

— Il n'est pas si petit que cela !

— Un peu plus de quatre pieds[1] au garrot... Un jeune frison, vif et équilibré, au caractère docile, sensible et délicat, mais aussi joueur et cabotin, comme sa petite maîtresse !

— Je l'aime déjà ! Merci, Déodat. Tu l'as vraiment bien choisi !

---

1. Environ un mètre quarante.

— Il s'appelle Pégase, et il est à toi, maintenant.

Frère Léonard approuva d'un hochement de tête.

— C'est vrai que c'est un bon choix ! Le destrier est plutôt un cheval pour la guerre, le coursier trop rapide pour une fillette, le palefroi pour la chasse, et le roussin pour les longs voyages...

— Vous avez l'air de vous y connaître, mon frère ?

— Un peu... Bien que moine, je suis né dans une famille de grands cavaliers ! Ce qui fait que, néanmoins, à votre place j'aurais opté pour une douce haquenée plus appropriée à une damoiselle...

Le palefrenier éclata d'un rire ironique.

— C'est que vous ne connaissez notre petite protégée que devant vos écrits et vos grimoires ! Je l'ai souvent vue me regarder en train de donner des leçons d'équitation à ses frères, et je ne sais que trop sa fougue : jamais elle ne voudra monter en amazone ainsi qu'une dame de son rang, et je gage qu'elle n'a rien de plus pressé que d'enfourcher Pégase comme un garçon !

Il n'avait pas tort, et le brave frère Léonard ne put que capituler devant le regard suppliant de son élève.

— Oublions donc aujourd'hui Cicéron, Aristote ou Plutarque ! Et occupe-toi de ton nouvel ami Pégase... Une fort belle bête, pour autant que je puisse en juger !

— Oh, merci... merci beaucoup ! s'exclama Magdeleine en enlaçant l'encolure du fier équidé.

7

Quel espace de liberté ! Si chaque matin était consacré à son éducation livresque, Magdeleine pouvait désormais profiter de ses après-midi pour se familiariser avec Pégase. Les premiers jours, elle s'était contentée, sur les conseils de Déodat, de le promener à pied et à la longe, et la jeune fille avait vite senti une véritable connivence s'établir entre elle et l'animal : elle était si douce avec lui, et lui visiblement si heureux de ces tranquilles balades ! Une indéniable complicité sans qu'il y eût besoin de mots...

— Dès la semaine prochaine, tu pourras le seller pour tes premières leçons ! lui avait affirmé le maître d'écurie. Il est déjà très docile avec toi...

Pourtant, intrépide comme elle l'était, elle n'attendit pas la tutelle de Déodat pour oser ce dont elle avait tant envie : à distance du village et hors de la vue du palefrenier, elle s'arrêta près d'une pierre émergeant des prairies couvrant la base du puy de Châteauneuf. Longuement, elle parla doucement à l'oreille du petit cheval, qui hochait de la tête et frémissait des naseaux comme s'il la comprenait. Prenant alors appui du pied sur la roche, elle l'enjamba et s'installa doucement sur son dos. Pégase piaffa, mais resta étonnamment calme.

Magdeleine supposa aussitôt : « Il est jeune, mais il a déjà été monté ! Déodat ne m'aurait jamais confié un cheval à débourrer, bien sûr... »

— Alors, mon brave... Il te tardait peut-être autant qu'à moi de courir par monts et par vaux ? Allez, en avant !

Serrant fermement les cuisses, la robe retroussée pour mieux sentir le contact avec le poil, elle se courba sur son encolure pour saisir le licol d'une main et la crinière de l'autre. Pégase parut d'abord déconcerté puis, comme s'il avait conscience d'avoir affaire à une enfant, il se mit en marche d'un pas hésitant avant de prendre plus d'assurance. N'étant pas habitué à être guidé sans mors ni rênes, il hésitait à répondre aux mouvements de la lanière que sa cavalière tenait de façon si maladroite.

— Allez, mon beau !

Presque timidement, il adopta un petit trot, à la grande joie de Magdeleine qui vivait là des moments inoubliables. Tant bien que mal et malgré sa position inconfortable, elle arriva à plus ou moins le diriger à son gré et, après un quart d'heure d'un court-circuit, prendre le chemin du retour.

À l'arrivée de Pégase et de sa cavalière néophyte, Déodat oublia toute manière envers la fille de son seigneur pour laisser libre cours à une colère non simulée.

— Magdeleine ! Mais tu es folle, ma fille ! Monter ainsi une bête que tu ne connais pas, sans selle et sans harnachement ! Tu tiens vraiment à te casser le cou ? Qu'est-ce que j'aurais dit à ton père et à ta mère s'il t'était arrivé malheur ? Non, non et non ! Il va falloir que tu m'écoutes, maintenant...

Une peur rétrospective justifiait son courroux, mais, secrètement, il ne pouvait s'empêcher d'admirer le courage et la maîtrise de cette gamine indisciplinée, mais si touchante par sa spontanéité : s'il ne voulait avoir des reproches de dame Marguerite ou de Nectaire, il allait lui falloir juguler l'ardeur de leur fille ! Faussement confuse tant elle se sentait heureuse de son escapade sur le dos de Pégase, Magdeleine baissa pourtant la tête.

— Mais... tu vois bien qu'il a été très sage avec moi !

— Et si au contraire il s'était emballé au galop, tu serais où, maintenant, après une chute ? Blessée, ou même un pauvre cadavre dans les rochers ou les bois ?

— Pégase s'est montré tellement gentil que...

— Bien ! N'en parlons plus... et laisse-moi d'abord t'apprendre les rudiments essentiels de la monte !

— Oui, Déodat...

Soulagé, l'ancien écuyer de Nectaire de Saint-Nectaire se détourna pour sourire : il avait fallu bien plus de temps aux frères de cette petite pour dompter leur monture ! Et cette encore enfant, pour sa première sortie, s'était permis de cavaler à cru avec un simple licol ? Nul doute que, malgré son jeune âge, elle serait vite une écuyère émérite !

* *
*

Les deux premiers jours, Déodat ne lui permit d'ailleurs pas de remonter, sans doute en punition de son initiative, mais surtout pour qu'elle apprît elle-même à harnacher et seller son cheval.

— Tu n'auras peut-être pas toujours un garçon d'écurie pour s'en occuper... C'est pourquoi tu dois aussi savoir le brosser, le bouchonner, lui donner à boire et à manger !

— Oui, oui...

Elle n'avait nullement besoin de se forcer, tant elle aimait s'occuper de ce compagnon à quatre jambes, lequel semblait déjà lui vouer une réelle affection. Et ce fut avec un enthousiasme évident que, le troisième jour, elle put enfin se hisser sur le dos de Pégase, aussi impatient qu'elle de se dégourdir les sabots.

— Ajuste ta sangle de selle ! Et règle bien tes étriers... Tiens les rênes dans ta main gauche. Voilà, le pied gauche dans l'étrier, c'est bien ! Maintenant, tu peux prendre appui sur la jambe pour l'enfourcher et t'asseoir doucement sur la selle...

— Oui, oui, Déodat... Tiens, regarde : on dirait qu'il n'attendait que cela !

— C'est vrai ! Et tu as de la chance qu'il t'ait si vite acceptée... Maintenant, presse légèrement du talon pour le faire marcher au pas !

Magdeleine s'exécuta, mais l'exercice eut vite le don de l'énerver. Elle tira doucement sur les rênes pour s'arrêter et se tourna vers le palefrenier.

— Tu ne m'apprends rien, Déodat ! J'ai déjà suivi de loin l'apprentissage de mes frères, ne l'oublie pas !

— Peut-être... Mais voir et entendre, c'est une chose, pratiquer en est une autre !

Plutôt que d'insister, la fillette serra les jambes pour mettre Pégase au trot en le dirigeant habilement pour faire le tour de la cour.

— Tu vois, il n'y a pas besoin de tant parler : on se comprend très bien, lui et moi ! Et encore, je ne peux pas le lancer au galop ici...

— Certainement pas ! J'entends bien chevaucher auprès de toi lorsque tu t'y essaieras !

Magdeleine émit un petit rire de défi.

— Alors selle donc tout de suite un de tes canassons, et je te prouverai que j'en sais plus que tu ne crois, et que Pégase et moi ne faisons déjà qu'un !

— Tu rigoles, ma p'tite dame ?

— Pas du tout, Déodat ! Et tu verras de quoi je suis capable...

— Enfin, attends un moment, je vais t'accompagner. Mais promets-moi de rester prudente et de m'écouter, bien que tu sois plus têtue que bourrique !

— Promis, Déodat !

* *
*

Cette journée mémorable apporta encore des surprises à la fille de Nectaire. En revenant de cette première chevauchée en compagnie de Déodat, elle découvrit une certaine animation au château. Ce ne fut pas pour autant qu'elle négligea de bouchonner et de câliner Pégase. Tout en le brossant, elle demanda à l'ancien écuyer :

— On dirait que nous avons de la visite... tu sais quelque chose ?

— Non... À moins que ce ne soit le maître d'armes que ton père a promis à tes frères Jacques et François...

— Et moi ? Pourquoi n'y aurais-je pas droit ?

— Toi ? Tu auras fort à faire pour suivre des leçons de maintien en bonne société, ainsi que pour apprendre quelques pas de danse, si tu veux un jour te trouver un bon parti !

Elle se mit à rire.

— Un bon parti ? J'ai donc encore bien du temps, non ?

— Ne crois pas cela : chez les gens de pouvoir, on se marie souvent très jeune ! Allez, file, damoiselle... Je m'occuperai moi-même de Pégase !

— Non, non, je tiens à le faire ! C'est mon cheval et ami, et je me dois bien de lui rendre la pareille...

— Félicitations, Dame Magdeleine... Je pensais vraiment que la curiosité l'emporterait sur les soins d'écurie !

Dès qu'elle eut brossé et pansé sa belle monture, la fillette s'empressa alors de courir vers la salle de réception du donjon.

À peine eut-elle pénétré dans le grand salon que Franchou l'agrippa par l'épaule en lui intimant à l'oreille :

— Reste donc en retrait, cervelle d'oiseau ! Tu ne vas tout de même pas apparaître aux yeux de tous dans cette tenue de sauvageonne ?

Elle se tut et se contenta d'écouter les compliments de Marguerite d'Estampes envers le nouveau venu. Un Italien dénommé Silvio Brastelli, qui s'exprimait avec un accent abominable. Elle se douta pourtant que les honneurs qui lui étaient rendus trahissaient le fait qu'il devait être un orfèvre en son art...

* *
*

Si Magdeleine s'efforçait de rester attentive chaque matin aux notions plus ou moins ardues que lui inculquait frère Léonard, elle n'avait rien de plus pressé, l'après-midi, que de cavaler sur les chemins, les prés et les bois qui entouraient le château. Elle adorait la complicité qu'elle entretenait avec son frison, et ce depuis leur premier contact : Pégase savait montrer sa joie chaque fois qu'elle l'approchait, et il semblait partager avec elle le plaisir de galoper à l'assaut des puys de la région, loin de cette écurie dans laquelle il s'ennuyait. Chaque jour lui était autant une fête qu'à sa novice cavalière ! Enfin, pas si novice que cela : elle chevauchait déjà à sa guise entre vallées et collines... Bien qu'étant assez distante de ses enfants, Marguerite d'Estampes finit d'ailleurs par s'en inquiéter et, avant la messe, elle prit un dimanche sa fille à part.

— Vous rendez-vous compte, petite inconsciente, que vous êtes fort jeune pour courir à cheval dans toute la contrée ? Même si Déodat m'assure que vous maîtrisez votre monture même mieux que vos frères ! Mais vous n'êtes encore qu'une gamine, et les dangers restent nombreux, en ces temps troublés : les routes isolées sont propices aux attaques de malfaisants et les forêts obscures leur antre !

— Mais que pourrait-on me voler, mère ? Je n'ai rien !

— Votre cheval d'abord, son équipement ensuite, et surtout vous-même ! Vous oubliez que vous êtes fille d'un grand seigneur et que votre vie peut nous être monnayée !

— Une rançon, c'est cela ?

— Je vois que nous nous sommes bien comprises...

Magdeleine ne répliqua rien : oui, il lui faudrait faire plus attention !

* *
*

— *Più in alto la mano ! Si, si, più haut !*

Était-ce par jalousie, par imitation ou par esprit de compétition ? Toujours était-il que, dès qu'elle en avait l'occasion, Magdeleine aimait à épier discrètement les cours d'escrime que le maître dispensait à ses frères. Silvio Brastelli était un petit homme vif, noir de poil et brun de peau, élégamment vêtu et souvent volubile dans son langage approximatif mâtiné de mots italiens :

— *Francesco ! No, François... Più alto, lo coude, per ténire la guardia !*

Les deux garçons Saint-Nectaire, en sueur, semblaient souvent désorientés par les reproches et les cris de cet homme d'apparence fluette sans cesse en mouvement, et qui restait toujours à l'affût de leurs moindres gestes. Canne à la main, ils répétaient sans cesse les mobilités nécessaires aux techniques du combat à l'épée, pratique essentielle pour des fils de grand seigneur.

— *Giacomo ! Né faut pas confondre oun colpo diritto, oun coup droit, avé lo colpo di revers… François, non è buono, il tuo colpo d'estoco !*

Du haut de l'escalier duquel elle scrutait la salle basse dans laquelle ses frères s'exerçaient au maniement d'épées en bois, Magdeleine s'imprégnait de chaque geste détaillé par Silvio. Et, le soir, dans sa chambre, elle les répétait longtemps, armée d'un bâton : attaque de pointe, contre-taille, flanconade, volte, attaque, riposte et reprise, elle s'exerçait secrètement en pensant aux dangers évoqués par sa mère quant aux truands infestant la contrée… Bien sûr, elle ne recueillait ainsi que des bribes de l'enseignement du maître d'armes, mais les compensait d'instinct en s'imaginant seule dans un combat face à une nuée de reîtres ! Et elle se réjouissait en pensant que Silvio Brastelli ignorait qu'il eût une troisième élève !

8

Même si Marguerite d'Estampes ne savait rien des exercices guerriers auxquels se livrait sa fille, elle n'était pas sans remarquer les manières viriles qui se cachaient sous son apparence de poupée. « Pas étonnant, avec trois frères avant elle ! » Pourtant, sans le montrer, la femme de Nectaire s'estimait fière de Magdeleine, tant cette dernière avait prouvé sa vive intelligence en maîtrisant vite lecture et écriture et en commençant à comprendre quelques bases du latin, le tout sous la houlette de frère Léonard, ainsi qu'en démontrant sa foi sous l'enseignement sévère de frère Armand. « Elle n'en est pas moins un peu trop garçonne à mon goût... » Aussi avait-elle demandé à Isabelle de Beauvillard de bien vouloir se charger d'une éducation plus mondaine de la gamine :

— Déjà qu'elle monte son cheval à califourchon et non en amazone comme il convient à une dame, il est temps de lui apprendre les bonnes manières !

— Elle me demande déjà, parfois, de lui expliquer l'art de la broderie et se débrouille assez bien avec le point de croix... C'est un début !

— Peut-être, mais ça ne suffira pas pour qu'elle tienne dignement sa place lors de réceptions ! Il lui faudra bien se comporter, connaître les usages et les salutations, avoir une conversation agréable, s'interdire des mimiques puériles, se déplacer de façon élégante...

— Connaître quelques pas de danse aussi... pour quand elle sera d'âge à participer à des bals en compagnie de fils de la noblesse !

— Avant tout, il faut la débarrasser de ses oripeaux de gosse et l'habiller en fille de bonne famille ! Je ne veux plus qu'on la considère comme une sauvageonne...

— Sauvageonne ? Le terme est bien choisi, ma dame !

— Aussi te fais-je entièrement confiance, Isabelle.

* *
*

Magdeleine n'apprécia d'abord que peu d'être déguisée en adulte miniature, même si elle se sentait assez fière d'arborer de si beaux tissus... Beaux, mais tellement désagréables à porter : qu'elle se sentait engoncée dans cette ample jupe de robe serrée à la ceinture et tendue vers l'avant, si raide et lourde ! Dans ce corsage allongé aux manches justes ! Et cette coiffe étroite surmontée d'un voile de résille... Déjà qu'elle avait horreur qu'Isabelle la coiffât dans un emmêlement savant de tresses qui lui tirait les cheveux !

— Eh oui, petite dame... Il faut parfois souffrir pour être belle ! Il faudra bien que tu t'y habitues.

— Je préfère tellement avoir la chevelure au vent !

— Et sur le dos de Pégase que tu montes en garçon, n'est-ce pas ? À quoi sert donc la belle selle en amazone que t'a achetée dame ta mère ?

— Pff... Ça ne peut servir que pour parader : c'est tellement inconfortable ! Avec cette damnée planchette et un seul étrier, c'est tout juste bon pour se retrouver le cul par terre.

— Voyons, Magdeleine... Il est des expressions à éviter pour ne point paraître vulgaire !

— Nous sommes entre nous, non ? Mais c'est vrai : comment mettre son cheval au galop et tenir dessus en amazone ?

Isabelle de Beauvillard sourit.

— Crois-tu vraiment qu'il soit opportun pour une dame de se lancer dans un galop ? Alors que je dois faire de toi une jeune fille qui fasse honneur au nom que tu portes...

— Je le sais, Isabelle... Mais qu'est-ce que c'est ennuyeux !

— C'est sans doute vrai, ma petite. Mais plus tu te fondras dans le moule de ce que désire dame Marguerite, moins tu auras à subir de nouvelles exigences de sa part, et plus tu pourras ainsi bénéficier de temps de loisir pour chevaucher ton Pégase, non ?

— Tu n'as pas tort, Isabelle... Et je vais suivre tes conseils, même si je trouve toutes ces extravagances totalement inutiles.

— Inutiles, peut-être, mais essentielles aussi pour ne pas être considérée comme une fin de race par les personnes que tu seras amenée à côtoyer dans les années à venir !

— Alors continue, mais arrête de me tirer les cheveux !

* *
*

Magdeleine se prêta au jeu avec entrain, comme chaque fois qu'elle se lançait un nouveau défi. Bien que ces exercices ne fissent guère appel à une intense réflexion, ils s'avérèrent plus ardus qu'elle ne s'y attendait. Elle se sentait si mal à l'aise, opprimée qu'elle était dans des vêtements aussi fastueux qu'incommodes, à se familiariser à ces gestes de bienséance qu'il convenait de montrer en différentes circonstances : le maintien fier et droit, un peu cambrée et le menton haut, cette main à présenter gracieusement à un hypothétique galant, le sourire figé, et ces légères inclinations de tête pour des personnes de même rang, ces révérences plus marquées accompagnées d'une génuflexion devant les grands de ce monde… et surtout se montrer impassible devant les gens du peuple. Les gens du peuple ? C'étaient eux qu'elle préférait, eux qu'on lui interdisait de fréquenter, eux qui se montraient pourtant si respectueux. Et, lorsqu'elle se soumettait à ces simulacres de politesse réglementés, elle ne pouvait s'empêcher de repenser à Miroul qui, au même moment, devait s'écorcher les mains sur un manche de fourche ! Oui, la vie de château à laquelle elle était vouée lui était une véritable contrainte : elle préférait tellement la liberté de parcourir en tous sens les dômes et les puys de cette Auvergne qui était sienne !

— Magdeleine ! Tu rêves ? Refais-moi donc une reprise en trois démarches…

Elle chassa ses pensées nostalgiques et s'exécuta : poser le pied droit en arrière du gauche, sur pointe, puis le pied gauche à gauche en pivotant vers la droite, et enfin le droit en arrière du gauche, toujours sur pointe pour revenir à la position initiale.

— Et maintenant un branle, suivi d'un simple et d'un double…

Dieu que ces pas de basse danse l'exaspéraient ! Elle ne se pliait à ces exigences maternelles qu'en n'ayant pour autre impatience celle de se défaire de sa vêture pour sauter au plus vite sur le dos de Pégase ! Alors seulement, au fil de longs galops, de vallons encaissés en cimes boisées, elle avait l'impression de se nettoyer l'esprit et de vivre enfin vraiment.

* *
*

Depuis qu'Antoine de Saint-Nectaire, le plus austère et sévère des trois frères, avait rejoint l'abbaye de Saint-Chaffre pour faire carrière dans les ordres, François et Jacques ne se privaient pas de se moquer de leur jeune sœur quand l'occasion s'en présentait. Magdeleine, fière et consciente d'avoir acquis bien mieux qu'eux l'aisance de la lecture et de l'écriture, et de tant d'autres domaines qui leur étaient inconnus, se contentait de ne manifester qu'indifférence à leurs propos. Jusqu'à ce soir où, après une belle chevauchée, elle rentra de l'écurie avec sa mauvaise robe souillée et crottée. Elle rejoignait la tour où se trouvait sa chambre en traversant la salle voûtée au moment même où maître Brastelli entraînait ses élèves. Les deux frères arrêtèrent leurs assauts et se gaussèrent de sa tenue de pauvresse :

— Ah, ah ! s'écria Jacques. T'as vu ses nippes ? On dirait une manante tombée dans la soue aux cochons ! Elle me fait honte d'être son frère.

— À moi aussi ! renchérit François. Elle est aussi ridicule que déguisée en princesse sous les doigts de Franchou ou d'Isabelle !

— Oui, autant vêtir une grenouille pour la présenter à la cour royale !

— Grenouille ? Plutôt crapaud, non ?

C'en était trop ! Jusqu'alors, Magdeleine avait subi ces affronts sans répliquer, mais elle se rebiffa soudain :

— Et vous, prétentieux que vous êtes ? Demandez donc à Silvio ce qu'il pense de vos piètres démonstrations à l'épée ? Vous n'êtes que de maladroits ferrailleurs !

Voyant monter une dispute qu'il ne souhaitait nullement, Silvio Brastelli s'avança en trottinant et protesta :

— *No, no, damoiselle... Y sont in grande progresso ! Yé vous assoure...*

Ne voulant pas en rester là, elle ricana :

— Eux ? Pff... Depuis que je les regarde, ils ne seraient pas capables de tenir tête à une femmelette !

Il n'en fallut pas plus pour que Jacques se ruât sur elle en brandissant son arme de bois. Magdeleine l'évita alors que Silvio criait en italien pour intimer à son élève de se calmer. Elle courut alors vers un panier d'osier pour se munir elle aussi d'une épée factice.

— Allez, Jacques... Viens, je t'attends ! Comment... tu hésites, couard que tu es ?

— Couard, moi ?

Une véritable injure qui se devait d'être lavée ! Avec rage, il se lança à l'assaut de sa sœur, pointe en avant, puis il sabra durement d'un large mouvement de bras. Magdeleine para aisément en quarte, bien qu'ayant eu un peu de mal à résister au choc du coup. Compensant la différence de force, elle joua de son agilité tout en se remémorant à toute vitesse ce qu'elle avait appris des cours du maître d'armes à l'insu de ce dernier. Dans la foulée, elle répliqua habilement en flèche, puis se propulsa d'une détente en avant, et la pointe de son arme improvisée ne fut déviée qu'au dernier moment par Jacques, stupéfait par sa réaction. Dans la foulée, elle redoubla, fit un retour en garde avant d'attaquer à nouveau en taille. Furieuse, elle se jeta dans un nouvel élan et, d'un vif mouvement de poignet, elle désarma son adversaire. Tandis que l'épée de Jacques retombait à quelques mètres, elle entendit Silvio Brastelli qui, au lieu de la tancer, se mit à l'applaudir en riant :

— *Bravo, bravo, piccolina ! È magnifico ! Pas très convenzionale, ma veramente efficace... Chi ti ha insegnato ?*

Loin d'être calmée, Magdeleine répondit en riant :

— Mais vous, bien sûr ! Qui d'autre ?

— Moi ?

— En vous regardant enseigner votre art à mes imbéciles de frères et en m'entraînant ensuite seule dans ma chambre.

— Comment ça, imbéciles ? hurla François en s'avançant de façon menaçante.

Nullement impressionnée, sa jeune sœur affermit son épée de bois dans ses mains et se prépara à engager un nouveau combat, mais Silvio s'interposa :

— *Ça souffi commo cela ! Calmati, vous deux... Jé rapporterai questo incidente à signora Marguerita !*

* *
*

Considérant Magdeleine d'un œil sévère, Marguerite d'Estampes hésitait entre amusement et irritation. Elle finit par soupirer.

— Je me demande si j'ai bien donné naissance à une fille ! Si je sais bien que vous rechignez à user de votre garde-robe comme il se doit à une Saint-Nectaire, je vois aussi que, même si vous faites de louables efforts, les activités féminines tout comme les figures de danse ont l'art de vous agacer. En revanche, vous montez à cheval comme un garçon, et vous vous permettez de jouer de l'épée comme un bretteur ! Est-ce bien ce que je suis en droit d'attendre de vous ? Et quelle lubie avez-vous eue d'espionner notre maître d'armes en vous en cachant comme une voleuse ?

En baissant la tête et faussement confuse, la jeune fille répliqua :

— J'en suis navrée, mère, et mérite votre courroux... Mais d'après vos propres dires, de nobles gens se font souvent détrousser par des pillards. Certains sont blessés ou tués par ces malandrins, et nulle contrée n'est épargnée par ces attaques.

— Raison de plus pour une fille de seigneur de rester à l'abri des murs de son château, ne croyez-vous pas ? Et de ne voyager qu'accompagnée d'une bonne escorte... ce qui est hors de question à votre âge !

— Face à une bande de malfaiteurs, une escorte peut fort bien tomber dans une embuscade ou un traquenard, et je crois qu'une femme devrait pouvoir se défendre aussi bien qu'un homme !

— Vous êtes encore loin d'être une femme, ma fille...

— Je le sais, mère. Mais pour être assez aguerrie lorsque je le serai, je crois essentiel de commencer jeune !

— Vous avez donc réponse à tout, petite impertinente ! Mais qu'allons-nous faire de toi ?

Magdeleine nota aussitôt que sa mère venait de passer au tutoiement, ce qui trahissait chez elle un adoucissement de son propos. Marguerite d'Estampes demeura un instant silencieuse avant de poursuivre :

— Nous allons donc transiger : à la condition que tu attaches l'importance qu'il se doit à ton éducation de fille de notre sang, je permettrai à Silvio Brachetti de te donner des leçons particulières. Mais sans la présence de tes frères, pour éviter toute querelle. C'est compris ?

— Oui, mère. Merci, mère !

Elle sourit intérieurement, étonnée par cette clémence inattendue : finalement, elle ne s'en sortait pas trop mal !

9

Les mois avaient filé si vite ! En s'habillant ce matin-là, Magdeleine s'apprécia enfin devant son miroir. D'ordinaire, elle n'accordait que peu d'importance à sa vêture, mais ainsi habillée avec goût elle se découvrit soudain plus femme, plus élégante : elle avait grandi, bien sûr, ses hanches s'avéraient plus arrondies, sa poitrine naissante plus galbée. Oui, elle prenait conscience que, pour plaire, il était d'autres armes que celles de s'afficher en cavalière émérite ! Pour autant, bien que son reflet dans la glace lui renvoyât une image agréable, elle éprouvait toujours le même déplaisir à s'enfiler dans ces accoutrements. Mais pouvait-elle faire autrement que de s'en encombrer alors que, pour la première fois, sa mère l'incitait à se rendre avec elle à l'invitation de leur voisin, le seigneur de Murol, pour une de ces fêtes mémorables qu'il organisait parfois ? Sa première réception hors les murs de Saint-Nectaire ! Elle en éprouvait autant d'envie que de crainte, sachant bien la réputation de « garçonne » dont on l'affublait, mais consciente aussi qu'en contradiction son corps s'affinait assez pour commencer à attirer l'attention du sexe masculin. Non, elle n'était plus une gamine, et elle tenait à se montrer à son avantage pour ne pas trahir le nom prestigieux qu'elle portait.

— Alors, Franchou... Suis-je assez bien apprêtée ?

— Mais oui, sotte caillette ! Ta mise va t'attirer beaucoup de compliments, et d'ici deux à trois ans les regards de tous les jouvenceaux de bonne famille ne cesseront de te dévorer...

— Tu crois ? Je suis bien trop jeune pour...

— Pas vraiment, ma pauvre ! Notre roi François a été fiancé à dix ans à la fille d'Anne de Bretagne, Claude de France, alors qu'elle n'avait que six ans, et ils se sont charnellement mariés alors qu'elle n'avait pas quinze ans.

— Je sais, l'interrompit Magdeleine. Et elle lui a donné sept enfants, dont six ont survécu ! Et la reine Claude en est morte d'épuisement, très jeune encore.

— Oui, à vingt-quatre ans seulement, usée par ces grossesses à répétition...

— Ma Franchou... Quant à moi, jamais je n'accepterai un prétendant avant d'être vraiment femme, et encore faudra-t-il qu'il me plaise !

Franchou esquissa une moue un peu amère.

— Ma pauvre... Dans les grandes familles, il faut oublier les amours passion de tes poésies : les unions se font dans l'intérêt des lignées, et souvent les conjoints ne se connaissent même pas avant de passer devant le curé ou l'évêque !

— Ce ne sera jamais mon cas, même si je dois pour cela m'enfuir avec Pégase, quitte à vivre ensuite comme la plus misérable des miséreuses !

— Arrête donc de dire des bêtises. Tu es prête, maintenant. Ne te fais surtout pas attendre au risque de contrarier ta mère !

En cette région aux reliefs tourmentés, il n'était pas question de circuler en coche ou en patache[1], pas plus qu'en

1. Coche de transport aux roues avant pivotantes, considéré comme l'ancêtre de la diligence.

ces nouveaux carrosses à suspension en vogue à Paris et les grandes villes : les chemins creusés d'ornières ne supportaient que des tombereaux tirés par des bœufs ! Aussi le petit équipage s'éloigna-t-il du village à dos de cheval. Marguerite d'Estampes et Isabelle de Beauvillard montaient en amazone sur de fringantes haquenées, parées comme à la cour royale, et Magdeleine avait été contrainte d'en faire autant, sa longue robe de satin et velours l'empêchant de monter à califourchon. Elle eut d'ailleurs quelques difficultés à mener Pégase, nullement habitué à voir sa petite maîtresse s'installer ainsi ! Tout en se gaussant de leur sœur si inhabituellement vêtue de ses plus beaux atours, François et Jacques suivaient, encadrés par quatre hommes d'armes de la petite garnison du château, qui se réjouissaient de cette sortie : s'ils n'étaient pas conviés au banquet du seigneur, ils savaient qu'un repas amélioré attendait dans les communs domestiques et accompagnateurs des invités.

Si le château de Murol ne se trouvait qu'à moins d'une lieue à vol d'oiseau, il en fallait presque le double par les chemins. Ce n'était pas le moment de couper à travers champs et prairies sous peine d'arriver crotteux et poisseux en la demeure de leur hôte ! L'édifice fortifié avait fière allure, même vu de loin, perché sur son promontoire au-dessus du village et comme faisant partie de la roche sur laquelle il était posé. Pas aussi élancé et élégant que celui de Saint-Nectaire, mais d'apparence plus massive, plus imposante... Une forteresse solide et trapue, toujours en amélioration si l'on en jugeait aux échafaudages collés à certaines ailes du bâtiment principal. Après avoir franchi les enceintes, le petit groupe de cavaliers parvint dans la cour haute, et le maître des lieux vint aussitôt accueillir ses voisins : Gabriel d'Estaing, la quarantaine épanouie, était un homme replet et jovial qui aimait à afficher son aisance comme le prouvaient ses habits de grand luxe. Il s'avança pour offrir son coude afin de faciliter la descente de cheval de Marguerite d'Estampes, puis s'inclina courtoisement devant elle.

— Soyez la bienvenue en ma demeure, dame Marguerite... Il y a déjà quelque temps que nous n'avions eu l'occasion de nous rencontrer !

— Mais c'est toujours avec le même plaisir, mon doux ami chevalier... soit chez vous, soit chez nous ! Nos fiefs sont si proches, et nos relations heureusement les plus cordiales qui soient.

Les écuyers ayant escorté l'épouse de Nectaire se précipitèrent alors pour aider Isabelle de Beauvillard et Magdeleine à mettre pied à terre, mais la jeune fille n'avait pas attendu pour sauter de Pégase. Isabelle se retourna pour lui glisser à l'oreille :

— Encore une chose qui ne se fait pas, ma belle ! C'est une impolitesse envers nos hôtes, car contraire à l'étiquette.

Marguerite et sa suite gravirent ensuite le grand escalier pour saluer la dame du lieu, qui les accueillit sur le perron avec toutes les civilités en usage. Charlotte d'Arpajon, une belle femme d'allure fluette au regard d'une vivacité peu commune, qui s'empressa d'introduire ses hôtes dans les couloirs du château.

— Permettez-moi de vous conduire en notre salle des fêtes, où se trouvent déjà le seigneur de Varennes et les siens. Nous serons donc tous entre voisins !

— C'est vrai, messire, que nous ne nous donnons pas assez souvent l'occasion de nous rencontrer, regretta Marguerite d'Estampes.

Tout en essayant d'adopter la démarche lente et rigide que lui avait inculquée Isabelle, Magdeleine admira le cadre de vie de Murol. Quelle différence avec Saint-Nectaire ! Si une même opulence régnait au sein des deux châteaux, celui-ci était tellement différent : aucune haute tour élancée comme celles de sa demeure familiale, mais des bâtisses compactes et des tours épaisses rassemblées sur le sommet de l'éperon rocheux. Une véritable carapace de pierre ! Contrairement à Saint-Nectaire, l'agencement des bâtiments et des pièces avait permis de réaliser des modifications pour transformer la rude forteresse en agréable cadre de vie : des espaces amples, des arcades, des cheminées monumentales, de magnifiques tapisseries de velours évoquant des scènes de chasse et de bataille et, sur certains murs enduits, des fresques colorées représentant les saisons et les travaux des champs… « Ne surtout pas faire mine de s'émerveiller ! se souvint-elle. Considérer ce faste comme normal pour ne pas déchoir aux yeux des d'Estaing… » Pourtant, si elle apprécia les mets servis à cette noble table, elle se morfondit tant le banquet s'éternisa. Tout autant que ses frères, lesquels s'ennuyaient sans oser interrompre les conversations plus sérieuses des adultes. Que c'était long, cette succession de plats, depuis les mises en bouche, les soupes, les potages à la viande en ragoût, les poissons, le magistral rôti, le tout suivi de desserts sucrés !

Magdeleine, résolue à faire preuve de patience, se trouva pourtant assez troublée par les regards insistants de François d'Estaing, le fils du seigneur des lieux qui, bien qu'étant âgé de quelques années de plus qu'elle, semblait lui attacher une attention toute particulière. Impression qui se confirma lorsque les musiciens se mirent en place avec leurs instruments, violes de gambe, cithares, flûtes, clavecins et tambours : le jeune garçon s'approcha aussitôt et lui tendit sa main pour solliciter d'elle cette première danse. Une initiative qui ne l'enchanta pas vraiment tant elle avait peur de se montrer maladroite dans cet exercice, mais les leçons de dame Isabelle la sauvèrent du ridicule : elle enchaîna alors les pas qu'on lui avait appris, révérences, simples et doubles, branles, reprises et congés. Il lui fallut tellement se concentrer sur ses pas qu'elle ne remarqua pas les sourires attendris que lui adressait son cavalier. L'aîné de Gabriel était un beau jeune homme, souriant et à l'œil mutin, et plus que séduisant si l'on en jugeait par les regards jaloux des filles qui eussent aimé être préférées à cette gamine ! Magdeleine s'estima malgré tout si soulagée, après ces quelques pas qui lui avaient coûté une si intense concentration, qu'elle afficha un sourire de circonstance.

— Je vous remercie, François, de ces instants délicieux que je n'oublierai pas !

— Moi non plus, gente damoiselle Magdeleine... Au plaisir de vous retrouver bientôt à mon bras !

Plus que gênée, Magdeleine préféra retourner s'asseoir gentiment auprès d'Isabelle et de sa mère, tandis que ses frères se hasardaient à solliciter la main d'autres cavalières, pour évoluer sur les rythmes plus enlevés d'une de ces « pavanes » qui étaient appréciées de la jeunesse mais quelque peu méprisées par leurs aînés. Ces réjouissances s'éternisèrent, et ce fut sans déplaisir que la jeune fille vit venir le moment des adieux, toujours prolongés d'une foule de louanges et de politesses compassées. Au moment de se mettre en selle, Marguerite d'Estampes lui adressa un franc sourire.

— Je suis heureuse et fière, ma fille, que vous ayez su vous conduire ainsi qu'il sied à une dame de Saint-Nectaire.

Magdeleine eut du mal à cacher sa surprise : sa mère se montrait d'ordinaire si avare de félicitations !

* *
*

— *La guarda ! Magdelena... La guarda !*

Magdeleine sourit et se remit en position. Elle aimait l'intransigeance scrupuleuse avec laquelle maître Brastelli jugeait ses gestes et attitudes dès qu'elle avait une épée en main et, si elle s'estimait fière des compliments de l'Italien, elle tirait aussi profit de ses moindres reproches. Le buste droit, se tenant le plus possible de profil afin d'offrir le moins de surface de son corps au fer de son adversaire, elle assura fermement la poignée de son arme. Puis, sur un mouvement de menton de Silvio, elle attaqua en allongeant le bras et en relevant le pied. Le maître d'armes para aisément et répliqua d'un large moulinet que la jeune fille bloqua du plat de sa rapière.

— *Tou comprends, piquer della pointa né sert qué pour glisser la lame dans les défauts della cuirassa... Dans lé combat, on frappe lé più souvent dé taille !*

Magdeleine se familiarisait avec succès aux techniques de tranche et d'estoc, et ses assauts se faisaient de plus en plus assurés. Elle avait vite saisi que la force brutale n'était pas indispensable et que l'adresse et la souplesse se montraient bien plus efficaces. D'instinct, elle devinait que l'essentiel résidait dans sa rapidité et qu'il était important de tromper l'adversaire par des feintes appropriées avant de porter une riposte adéquate.

— *Tou as raison... L'intelligenzia est più importanté qué la forza !*

En quelques mois, elle avait d'ailleurs fait des progrès si considérables que, ce soir-là, Silvio Brastelli décida :

— *La settimana prochaine, nous continuerons, ma à cheval ! C'est beaucoup differenté qué da pied, et il faut aussi habituer lo cavallo au combat...*

— Je suis sûre que Pégase saura se montrer à la hauteur !

10

Nectaire de Saint-Nectaire, à peine descendu de cheval, n'écarta pas les bras comme d'habitude pour s'approcher de son épouse, mais pour étreindre en premier Magdeleine.

— Que tu es belle, ma fille ! Je sais que je ne viens pas souvent en mon fief, mais je te vois d'année en année toujours plus magnifique... Tu es bonne à marier, tu sais, et les prétendants ne vont pas te manquer !

La remarque eut le don d'assombrir la jeune fille. À près de seize ans, elle ne se sentait pas mûre encore pour consentir à une union !

— Rien ne presse, père... Rien ne presse !

— Peut-être, mais il serait temps de commencer à y songer, non ?

Elle ne répondit pas, sachant bien que, pour des raisons d'alliance, elle n'aurait sans doute guère le choix lorsque le moment en serait venu ! Mais déjà son père semblait se désintéresser d'elle et de la jeune Marguerite. Après une brève révérence envers sa femme, il passa une main caressante sur le ventre gonflé de cette dernière.

— Ma mie ! Jamais je n'aurais cru vous voir me donner un nouveau descendant ou une nouvelle descendante plus de vingt ans après notre mariage.

— Pour l'honneur des Saint-Nectaire…

— Un nom de plus en plus glorieux ! Notre aîné François a été fait chevalier des Ordres du roi, et il se trouve au siège de Perpignan en digne héritier de la lignée de nos ancêtres guerriers… Jacques prend la même voie et, une fois lui-même chevalier, il est pressenti pour être un des gentilshommes de la chambre du roi ! Quant à moi, comme vous le savez, en plus de mes autres fonctions je suis depuis quatre ans écuyer du dauphin Henri, ce qui ne va pas sans problème, d'ailleurs : Henri a très mal vécu la disgrâce d'Anne de Montmorency auprès de François Ier, et ses rapports avec son père ne sont pas au beau fixe !

— Quant à notre fils Antoine, il devrait prendre assez vite le titre d'abbé de Saint-Chaffre, dont l'abbaye est sous notre protection.

— Voilà donc qui est pour le mieux ! Mais rentrons, ma mie… Ce voyage m'a éprouvé, et j'ai grand faim !

Durant le festin qui suivit, ce ne fut qu'au moment d'attaquer une délicieuse pièce de venaison en sauce que Nectaire s'étonna :

— Je ne vois pas notre maître d'armes… Serait-il malade ?

— Non, non… répondit Marguerite d'Estampes. Je n'ai pas eu le temps de vous en informer par courrier, mais Silvio Brastelli est reparti il y a une semaine pour rejoindre Florence.

— Ah ? S'ennuyait-il tellement en notre belle Auvergne ?

— Ce n'est pas cela… Mais, depuis que nos fils ont quitté le logis, il n'avait pour unique élève que Magdeleine, et il a récemment estimé n'avoir plus rien à lui apprendre !

— Vraiment ? Voilà qui est surprenant…

— Il a même prétendu que Magdeleine était plus douée dans le maniement de la rapière que nos trois garçons !

— J'ai peine à y croire ! Déjà qu'il n'est pas courant qu'une fille se passionne pour les armes… mais qu'elle s'y montre habile et talentueuse, c'est plus qu'étonnant !

Tandis que la jeune fille rougissait de fierté, sa mère poursuivit :

— « *Sarà una combattente formidabile !* » a-t-il dit.

Nectaire de Saint-Nectaire resta un instant muet, puis se tourna vers sa fille en fronçant du sourcil.

— Ne me dis pas que tu as dans l'idée de courir les champs de bataille comme ton père et tes frères ! Les temps ne sont plus à jouer les Jeanne d'Arc...

— Certes pas ! affirma Magdeleine en riant. Mais s'il m'arrive de me déplacer sans escorte, je saurai désormais me défendre...

— D'où l'intérêt de toujours se déplacer avec une escorte !

— En cas de guet-apens, une épée de plus ne peut qu'être la bienvenue, fût-elle maniée par une femme !

Son père éclata d'un rire sonore.

— Ah ! Que voilà une vraie Saint-Nectaire ! Notre ancienne et très illustre famille ne peut qu'être fière de toi, et tu es digne d'en porter le nom !

* *
*

Durant les quelques semaines où Nectaire demeura en son château, sa fille se plut à passer plus de temps auprès de lui. Il ne l'intimidait plus autant que lorsqu'elle était gamine ! Aussi, curieuse comme elle l'était, elle tenait à se montrer plus intéressée par ces politiques encore mystérieuses pour elle qui dirigeaient la marche du royaume. Le surlendemain de son arrivée, elle s'enquit :

— Qu'en est-il, père, de cette histoire de Perpignan ?

Le noble seigneur parut surpris par cette soudaine curiosité pour un domaine qui restait le plus souvent étranger aux dames.

— J'ai justement reçu des nouvelles hier par un écuyer venu de Lyon, et ce n'est pas vraiment réjouissant : l'affaire n'a duré que moins de dix jours et s'est terminée par un retrait de nos troupes ! Les Espagnols assiégés ont réussi à détruire la majorité de notre artillerie lourde, et l'arrivée de leurs renforts, doublée d'une épidémie décimant nos troupes, a forcé le dauphin Henri à lever le siège...

— Et... et mon frère François ?

— Il est sauf, et c'est même lui qui m'a envoyé ce messager pour m'informer de cet échec. J'en arrive à regretter que ma charge de bailli m'ait retenu en Auvergne, car j'aurais bien aimé tenter de renverser la situation, auprès de mon fils et du fils de notre roi !

— Mais pourquoi toutes ces guerres, père ? Depuis l'enfance, on ne m'a inculqué que la lecture, l'écriture, la religion et les poètes, mais jamais les choses de ce monde !

— Ce serait difficile pour moi d'entrer dans le détail, ma fille ! Dans ma position, je me contente d'être toujours du côté de notre suzerain, mon épée à son service... et à celui du dauphin. Ce que je peux te dire, c'est que de grands litiges opposent depuis plus de trente ans notre roi et Charles de Habsbourg, autrement dit Charles Quint : conflits territoriaux et de successions, accumulations d'alliances, désir d'unifier notre France d'un côté, et volonté de l'autre de constituer un empire dans lequel nous serions dissous ! Pour ma part, je me battrai toujours pour notre roi, comme tous mes ancêtres l'ont fait, et qui sont aussi les tiens, ne l'oublie pas. Un Saint-Nectaire ne peut qu'être fidèle à notre lignée et notre foi !

La foi... C'était là une question qui la troublait depuis longtemps, aussi insista-t-elle :

— Frère Léonard, et surtout frère Armand m'ont parlé des hérétiques de la Réforme qui veulent se démarquer de l'Église et dont il faut se méfier, mais ils se sont refusés à entrer dans le détail.

— C'est en effet un problème, ma fille… d'autant plus que cette déviance commence à gangrener notre Auvergne ! Dans notre région, Issoire est même en train de devenir un des fiefs de ces gens-là… Je t'expliquerai cela plus tard. Sache seulement que, si cela continue, je crains que ça n'engendre de regrettables troubles dans tout le royaume !

* *
*

Nectaire avait été si intrigué par ce que lui avait rapporté sa femme qu'il eut envie de se convaincre des dons supposés de sa fille. Ce fut pourquoi, ce matin-là, il lui proposa :

— Ma fille… et si pour une fois nous faisions une balade à cheval, rien que nous deux ?

— Volontiers, père ! Ce me sera une grande joie. De plus, depuis que vous êtes revenu, j'ai un peu négligé Pégase et il doit avoir envie de se dégourdir les jambes.

— Alors file vite changer cette vêture de petite dame de salon pour une tenue plus appropriée !

Magdeleine ne se fit pas prier. Elle n'était plus d'âge à se jucher sur une monture avec une robe d'enfant et se refusait à monter en amazone : comment galoper au fil du vent, dans une si inconfortable position ? Lorsqu'elle voulait s'échapper au dos de Pégase, elle troquait sa longue robe pour des vêtements masculins, tout au moins en dessous de la taille. Comment autrement enfourcher correctement sa monture, pour cavaler par monts et par vaux sans contraintes ? Quand elle se présenta à son père ainsi équipée, il ne put retenir un sourire.

— Ta mère a bien raison : tu es devenue une vraie garçonne ! Allez… en route !

Les deux cavaliers s'éloignèrent vivement des tours du château et du village dont l'église surplombait la vallée. Adoptant un petit galop, ils s'attaquèrent aux coteaux en direction de cet horizon de dômes volcaniques qui leur était cher. Les pentes abruptes et les descentes vers les vallées se succédaient en évitant fermes et villages, tantôt au travers d'herbes rases ou de parcelles rocheuses, tantôt sous le couvert de bois plus ou moins touffus. Au sommet d'une colline, Nectaire s'arrêta et s'écria :

— Eh ! Ne fonce pas ainsi, mon cheval ne peut plus suivre, avec ta fougue !

Elle retint Pégase avant de lui faire amorcer un demi-tour et répondit avec un sourire :

— Je suis moins lourde que vous ne l'êtes sur votre monture, père, et Pégase est plus jeune et bouillant que votre cheval, même s'il est plus petit ! Ceci explique peut-être cela ?

— Non, non, ma fille... Que m'importe la monture, mais je constate que tu évolues avec ton Pégase avec une élégance et une maîtrise qui rendraient jaloux bien des écuyers de la maison du roi ! Quelle grâce et quelle vitesse, alors même que tu n'utilises presque pas tes rênes !

— C'est sûrement que, grâce à vous, je l'ai eu aussi jeune que je l'étais moi-même et que nous avons grandi ensemble ! Pégase est devenu mon meilleur ami : j'arrive à le mener les mains libres, avec seulement des mouvements du corps et des pressions de genoux... Il me devine sans même que j'aie l'impression de le diriger !

À la fois un peu vexé mais aussi fier des performances de sa fille, Nectaire de Saint-Nectaire ne répondit rien et la détailla d'un œil nouveau : jusqu'à ce jour, et à la lecture des lettres de sa femme, il avait toujours considéré sa première fille comme une enfant livrée à ses caprices, mais jamais il n'aurait cru découvrir une cavalière si émérite, si impétueuse, ainsi qu'une telle complicité entre l'animal et celle qui le montait ! « Vraiment, je ne sais si je dois la brider ou l'encourager... Après tout, c'est une fille ! Oui... fille, mais Saint-Nectaire aussi ! »

* *
*

Le lendemain, le père de Magdeleine délaissa de nouveau son château en incitant sa fille pour un nouvel exercice. Sa fierté d'homme de guerre se refusait encore à croire qu'une jeune représentante du sexe dit faible pût avoir un quelconque talent dans le maniement des armes ! Sa femme n'avait-elle pas exagéré ses aptitudes à tenir une épée ? Aussi lui dit-il d'un ton qu'il voulait badin :

— Serais-tu d'humeur à jouer avec celui à qui tu dois d'être sur cette terre ?

— Comment ? Avec vous, père ? répondit-elle en rigolant. Mais jouer à quoi ?

— À la petite guerre, bien sûr ! Ta mère m'a tellement vanté les qualités que te prêtait maître Brastelli que je tiens à m'en assurer par moi-même. Si tu veux bien accepter ce jeu, j'ai préparé deux épées, non pas en bois, mais aux tranchants émoussés. Mais si tu as peur, n'en parlons plus...

Magdeleine sauta au contraire de joie.

— Non, non ! Mais je n'aurais jamais espéré tant d'honneur ! Le temps de changer de tenue et je suis à vous, père !

Quelle impression, elle, si fragile, à se tenir, l'épée à la main, en garde devant ce chevalier du roi qui s'était illustré sur nombre de champs de bataille ! Nectaire de Saint-Nectaire était plus grand qu'elle, avec un corps massif, et il se dégageait de lui une réelle puissance propre à inquiéter quiconque se trouvait face à lui. Mais pas Magdeleine : bien qu'ayant conscience de n'avoir aucune chance de prendre le dessus sur son père, elle tenait à lui montrer de quoi elle était capable !

— Tu es prête ?

— Oui, père !

Dans un coin de la cour, le fidèle Déodat les observa en souriant. Il avait assez été témoin des progrès de la jeune fille pour ne pas douter que son seigneur serait surpris par les performances de Magdeleine ! Magdeleine qui, en position d'attente, épiait le moindre geste de son père, lequel se contenta d'un léger mouvement d'épée pour feinter un début d'attaque et faire réagir son adversaire et la pousser à la faute. Sa fille ne fut pas dupe et, après avoir fait mine de reculer d'un pas, elle décida la première d'un assaut en cisaillant l'air à l'horizontale avant de se redresser en abattant sa lame. Nectaire, rompu qu'il était par toutes les guerres auxquelles il avait participé, para l'offensive mais s'étonna intérieurement de la vivacité du coup porté par une fille si menue. Il répliqua tout en atténuant la vigueur de sa volée, que Magdeleine bloqua sans fléchir en enchaînant dans la foulée un coup d'estoc. Tout en riant, le digne chevalier multiplia les stratégies de ce genre de combat en y mettant toujours plus de puissance, ce qui n'empêcha pas sa jeune adversaire d'y résister avec brio. Au terme de quelques minutes de ces échanges rythmés du choc du fer sur le fer, il arrêta cet affrontement simulé en effectuant un mouvement de lame rotatif qui arracha l'épée des mains de sa fille.

— Tudieu ! s'exclama-t-il, alors qu'un tel juron était loin d'être coutumier. Tudieu, mais tu m'as fait batailler plus que je ne l'aurais pensé, ma petite ! J'aurais parié lourd de pouvoir te désarmer dès nos premiers échanges...

— C'est sans doute parce que vous m'avez dotée d'un bon maître d'armes ?

— Peut-être, mais d'où tiens-tu assez de force pour ne pas avoir lâché aux premiers assauts ce coupe-chou sous les coups que je te portais ?

— Sans doute parce que je suis issue de votre sang ? répondit Magdeleine sur un ton mutin.

11

Dès lors, Nectaire de Saint-Nectaire considéra d'un autre œil l'aînée de ses filles. Durant le reste de son séjour, il s'ingénia à passer plus de temps auprès d'elle : Magdeleine se montrait si différente des jeunes femmes de son âge ! À tel point qu'il se plaisait à chevaucher avec elle et qu'il aimait qu'elle l'accompagnât lors de ses visites aux seigneurs voisins. Grâce à ces voyages, Magdeleine eut l'occasion de découvrir des lieux plus éloignés que ceux de ses balades habituelles... Et qu'elle était belle et envoûtante, cette Auvergne qu'elle connaissait si peu ! Bien couverte face au petit vent frisquet de décembre, elle regarda le ciel et se rassura : le temps restait au beau malgré ce début d'hiver qui avait déjà vu tomber un peu de neige.

— Et où comptez-vous m'emmener, aujourd'hui, père ?

— Assez loin, à tel point que nous ferons plusieurs étapes... Bailli que je suis, j'ai plusieurs affaires à régler en divers lieux. Je dois me rendre demain chez le baron de Blot, mais nous passerons d'abord la nuit au château de Pontgibaud.

La jeune fille ne demanda pas d'autres précisions. Déjà, elle se régalait de découvrir de nouveaux paysages... Elle fut néanmoins un peu contrariée de constater qu'elle et son père étaient escortés par une demi-douzaine d'hommes d'armes. Ce à quoi Nectaire rétorqua :

— Le voyage sera assez long et, même connaissant ta bravoure à l'épée, je pense qu'il est préférable de nous déplacer en toute sécurité, non ? Allez, en avant !

Le petit équipage se mit en route au trot en suivant la voie malaisée qui serpentait autour du mont Cornadore, avant d'adopter un trajet moins tourmenté en longeant le flanc des collines. Magdeleine ne fut pas sans remarquer le regard ironique des soldats les accompagnant lorsqu'elle se jucha comme un garçon sur le dos de Pégase, regard qui se changea vite en étonnement devant l'aisance dont elle faisait preuve. Magdeleine se lançant au petit galop, Nectaire dut même tempérer son ardeur :

— Eh, ma fille ! Doucement… Je comprends ton impatience, mais inutile de fatiguer nos chevaux ! Nous avons du temps devant nous.

Elle sourit. Elle n'avait pas l'habitude de longues courses durant lesquelles il valait mieux ménager sa monture, alors qu'elle avait jusqu'ici habitué Pégase à chevaucher au galop sur les pentes des puys. S'il finit par obéir à sa maîtresse, cette dernière ne fut pas dupe : il aurait tant voulu cavaler à bride abattue pour se libérer du trop-plein d'énergie qu'il avait accumulé depuis trop longtemps ! Elle se consola en prenant le temps d'admirer les paysages de ces lieux où son cheval n'avait jamais mis les sabots. Et qu'il était varié, son pays natal ! De massifs volcaniques en plaines ou vallées, de forêts touffues en espaces rocailleux, de doux coteaux en rudes montées… Ici ou là, quelques sommets restaient blanchis des dernières chutes de neige, ajoutant à la magie du spectacle qui s'offrait à elle. Ces cascades et ruisseaux inconnus qu'elle découvrait, ces petits châteaux ou maisons fortes perchés en altitude, certains construits aux siècles derniers, déjà en ruine, qui semblaient vomir leurs pierres, et d'autres où les seigneurs faisaient édifier de meilleures défenses ou agrémentaient leur lieu de vie. Magdeleine profitait de la douceur des passages en sous-bois, de la vue que prodiguaient les crêtes les plus élevées avec le spectacle des dômes mamelus de la chaîne des Puys, de ce long trajet où chaque virage offrait une nouvelle variété de panoramas.

Alors que le soleil pâle était au plus haut, Nectaire décida de s'arrêter dans une auberge au sein d'un village bordé par un lac miroitant.

— Aydat, précisa-t-il. Nous y serons tranquilles, je pense !

L'arrivée de ce haut personnage, de sa fille et de leurs six hommes d'escorte provoqua une belle émotion dans la gargote. Ce n'était pas tous les jours qu'un personnage important faisait halte en ces modestes murs ! Sur le pas de la porte, un des écuyers prononça d'un ton docte :

— Noble sire Nectaire de Saint-Nectaire, seigneur de Saint-Nectaire et de La Ferté-Nabert, écuyer de M. le dauphin, lieutenant général et gouverneur de Haute et Basse-Auvergne, Bourbonnais, Haute et Basse-Marche, bailli de Haute-Auvergne et de Saint-Pierre-le-Moustier !

Toutes les personnes présentes, paysans et gens du peuple, s'inclinèrent avec respect cependant que Nectaire s'approchait du maître des lieux.

— Ne vous émotionnez pas, mon brave. Nous ne venons que pour nous restaurer !

— Mais, messire, je ne sais si...

— Si vos fourneaux seront à la hauteur de la situation ? se mit à rire le père de Magdeleine. Rassurez-vous, nous mangerons ce que vous avez prévu aujourd'hui !

Des propos qui n'empêchèrent sans doute pas l'aubergiste de se surpasser en cuisine avec l'aide de toute sa famille, car si le menu fut simple et abondant, il n'en fut pas moins goûteux et largement apprécié par les convives. À l'évidence, on ne leur avait pas servi la soupe épaisse et salée à l'huile et au pain rassis qui était souvent l'ordinaire des plus pauvres ! Même s'il leur fallut attendre leurs plats plus que de raison, ils eurent droit à un repas visiblement amélioré : ragoût de lièvre sans doute braconné, volaille de la basse-cour, lard bien gras accompagné de lentilles et de fèves, puis fromages ainsi qu'un dessert au miel local. Le tout avec un vin sans doute médiocre, mais qui était loin d'être de la piquette. En prenant congé, Nectaire glissa discrètement à l'aubergiste deux écus d'or, une fortune pour le pauvre homme, ce qui lui valut force courbettes et remerciements : il était essentiel pour un seigneur de son rang de se montrer généreux.

Le voyage se poursuivit agréablement, la route traversant une plaine divisée entre prairies et parcelles cultivées, avec de pauvres maisons paysannes isolées, des hameaux plus ou moins groupés, et toujours pour horizon les boursouflures sensuelles du relief volcanique. Nébouzat, Olby : le terme de la chevauchée du jour approchait. Après avoir franchi la Sioule, en envisageant la citadelle de leur hôte, Magdeleine ne put qu'être subjuguée par l'impression massive qui émanait de la forteresse. Elle n'était pas comme à Saint-Nectaire juchée sur un puy, mais son architecture semblait si robuste qu'elle donnait à qui s'en approchait un intense sentiment de sécurité : une solide enceinte était défendue par sept tours, au centre desquelles s'élevait un donjon quadrangulaire à mâchicoulis, auquel était accolé dans un angle un second donjon plus haut, rond celui-ci. Ils n'eurent pas plus tôt mis pied à terre dans la cour intérieure que plusieurs garçons d'écurie se précipitèrent pour prendre en charge les chevaux, tandis que la noble dame du lieu apparaissait sous le porche du corps de bâtiment principal pour accueillir ses visiteurs. Élégante malgré une tenue sobre, elle s'inclina légèrement devant Nectaire, qui lui saisit courtoisement les mains entre ses deux paumes.

— Heureux de vous revoir, ma chère Anne... Messire Louis est donc absent ?

La gente dame de Pontgibaud soupira.

— Vous savez plus que moi ce qu'il en est des gens de guerre ! Gouverneur de Boulogne, à l'autre bout du royaume, et capitaine de cinquante hommes d'armes, il a été appelé à rejoindre les troupes de notre roi pour réprimer les révoltes contre la gabelle, avec La Rochelle comme première intervention...

— Si je m'invite ainsi en votre demeure, ce n'est que pour une étape vers d'autres contrées où le devoir m'appelle, et je vous remercie de nous offrir votre toit pour la nuit.

— Ceci est fort naturel, monsieur le bailli.

Magdeleine, pour le peu qu'elle pût voir des différentes pièces, s'étonna du faste des décorations dont son cadre de naissance était privé : et surtout ces fresques aux murs qui évoquaient des scènes de dauphins, de lions, de coquilles ou de chevaliers combattant sur fond d'or... Prévenue depuis deux jours par un messager de Nectaire de la venue de celui-ci, la dame de Pontgibaud avait fait en sorte de recevoir ses hôtes de la meilleure façon qui fût, et la jeune femme apprécia le confort qui lui était offert. Aussi, après un repas copieux, elle s'endormit en imaginant de nouveaux décors somptueux, en se forçant à croire qu'elle pourrait les faire réaliser dans le cadre qui serait un jour le sien et qu'elle ne pouvait encore soupçonner : quoi qu'en eût dit son père, elle n'était pas encore prête à se laisser passer alliance au doigt !

* *
*

Elle y pensait encore, tout en flattant l'encolure de Pégase, alors que le voyage avait repris après d'interminables politesses dans la cour du château. Nectaire, sans doute un peu las de la chevauchée de la veille, imprimait un rythme lent à sa monture, au grand ennui de sa fille qui préférait galoper plutôt que trottiner.

— Pas besoin de se presser ! avait affirmé son père. Il ne nous reste qu'un peu plus de six lieues…

« Enfin… Les puys qui environnent cette plaine agrémentent le paysage ! » Après avoir traversé le village de Manzat, plus vallonné, le petit groupe arriva à Blot-l'Église puis se dirigea vers Saint-Rémy-de-Blot au sein d'un relief plus escarpé. En contournant la petite agglomération, le chemin se révéla vite enserré par des pentes abruptes et le château se profila, juché sur une falaise escarpée qui dominait le cours de la Sioule. Et quel château, réputé imprenable, dont les quatre hautes tours semblaient surveiller et protéger les alentours ! Le passage pour y accéder serpentait sur les flancs du promontoire, de plus en plus raide au fil de la montée. Nectaire se rapprocha de sa fille pour expliquer :

— Cette place est un point stratégique important qui marque la frontière entre l'Auvergne et le Bourbonnais. Elle surveille aussi le pont de Menat. Comme c'est un point de passage essentiel entre Bourges et Clermont et qu'il y a de nombreux litiges, c'est une des raisons qui me poussent à rencontrer le sieur de Chauvigny…

Les cavaliers durent franchir une première porte située dans la basse-cour avant de grimper vers la forteresse perchée, puis passer sur un pont mobile franchissant un fossé, emprunter une seconde porte gardée, percée dans l'enceinte extérieure. Un peu plus loin, il leur fallut encore traverser la barbacane d'entrée et son pont-levis pour parvenir enfin à leur but.

— Quel système de défense ! s'étonna Magdeleine.

— Il a été renforcé au dernier siècle, précisa son père en descendant de cheval. Mais voici mon ami Pierre qui vient nous souhaiter la bienvenue !

Pierre de Chauvigny s'avança, portant allègement sa soixantaine d'années, et il gratifia Nectaire de Saint-Nectaire d'une fraternelle accolade. Le père de Magdeleine lui adressa un sourire ironique.

— Alors, baron... toujours veuf ?

Le seigneur de Château-Rocher s'esclaffa :

— Il est vrai que le deuil de ma Françoise m'a été assez pénible, mais j'ai dans l'idée de marier prochainement l'encore jeune et belle Isabeau de Bourbon-Busset...

— Ah ! La veuve du seigneur de Beaune, entre autres biens ?

— Oui, ce pauvre Jean de La Queuille... Et Isabeau est encore d'âge à me donner ce fils que mon premier mariage m'a refusé ! Mais entrez donc... Je suppose que la demoiselle est une de tes filles ?

— Oui, Magdeleine, mon aînée... bien que je me demande parfois si elle n'est pas plus garçon que fille !

— Allons, allons ! Avec une telle grâce et une telle tournure, nul ne peut s'y tromper !

— Et tu comptes toujours quitter ce nid d'aigle ?

— Comme tu le sais, il y a déjà vingt ans que je fais construire un nouveau château infiniment plus agréable à Blot-l'Église, et je devrais enfin pouvoir l'habiter d'ici un ou deux ans.

— Tant mieux, tant mieux...

— Mais assez parlé ! Passons à table, maintenant. Le voyage a dû vous ouvrir l'appétit, non ?

12

Presque dix-huit ans déjà ! Les mois et les saisons se bousculaient si vite qu'elle prenait de l'âge sans s'en apercevoir ! Toujours était-il qu'elle n'en profitait pas pour rester inactive. Si Magdeleine possédait un tempérament assez fougueux, elle ne se contentait pas de chevauchées enflammées sur le dos de Pégase, mais continuait à s'instruire en ayant recours à la riche bibliothèque du château : chez les Saint-Nectaire, il était essentiel de se doter d'une certaine culture ! Elle aimait particulièrement les poèmes de Clément Marot, bien que celui-ci fût soupçonné d'être proche des luthériens. Elle lui était reconnaissante d'avoir fait éditer l'œuvre de François Villon plus de soixante-dix ans après la mort de ce dernier, car elle se régalait à lire et à relire celui qu'elle considérait alors comme le plus grand poète français… Et comment ne pas s'amuser des écrits de François Rabelais et des utopiques aventures de son géant Gargantua ? Elle eut aussi le bonheur de dénicher des auteurs moins connus, comme Jean Bouchet, Hélisenne de Crenne et ses tourments d'amour, Jean Thenaud et son *Voyage d'Outremer*…

La voix de la fidèle Franchou l'interrompit dans sa lecture :

— Dis-moi, ma belle… Aurais-tu oublié que dame Isabelle doit déjà t'attendre ? Tu lui avais promis de la rejoindre !

— Ah, oui ! Merci de me le rappeler…

Magdeleine se plaisait ainsi à passer des heures entières en compagnie d'Isabelle de Beauvillard. Auprès d'elle, même si elle détestait les tenues élégantes qu'elle se devait de porter lors de manifestations publiques ou privées, elle avait appris à se vêtir ainsi qu'il en était de mode à la Cour. Il lui arrivait pourtant de se rebeller :

— Mais qu'est-ce que c'est que cette horreur ? Tu ne vas pas m'obliger à m'affubler de ça ?

De l'angle de la pièce, Marguerite d'Estampes claironna :

— N'accusez pas notre chère Isabelle, elle n'y est pour rien. Car c'est ainsi que les belles qui veulent rester belles aux yeux du roi portent cette parure qui met le visage en valeur !

— Comment ? Ce col rigide et empesé irrite le cou !

— Il faudra quand même vous mettre au goût du jour… Déjà que vous refusez corset, basquine ou vertugale, qui sont pourtant prisés par les plus grandes dames !

— J'ai heureusement la taille assez fine pour ne pas avoir besoin de ces instruments de torture ! Je trouve qu'offrir aux regards une grâce élancée est plus approprié à ma silhouette !

— Comme vous voudrez, ma fille… Mais à ignorer les fantaisies du temps, je crains que vous n'attiriez sur vous que le regard de vieux birbes attachés aux mœurs du siècle passé, alors que vous avez tous les atouts pour séduire de jeunes partis de votre âge !

Magdeleine redressa un menton volontaire.

— Je ne songe encore nullement au mariage…

Sa mère esquissa un sourire un peu nostalgique.

— À mon avis, vous avez trop de lectures d'un romantisme désuet qui ne sied guère à une future dame de notre rang ! La poésie courtoise des troubadours d'antan, peut-être ?

Elle ne répondit pas, car ce n'était pas vraiment faux : les vers parvenus du Moyen Âge avaient le don de l'émouvoir, que ce fût sous la plume d'Arnaut Daniel, de Bernard de Ventadour, de Guilhem de Montanhagol... et de quelques autres.

— Bon, cela suffit, maintenant ! Il y a trois jours que je n'ai pas sorti Pégase, et il a besoin de se dégourdir les jambes... et moi aussi.

Marguerite haussa les épaules.

— Encore un prétexte pour vous attifer comme un valet d'écurie, hein ? Vous êtes vraiment incorrigible, ma fille !

* *
*

Ce soir-là, en repensant aux propos de sa mère, Magdeleine comprit mieux pourquoi Marguerite d'Estampes était si souvent invitée par les seigneurs de la région, chez qui elle ne se rendait qu'accompagnée d'Isabelle et de sa fille aînée. Pourquoi aussi elle conviait au château barons et comtes à sa table. Ainsi, on ne la présentait en de telles occasions que pour anticiper une éventuelle union avec un fils de bonne noblesse ? « Et encore, un fils, ce n'est pas prouvé ! » pensa-t-elle avec amertume. Son père n'avait-il pas dix-sept ans de plus que sa mère ? Elle se doutait bien, pourtant, que la plupart des filles de l'aristocratie mariées contre leur volonté ressentaient la même révolte, mais le devoir familial les ramenait à la raison : le jeu des alliances et la politique étaient les plus forts, avec à la clé, en compensation, une aisance certaine...

« Non, non et non ! se jura-t-elle. Plutôt m'enfuir avec Pégase en Espagne, en Italie, ou à l'autre bout du monde, plutôt que de me donner à un homme sans sentiment aucun ! »

Elle fut troublée dans ses réflexions par un remue-ménage provenant de la cour intérieure.

« Une visite imprévue ? À cette heure ! »

Intriguée, elle s'habilla à la hâte et descendit aux nouvelles.

Parvenue au perron en même temps que les serviteurs du château, elle ne vit d'abord que quatre cavaliers en armes entourant un jeune noble qu'elle eut d'abord de la difficulté à dévisager. Puis elle s'écria :

— François ?

Elle n'avait plus revu son frère depuis des années et avait eu du mal à le reconnaître : non seulement le jeune homme, à près de vingt ans, avait depuis longtemps perdu son faciès d'adolescent, mais encore il était vêtu d'une façon si luxueuse qu'elle en resta interdite : hauts-de-chausses bouffants, pourpoint de soie chamarré, chemise froncée, tunique à pointe... Il fit deux pas vers elle et s'exclama :

— Magdeleine ? Quel beau brin de femme tu es devenue ! Ah, si je n'étais ton frère, je te ferais une cour des plus assidue !

Il la serra dans ses bras si gentiment qu'elle en fut surprise, tant elle avait le souvenir d'un garçon querelleur et méchamment moqueur. Elle n'eut pas le temps de répliquer, car François la délaissa aussitôt pour s'agenouiller devant Marguerite d'Estampes qui venait aux nouvelles.

— Mes respects, mère... C'est une grande joie pour moi de vous revoir, après tout ce temps !

— À moi aussi, mon fils. Ainsi, vous avez enfin trouvé le moyen d'échapper à vos cavalcades guerrières ?

— Oui, mère. Et je reviens de combattre en Champagne qu'avait envahie Charles Quint après avoir traversé le duché de Lorraine, et qui entendait menacer Paris. Mais la paix est rétablie, d'autant plus que l'empereur ne pouvait plus payer ses mercenaires ! Une trêve bienvenue qui me permet de renouer avec le plaisir de revenir en mon Auvergne natale.

— Voilà un événement qui se doit d'être fêté dignement ! Isabelle, veuillez prévenir nos gens de préparer à mon fils et sa suite un bon repas malgré l'heure, et de faire en sorte de nous élaborer un festin d'exception !

* *
*

Dès le lendemain, tôt levé, François de Saint-Nectaire aborda sa jeune sœur avec un sourire dubitatif :

— Si j'en crois notre digne mère, tu te montres une cavalière émérite, maintenant ?

Magdeleine baissa le regard pour ne pas paraître trop prétentieuse.

— C'est ce que l'on dit de moi, mais je ne sais si c'est la vérité ou simple indulgence...

— Comme j'en ai un peu assez de traîner avec moi ces écuyers sur les routes de France, est-ce que tu accepterais de faire avec moi quelques galops au travers de nos montagnes ?

— Mais bien sûr, mon frère. Mon fidèle Pégase n'a d'ailleurs d'autre envie que celle de filer par monts et par vaux à la vitesse d'un éclair !

François éclata de rire.

— Eh bien... c'est ce que nous verrons ! Allons déjà demander à Déodat de préparer nos montures.

Une fois habillée de façon adéquate, elle se présenta aux écuries où son frère la considéra en pouffant.

— Comment ? Tu te plairais donc à monter en homme ? Et cette épée : c'est une façon de parader, peut-être ?

La jeune femme railla aussitôt :

— Et la tienne ?

— Oh ! Ce n'est pas pareil... Moi, je suis un chevalier adoubé, et j'ai déjà guerroyé en diverses occasions au service de notre roi !

Déodat, en tenant à la longe Pégase et le cheval de François, adressa au jeune Saint-Nectaire un sourire un peu ironique.

— Je crois, pour l'avoir vue à l'œuvre, que votre sœur saura vous étonner !

— Je ne demande que ça ! rétorqua François en se juchant sur son destrier. En route !

Les deux cavaliers s'éloignèrent au trot du château en descendant jusqu'à la vallée où ils franchirent la couze Chambon avant de contourner le village de Murol. En passant au pied du château de Gabriel d'Estaing, le frère de Magdeleine se retourna, l'œil fripon.

— J'ai toujours pensé, autrefois, que le fils du seigneur de Murol pouvait être un bon époux pour ma sœur.

— François ? répondit-elle sans même rougir. C'est vrai qu'il me plaisait assez... mais c'est sans regret aucun que je l'ai vu se marier il y a quatre ans !

En riant, Magdeleine le dépassa sans même solliciter un effort de Pégase, puis remonta la vallée en évitant le bourg de Chambon-du-Lac avant de s'enfoncer dans les bois au prix d'une montée plus raide. Alors que les arbres s'éclaircissaient peu à peu, ils abordèrent de grands espaces plus pentus et tourmentés où régnaient de vastes prairies. Nul troupeau n'y pâturait en cette approche d'hiver, et la jeune femme se défoula en se lançant dans un galop effréné au grand plaisir de son fougueux petit cheval. François ne put qu'admirer l'aisance avec laquelle elle chevauchait et dut asticoter son coursier pour soutenir le rythme qu'elle imposait. La végétation se faisant plus rase avec l'altitude, Magdeleine fonça à vive allure face aux cimes déjà légèrement enneigées du Sancy, avec la fierté de faire jeu égal avec son frère. Hors d'haleine, ils s'arrêtèrent sans rien dire pour contempler le paysage qui s'offrait à eux. Quel spectacle, aussi familier que fascinant, que ce panorama aussi immense que varié ! Et comment se lasser de ce moutonnement de sommets et de crêtes pour tout horizon, du miroir des lacs, des crevasses des vallées ? Ces villages enracinés à leur terre, dominés par le clocher de leur église ou par les tours de leur château seigneurial... Oui, elle était belle, leur Auvergne !

Renonçant à filer plus haut, ils redescendirent calmement vers la vallée de Chaudefour, avant de remonter le fil d'une sente tortueuse jusqu'à atteindre de nouveau des cimes dénudées, sous l'œil blanc de neige des puys environnants. Après avoir plongé dans la trouée chaotique des versants du Mont-Dore, ils empruntèrent un chemin assez peu carrossable pour s'approcher de nouveau du village du Chambon. Dans une boucle en épingle à cheveux qui précédait la bourgade, et après avoir franchi au cœur d'un bois sombre le ruisseau de la Benne, François tira sur ses rênes pour arrêter son cheval. Magdeleine fronça les sourcils et protesta :

— Qu'est-ce qui t'arrive ?

— Chut... J'ai entendu quelques cris, et ce lieu désert et escarpé est des plus propices à ce que nous soyons victimes d'une embuscade ! Peut-être serait-il plus sage de rebrousser chemin et de choisir un trajet plus sûr ?

— Reculer devant le danger ? Il n'en est pas question ! s'insurgea la jeune femme en tirant son épée. Il ne sera pas dit que deux Saint-Nectaire aient eu l'idée de fuir devant une poignée de larrons !

Prenant son frère de court, elle lança Pégase et se rua dans la gorge avant de retenir sa fidèle monture des quatre sabots.

— Oh ! Pégase...

Un arbre touffu avait été abattu pour barrer le passage, la confortant dans la certitude qu'un piège avait bien été tendu aux rares voyageurs empruntant ce chemin isolé. Un soupçon vite confirmé par l'apparition d'une demi-douzaine de canailles armées de serpes et de rapières... Sans hésiter, elle poussa son cheval au galop, comme lorsqu'elle s'entraînait avec Silvio Brastelli, en s'égosillant à cris sauvages. Dans la foulée, elle fonça sur les bandits en moulinant l'air du fer de son épée. Avec une rage qu'elle s'ignorait, elle bouscula ses adversaires alors même que François venait à sa rescousse. En quelques coups de lame, elle fit reculer ces crapules, en blessant même deux au passage, et son frère n'eut aucun mal à mettre en fuite le reste de la petite troupe. Encore émotionné, il déversa aussitôt sa peur et sa colère sur sa jeune sœur :

— Mais tu es complètement inconsciente ! Qu'est-ce qui t'a pris de te jeter dans la gueule du loup sans même m'attendre ? Te rends-tu compte de ce que tu risquais ?

— Je crois t'avoir montré que je savais me servir d'une épée, non ?

— Ce n'était pas le rôle d'une femme, mais le mien ! C'est moi qui suis chevalier et homme de guerre...

— Au point de vouloir faire demi-tour ? railla Magdeleine.

— Mais non... J'ai seulement dit cela pour te protéger ! Mais comment se fait-il que tu saches ainsi manier le fer ?

Elle releva un nez conquérant pour répondre :

— J'ai obligé père, après ton départ et celui de Jacques du château, à laisser votre maître d'armes me former moi aussi à l'escrime et au combat. Et Silvio s'y est attaché durant près d'un an ! Peut-être même plus, d'ailleurs...

François soupira et la considéra avec des yeux exorbités.

— Comment père a-t-il pu accepter cela ? Te rends-tu compte, si ces coupe-jarrets avaient eu pistolets ou arquebuses ?

Magdeleine se contenta d'un sourire mutin pour rétorquer :

— Tu as raison. Il va me falloir apprendre aussi à me servir des armes à feu !

13

François était reparti après quelques semaines en d'autres régions de France au service du roi quand, alors que les dernières neiges avaient presque fondu en ce début d'avril, la nouvelle fusa à travers tout le royaume, créant un émoi plus ou moins grand au sein de la population, mais amplement commentée au sein de la noblesse : François Ier venait de s'éteindre en son château de Rambouillet.

— Le roi est mort, le roi est mort...

Un événement accueilli avec tristesse par les uns, avec fatalité par les autres, et par une relative indifférence par le petit peuple paysan qui se doutait bien que cela ne changerait rien à sa condition. Désormais davantage au courant de la politique du royaume, Magdeleine estima que son père, depuis des années écuyer du jeune nouveau roi, allait certainement se voir doté d'une charge prestigieuse, amplement méritée par sa bravoure. Cette intuition lui fut confirmée deux mois plus tard lorsque le seigneur des lieux fut de retour dans son château pour un bref séjour. Il se présenta dans la cour intérieure vêtu de façon plus somptueuse que jamais et accompagné par une dizaine d'hommes d'armes et de trois nobles de son entourage.

— Eh oui… annonça-t-il au repas. Je suis désormais gentilhomme de la chambre du roi ! L'un de ses plus proches chambellans… autrement dit, un conseiller influent.

— C'est bien, monsieur mon époux ! complimenta Marguerite d'Estampes. Je n'ai jamais douté de votre valeur, et je suis flattée que ce jugement soit partagé par notre souverain. Mais dites-moi : qui sont donc ces hommes bien nés qui sont à vos côtés ?

— C'est que je manque à tous les usages ! À ma droite, mon ami Pierre de Rochefort, seigneur d'Ally, de Jozerand, d'Orcet et d'Aneize. À côté de lui, le valeureux chevalier Hélie de Saint-Chamans[1], seigneur entre autres de Saint-Chamans et du Peschier[2], et à ma gauche le chevalier Guy de Saint-Exupéry, fils du seigneur de Miremont, seigneur de Favars, Chayrols et autres lieux, un des conseillers de notre nouveau roi…

Magdeleine fut aussitôt sur la défensive. N'était-ce pas une fois de plus pour lui présenter quelque bon parti et l'inciter à accepter un mari digne du nom qu'elle portait ? Tout au long du repas, elle ne fut pas sans remarquer combien les invités de son père ne se privaient pas de la lorgner discrètement, et elle se convainquit d'avoir raison : elle avait désormais presque vingt et un an, et il devenait inconcevable que la fille aînée de la famille n'eût pas encore convolé ! La jeune femme s'attacha alors à évaluer ces possibles prétendants, tous mieux habillés les uns que les autres… Seul Hélie de Saint-Chamans semblait avoir dépassé la trentaine d'années. Pierre de Rochefort pouvait sans doute se targuer d'être

1. Aujourd'hui Saint-Chamant, Corrèze, à ne pas confondre avec son homonyme du Cantal, bien que les deux branches seigneuriales soient liées.

2. Aujourd'hui, Le Pescher, Corrèze.

le plus beau des trois, mais ses manières brusques et ses propos souvent trop rustres écartèrent vite son attention. Quant à Guy de Saint-Exupéry, sensiblement du même âge que Pierre de Rochefort, il était au contraire courtois, cultivé de langage, et finalement le plus attrayant des trois. Attentive à garder ses distances, elle fit mine d'ignorer ostensiblement les œillades plus ou moins appuyées que lui lançaient régulièrement ces trois jeunes gens...

Ce soir-là, dans sa chambre, Magdeleine resta longtemps les yeux ouverts à fixer sans la voir une voûte de nuit. Sinon à entrer dans les ordres, il ne se faisait guère qu'une jeune femme de son rang ne fût pas encore fiancée à son âge, et elle commençait à redouter de n'avoir bientôt plus comme perspective d'époux qu'un vieux veuf grisonnant, bedonnant et en mal d'enfants pour perpétuer son nom !

« Jamais ! » se jura-t-elle.

En fermant les yeux, elle se remémora les compagnons que son père avait invités, et elle dut admettre qu'aucun ne lui déplaisait vraiment. Pierre, Guy, Hélie ? « Peut-être me faudrait-il choisir entre ces trois avant qu'on me vende comme bétail à je ne sais qui ? » Elle se retourna sous ses couvertures et seul le visage du seigneur de Miremont s'imposa en son esprit. Peut-être pas le plus remarquable, mais assurément le plus doux, avec malgré tout une énergie certaine, et une belle intelligence dans le regard... « Un corps bien découplé, grand et fort, et un chevalier proche du roi... » Oui, assurément, si elle n'avait que le choix entre ces trois-là, ce serait Guy de Saint-Exupéry qui aurait sa préférence ! Mais... était-il lui-même prêt à prendre femme ?

* *
*

Dès le lendemain, elle s'arrangea, de façon discrète, pour passer plus de temps auprès de ce seigneur de haute noblesse. Il était plus grand qu'elle, brun autant qu'elle était blonde, avec une courte barbe du plus charmant effet, les yeux vifs et le sourire engageant. Il portait des chausses de couleur pourpre à crevés[1] s'arrêtant à mi-cuisses, des bas à jarretière noirs, une tunique ouverte sur la poitrine sur un pourpoint chatoyant, et une toque bleue à fond plat aux bords relevés, rehaussée d'une plume blanche. Si les deux jeunes gens ne se parlèrent d'abord que peu, leurs regards se croisaient de plus en plus fréquemment. Le cœur de Magdeleine se mit à battre plus vite : « Et si j'avais la chance de conclure un vrai mariage d'amour, plutôt qu'une alliance politique dans l'intérêt de deux familles ? » Elle n'osait y croire vraiment, mais ne pouvait nier l'attirance qu'elle commençait à éprouver pour ce seigneur de terres auvergnates assez proches.

— Gente demoiselle Magdeleine, et si nous faisions quelques pas ensemble ?

Elle eut peur de rougir, n'attendant que cette occasion, et se contenta d'une moue d'acceptation accompagnée d'un sourire encourageant. Elle murmura :

— Avec plaisir, messire Guy.

— Guy suffira ! assura le jeune homme en modulant sa voix.

— Magdeleine aussi, alors.

Après un silence, Guy de Saint-Exupéry poursuivit, en osant s'emparer de sa main pour l'entraîner vers la cour intérieure :

— Savez-vous que nos deux maisons ont déjà été unies par les liens du sang ?

— Non ! Mais racontez-moi donc cela.

1. Petites entailles parallèles laissant entrevoir l'étoffe blanche.

— J'ai peur d'un peu trop m'avancer mais, pour autant que je me souvienne, il me semble qu'au moins un de mes ancêtres a eu autrefois une union avec votre illustre famille...

Elle se mit à rire, certaine que ce n'était là qu'un prétexte pour entamer la conversation. Elle rétorqua, volontairement d'un ton badin :

— Voudriez-vous me faire entendre que vous seriez prêt à combler ce trou dans nos généalogies ?

Bien qu'il fût homme à ne pas se laisser désarmer, Guy eut la sensation d'avoir rougi à cette allusion un peu osée : il n'était pas coutumier qu'une fille bien née se montrât si directe sous couvert de propos courtois ! Il répondit, embarrassé :

— Je ne sais, gente damoiselle. Cela ne dépend pas que de moi... mais surtout de vous...

— Moi ? protesta-t-elle. Mais qu'aurais-je à vous répondre, sans l'aval de mon père et de ma mère ?

— Je le comprends bien, Magdeleine... mais si cela ne dépendait que de vous ?

Comme elle n'entendait pas céder à ces propos comme une fille facile, elle se déforma les lèvres sur une moue faussement gênée.

— Si cela ne dépendait que de moi, dites-vous ? Je ne sais... Il faudrait, pour envisager la chose, que nous nous connaissions un peu mieux !

— Te, te, te ! J'en sais plus que vous ne pensez à votre sujet, gente demoiselle. Votre père parle souvent de vous, et même avec une certaine fierté !

— Vous dites cela pour me flatter, mais je n'y crois guère.

— Vous auriez bien tort, belle Magdeleine ! Tout l'entourage du seigneur Nectaire est au courant que vous chevauchez en homme et que vous tirez l'épée mieux que ses garçons.

La jeune femme détourna la tête.

— Il exagère !

— Je ne crois pas, et il ne tient qu'à vous de me prouver s'il a tort ou non de vanter vos mérites, lesquels ne sont point communs pour une femme… et encore moins pour une belle femme !

— Arrêtez ces louanges, messire Guy ! Vous voyez, je m'en sens déjà confuse… Parlez-moi plutôt de vous, dont j'ignore tout…

Guy de Saint-Exupéry mit un moment à répondre. Et ce fut d'un ton un peu rêveur qu'il murmura :

— Il n'y a sans doute pas grand-chose à en dire… Sinon que je suis issu d'une noble famille d'ancienne extraction originaire du Périgord, qu'il y a plus de deux siècles un Hélie de Saint-Exupéry a épousé une certaine Marthe de Miremont et que, depuis, ce fief est resté en coseigneurie possession de ma famille.

— Coseigneurie seulement ?

— Oui, mais ce n'est pas un déshonneur, tant la forteresse est d'importance et ses dépendances d'un bon rapport ! Je suis aussi seigneur de Favars, de Chayrols et du Doignon, chevalier auprès de notre bon roi Henri II, et l'un de ses conseillers personnels depuis la mort du roi François. C'est pourquoi je côtoie souvent votre père, qui a été des années durant son écuyer, et depuis son couronnement l'un de ses plus proches fidèles.

Magdeleine laissa échapper un petit rire joyeux.

— C'est bien beau, mais mettriez-vous aussi votre épée à mon service ?

— Assurément ! s'empressa d'assurer Guy, avant de comprendre que ce propos anodin pouvait être compris de façon bien plus ambiguë.

Il chercha le regard de la jeune femme, mais n'y lut qu'une candide innocence. Innocence peut-être simulée, comme pouvait le laisser entendre un petit sourire un peu ironique. Il préféra éluder la question et s'enquit :

— Et si vous me faisiez maintenant visiter ce beau château, ce prieuré, cette église somptueuse, et les environs du village ?

— Mais fort volontiers, mon bon seigneur…

* *
*

La jeune femme passa en la compagnie de cet homme qu'elle ne connaissait pas la veille une journée plus qu'agréable. Elle se surprit elle-même à se trouver ainsi plutôt charmée par le jeune seigneur. En compagnie de Guy, les heures avaient filé si vite qu'elle n'en avait pas eu conscience. Sa mine radieuse ne pouvait échapper à l'attention de ses parents, ce qui fit que Nectaire, une fois ses invités sortis de table, lui indiqua d'un mouvement de menton qu'il souhaitait l'entretenir.

— Oui, père ?

— Tu me sembles avoir particulièrement apprécié le chevalier de Miremont ?

— C'est un fait, père…

— Et alors ?

— Alors quoi ?

— Futée comme tu es, tu sais bien ce que je veux dire, non ?

Elle détourna le regard avant de faire semblant de supposer :

— Vous voulez savoir s'il me ferait un bon mari… ou s'il ferait une bonne alliance à notre famille ?

Nectaire et Marguerite d'Estampes se mirent à rire.

— Belle repartie, ma fille ! Mais qu'en penses-tu vraiment ?

Magdeleine hésita. Après un silence, elle avoua :

— C'est vrai qu'il me plaît, mais c'est peut-être prématuré de penser à plus, non ?

— Tu n'aurais donc pas d'objection à ce que, après que vous aurez mieux fait connaissance, j'entreprenne des transactions avec la famille Saint-Exupéry pour nous mettre en accord en vue d'un futur mariage ?

Soulagée qu'on ne lui mît pas le couteau sous la gorge, Magdeleine répondit :

— Si je peux dire déjà que je serais assez séduite par une telle union, rien ne dit que c'est réciproque.

Son père éclata de rire.

— Je vous ai observés, de loin, et pour moi cela ne fait pas de doute ! Et j'espère que cette perspective hantera, cette nuit, tes rêves des plus doux espoirs.

Elle redressa la tête, une lueur amusée dans les yeux.

— Je crois que je n'ai pas attendu ma couche pour en rêver déjà...

14

Dès le lendemain de ce jour mémorable, conscients qu'ils étaient de n'avoir su susciter l'intérêt de la demoiselle, Pierre de Rochefort et Hélie de Saint-Chamans avaient poliment pris congé de la famille Saint-Nectaire, laissant ainsi le champ libre à Guy de Saint-Exupéry, qui s'attarda près d'une semaine au château. Jusqu'à ce dimanche où, après la messe, il repartit pour rejoindre sa seigneurie de Miremont, après de longs échanges de politesses. Magdeleine essaya de se montrer impassible, mais son émotion était visible : elle avait passé de si agréables moments, à chevaucher avec lui de puys en dômes ! À discuter sans fin de tout et de rien. À rire comme des enfants de la moindre plaisanterie. Et, par décence, tous deux avaient eu bien du mal à résister à la tentation d'un baiser encore trop précoce...

— Nous nous reverrons bientôt, Magdeleine, je vous le promets !

— Je l'espère bien, Guy.

Des adieux émouvants, depuis le porche de l'enceinte du village, et ces signes de la main qui n'en finissaient pas. Longtemps, la jeune femme regarda le cavalier et son cheval s'éloigner pour disparaître au premier lacet du chemin. Elle sursauta lorsque son père lui posa la main sur l'épaule, l'arrachant à sa rêverie.

— Allons, ma fille, il est temps de rentrer !

— Oui, père... Mais j'ai déjà de l'impatience à le revoir !

— Voilà qui présage d'un mariage réussi et heureux. Dès la semaine prochaine, nous nous rendrons donc à Chalvignac où s'élève la forteresse de Miremont, pour que tu fasses connaissance des Saint-Exupéry. Et, surtout, pour que je discute avec le père de Guy des conditions et arrangements de l'union que nous envisageons.

— Je suis si curieuse de découvrir ce fief et son château !

— Seulement quelques jours à patienter, ma fille.

* *
*

Déjà en selle alors que les premiers rayons du soleil filtraient à peine à l'horizon en teintant le ciel de longues bandes orangées, Magdeleine semblait piaffer autant que son cheval Pégase. Nectaire lui adressa une moue moqueuse en clamant avec un mouvement de menton :

— En route !

Sans se retourner sur sa mère et ses sœurs qui agitaient des foulards pour accompagner le départ des voyageurs, la jeune femme demanda :

— C'est vraiment loin, Miremont ?

— Une grosse journée au galop en changeant de monture, ma pauvre. Ce qui veut dire que nous nous inviterons pour la nuit au fief d'Enval[1], où tu rencontreras quelqu'un que tu connais déjà !

---

1. Aujourd'hui Val. Château de Val, commune de Lanobre, sur une rive du barrage de Bort-les-Orgues.

— Et qui ?

— Je préfère t'en laisser la surprise... répondit son père avec un ton malicieux qui ne lui était pourtant guère coutumier.

Le voyage se poursuivit tranquillement, à un rythme trop tranquille au gré de Magdeleine. Elle s'en consola en admirant les paysages dès que l'équipage aborda des régions dont elle ignorait tout. Le spectacle majestueux de chaque coin de son Auvergne ne cessait de la fasciner. En direction du sud, jamais elle n'avait poussé les sabots de Pégase plus loin que Verrières, Saint-Diéry ou les cascades de Chiloza. Et voici qu'elle découvrait sous un autre angle le mont Dore, le Sancy, et les mamelons volcaniques boisés qui égrenaient leurs formes arrondies au plus loin que portait la vue. Après avoir fait halte pour déjeuner dans une modeste auberge rurale près de Picherande, le petit groupe traversa Saint-Donat et Cros avant de suivre une plaine parcellée de champs et de prairies, face à laquelle s'ouvraient des panoramas nouveaux aux yeux de la jeune femme. Quelques collines encore, avant de parvenir au confluent de la Tialle et de la Panouille qui alimentaient le cours proche de la Dordogne.

— Nous arrivons ! annonça Nectaire alors qu'ils passaient devant la vieille église d'une petite bourgade aux maisons espacées.

Une poignée de lacets plus tard, le château apparut alors que la plainte lancinante d'une corne annonçait la venue des visiteurs repérés par les yeux des guetteurs. Magdeleine s'était attendue à voir une forteresse érigée sur un promontoire élevé, et elle fut surprise de la découvrir sur un étroit éperon rocheux d'environ quinze toises de hauteur[1] seulement. Nectaire s'en aperçut et précisa :

1. Quinze toises équivalaient à une trentaine de mètres (1 toise = 1,95 m).

— De ce côté, ça peut paraître étonnant, c'est vrai... Mais de l'autre, le château d'Enval domine la vallée et la rivière de façon bien plus abrupte ! Et, comme tu peux t'en apercevoir, il est bien pourvu en défenses.

Rien n'était plus vrai. Proche d'une gracieuse chapelle, l'élégante bâtisse était constituée d'un haut corps de logis étroitement encadré par six tours effilées, dont quatre d'angle, toutes couronnées de toitures en poivrière. Sa silhouette élancée dressée vers les nuages lui donnait un aspect à la fois solide et gracile.

— Il semble plus récent que celui des Saint-Nectaire ! remarqua-t-elle.

— C'est exact, mais moins que tu ne crois. Il a surtout été entièrement remanié depuis plus d'un siècle sur les fondations d'une construction aussi ancienne que notre propre château.

Après avoir franchi les murailles de l'enceinte et les remparts, puis passé les postes de garde, ils abandonnèrent leurs montures aux mains des hommes d'écurie et empruntèrent le bel escalier en spirale conduisant à la cour d'honneur intérieure. Comme il en était de coutume, leur hôte d'une nuit s'était déplacé pour les accueillir. Un homme frôlant la trentaine, élégamment vêtu, s'avança sous le porche accompagné d'une jeune femme et d'un garçon, puis s'exclama :

— Messire Saint-Nectaire ! Il y a bien longtemps que je n'ai eu le plaisir de vous revoir.

Magdeleine écarquilla les yeux en reconnaissant le fils du seigneur de Murol.

— Fran... François ?

Il ne répondit pas, ce qui fit qu'elle jeta un regard interrogateur à son père, lequel lui sourit.

— Ce n'est pas par amusement que je t'ai conduite en cette forte demeure, mais simplement par la nécessité de faire une étape. Et il se trouve que la seigneurie d'Enval appartient depuis des générations à notre voisin de Murol, Gabriel d'Estaing. Mais, avec toutes les charges qui lui incombent, c'est son fils qui occupe les lieux depuis son mariage avec son épouse la noble dame Catherine de Chabannes, que voici...

Magdeleine s'inclina avec politesse, un peu troublée : François d'Estaing lui avait longtemps fait une cour assidue, sans succès, même si elle l'avait trouvé plutôt à son goût... Elle eut la crainte que ces doux souvenirs d'antan ne ranimassent des frustrations anciennes, mais François se contenta de la prendre par le bras pour lui montrer le gamin aux yeux rieurs qui se tenait aux pieds de ses parents.

— Voici mon premier fils, Jean d'Estaing, troisième du nom, qui va bientôt avoir sept ans ! Et voici sa mère, Catherine, ma délicieuse épouse, que je ne vois que trop rarement à mon goût. Heureusement, mon père est toujours assez vif, lorsque j'en suis absent, pour s'occuper de ce domaine dont il est lui-même le seigneur en titre. Mais, je vous en prie, je vais me faire un honneur de vous montrer vos chambres, en attendant un repas que je veux suffisamment à la hauteur de l'honneur que vous me faites.

Nectaire le rassura d'une moue explicite.

— Ne sors donc pas la grande artillerie des cuisines, mon gars. Nous sommes là un peu entre nous, non ? Et seulement de passage, car dès demain nous reprenons la route. Agissons plutôt comme les voisins que nous étions lorsque tu grandissais encore à Murol.

— Bien, bien, « môssieur » le bailli... répliqua avec légèreté le fils de Gabriel d'Estaing en usant volontairement d'un ton plaisantin.

Les rapports entre les deux familles avaient toujours été plus amicaux que protocolaires !

Avant de passer à table, François d'Estaing se plut à faire découvrir à Magdeleine le prestigieux logis qu'il occupait. Si la jeune femme redoutait un peu qu'il en profitât pour renouer avec les assiduités qu'il avait eues durant des années, ses craintes se révélèrent vaines : le jeune homme avait l'air parfaitement heureux de son sort, et il se contenta de lui faire visiter les lieux. De salles voûtées en salons aux poutres apparentes « à la française », de pièces ornées de tentures brodées en chambres rehaussées de fresques galantes ou guerrières, ils accédèrent au chemin de ronde. François balaya l'horizon d'un vaste mouvement de bras.

— Quelle vue sur toute la région, d'ici !

— C'est vrai ! Magnifique !

— Viens donc alors de l'autre côté, ça vaut aussi le coup d'œil !

Il n'avait pas tort : du haut de la tour, c'était avec un sentiment de vertige que l'on découvrait, en contrebas, le cours turbulent de la Dordogne. Le jeune homme en profita pour s'enquérir :

— Jolie comme tu es, comment se fait-il que tu ne sois pas encore mariée ?

Magdeleine rougit. Elle n'osa lui avouer d'emblée que, pour la première fois, elle était sur le point de franchir le pas ! Elle pouffa.

— Je n'ai que vingt-deux ans, tu sais ?

— Et alors ? Je n'en ai pas trente, et j'ai bien épousé ma Catherine alors qu'elle n'en avait que seize, et nous en sommes tous deux fort heureux !

— Je n'étais pas vraiment pressée de nouer une alliance, et mes parents ne m'ont pas poussée à accepter une union pour l'intérêt de notre lignée... J'en ai profité pour parfaire mes connaissances en littérature, en sciences et en philosophie. Mais je ne souhaite pas rester pour autant vieille fille ou nonne en couvent, et j'envisage désormais sérieusement le mariage.

— Ah, ah ! Et aurais-tu un préféré ? Parce que je suppose qu'avec ta beauté tu dois toujours avoir une multitude de prétendants !

— Chut… répondit-elle. Rien n'est encore fait, loin de là !

Il se mit à rire d'un ton qui sonnait un peu faux.

— Je souhaite que l'heureux élu auquel tu passeras bague au doigt soit aussi ardent que les sentiments que je nourrissais pour toi il y a quelques années…

Il y avait, semblait-il, quelques regrets dans ces propos qu'il voulait légers, et Magdeleine préféra couper court :

— Redescendons, maintenant. Ce petit vent commence à fraîchir !

* *
*

Le voyage avait repris dès l'aube, laissant derrière lui la fière silhouette du château d'Enval. L'équipée suivit d'abord la vallée de la Dordogne avant de s'en écarter au fil d'un trajet sinueux grimpant à flanc de collines, jusqu'à un plateau plus uniforme constellé de hameaux perdus au milieu des prés et des champs. Ils traversèrent Ydes, un bourg pourvu d'une charmante église et surveillé par une haute tour rectangulaire juchée sur une butte, longèrent ensuite le cours de la Sumène avant de s'attaquer aux montées d'un relief plus escarpé au sein de bois sombres et touffus. Les quatre hommes d'escorte encadrèrent aussitôt de plus près leur seigneur et sa fille, une embuscade de malfaisants étant toujours à craindre en des lieux si isolés. Inquiétude vaine, car ils parvinrent sans accrocs aux quelques maisons de Sourniac, puis descendirent dans la vallée encaissée du ruisseau de Labiou avant de remonter sur la rive opposée pour s'enfoncer au cœur de forêts peu engageantes.

— Tu vas bientôt pouvoir admirer le château de Miremont, annonça Nectaire de Saint-Nectaire.

Le cœur de Magdeleine se mit à battre plus vite : à la joie de revoir Guy de Saint-Exupéry s'ajoutait l'impatience de découvrir ce repaire qu'il avait tant vanté !

Miremont... Elle s'était attendue à un château perché comme un nid d'aigle au-dessus d'un village blotti sous ses murailles et s'étonna de le voir totalement isolé sur ce vaste plateau herbu, qui culminait pourtant sur tout le paysage environnant au prix de pentes escarpées. Mais quelle bâtisse ! Une plateforme basaltique servait de support à un premier rempart en maçonnerie, percé d'une porte surmontée d'une tour carrée au-delà de laquelle se succédaient plusieurs enceintes et fossés à contre-escarpe. Les écuries voûtées s'adossaient à l'intérieur de ces défenses, et des garçons étaient occupés à soigner et entraîner les chevaux. Le logis fortifié, tout en longueur, s'élevait sur une butte interne, avec ses courtines et ses hautes tours à mâchicoulis et meurtrières. Des soldats surveillaient les arrivées depuis les postes de guet, et le son des trompettes annonça les visiteurs qui franchirent un pont-levis, puis un lourd et grand portail donnant accès à une cour, au fond de laquelle se dressait une tour rectangulaire percée de fenêtres qui commandait à une seconde porte, protégée elle aussi par un pont-levis. Une cour intérieure faisait face au donjon principal du château, flanqué de tours à chacun de ses angles. Il émanait de l'ensemble une impression de puissance et de solidité qui expliquait sa réputation de forteresse imprenable...

15

À peine eurent-ils descendu de cheval qu'une nuée de jeunots en habits paysans se précipitèrent pour prendre en charge et soigner leurs montures. La porte du logis principal s'ouvrit alors sur le maître des lieux, un digne personnage d'une soixantaine d'années à barbiche blanche portant chemise immaculée à large encolure, veste richement ornée s'arrêtant à la taille, jupe à volants retombant sur des chausses étroites.

— Monseigneur Nectaire ! s'écria-t-il en ouvrant les bras en signe de bienvenue. Je vous attendais avec impatience...

— Moi aussi, mon cher Guillaume ! Il y a bien deux ans que nous ne nous sommes rencontrés...

Les deux hommes se donnèrent l'accolade, mais Magdeleine, après une brève révérence, n'eut d'yeux que pour celui qui restait légèrement en retrait de son père : ce Guy qui allait bientôt lui passer alliance au doigt. Ne voulant pas faire un accroc aux bonnes manières, ce fut avec une lenteur calculée qu'elle s'approcha de son futur époux pour lui prendre délicatement la main.

— Je suis fort heureuse de vous retrouver, mon ami.

— Et moi donc, divine Magdeleine ! répliqua le jeune homme en la serrant discrètement contre lui. Ces quelques jours sans vous voir m'ont paru une éternité...

Elle rosit sous le compliment et se contenta de lui sourire malgré cette envie de baisers qui lui brûlait les lèvres : ce n'était guère le moment de se montrer inconvenante !

— Mais entrons donc en ma demeure et faites en sorte qu'elle soit aussi la vôtre, proposa le seigneur de Miremont. Je laisse le soin à mon fils de faire visiter notre maison forte à votre jeune demoiselle.

Magdeleine adressa un regard de reconnaissance au vieil homme. Ce n'était certes pas par innocence qu'il leur permettait de s'isoler déjà, mais sans doute sa façon de marquer un accord de principe à l'union à venir.

Bien qu'il fût plus âgé qu'elle de six ou sept ans, Guy de Saint-Exupéry se montra d'abord silencieux, comme timide en présence de celle qui allait partager sa vie : il s'estimait si heureux de faire un mariage d'amour, quand trop souvent la pression des familles nobles obligeait à des alliances de circonstance ! Quelle plus belle opportunité de concilier les sentiments et les intérêts des deux lignées ? Ce fut Magdeleine qui osa les premiers mots :

— J'ai hâte de découvrir toute la région du sommet d'une de ces tours ! affirma-t-elle.

— Rien de plus aisé, si ce n'est le nombre de marches, plaisanta-t-il.

— Je parie que j'en arrive en haut avant vous !

— Non, non ! Pour ma part, je préfère que nous y montions plus lentement, et main dans la main...

La proposition n'était pas pour lui déplaire, et elle l'accepta d'un sourire. Aussi, palier après palier, tous deux se plurent à plusieurs haltes dans des encoignures propices, à seulement se fixer l'un l'autre, sans même une parole, mais en proie à une fièvre toujours croissante. Fièvre qui se concrétisa au niveau du chemin de ronde lorsque la jeune femme, n'y tenant plus, se serra contre Guy en lui tendant des lèvres implorantes. Il n'hésita guère et les goba dans un baiser passionné qui les fondit jusqu'à en perdre le souffle. Magdeleine haleta pour reprendre sa respiration et s'abandonna en collant sa tête sur ce torse masculin. Puis elle murmura :

— Que je suis heureuse, alors que je redoutais tant de coucher avec un homme pour qui je ne ressentirais aucun sentiment !

Guy se permit un petit rire.

— Tout comme moi, alors ! Je connais tellement d'héritiers de vénérables seigneuries qui n'honorent leur épouse que pour avoir une descendance et qui cherchent leur plaisir auprès d'amantes d'un soir ou attitrées... Mais vous êtes pour moi la femme dont je rêve depuis toujours : belle, intelligente, cultivée, et de plus fougueuse comme une jument sauvage !

Elle pouffa et osa pour la seconde fois une allusion dont une fille de bonne famille aurait dû s'abstenir en susurrant et rougissant :

— Jument, peut-être... mais qui jusqu'ici n'a voulu être montée par aucun des cavaliers qui lui ont été présentés !

— Serais-je alors l'heureux élu de ma charmante haquenée ?

— En douteriez-vous encore, mon beau chevalier ?

Un nouveau baiser scella avant l'heure l'accord qu'ils se donnaient, et Magdeleine dut s'ébrouer pour chasser les pulsions inconnues qui montaient en elle. Aussi s'écarta-t-elle de son hôte pour s'exclamer, la voix rauque et la sueur au front :

— Si vous me décriviez maintenant ce beau pays ?

— Volontiers, ma douce amie. D'ici, on a un point de vue sur toute la région ! À commencer par cette courbe de la Dordogne.

Que dire de plus, sinon que le panorama se révélait presque enchanteur ? La jeune femme enlaça la taille de son promis.

— Quel magnifique emplacement ! s'exclama-t-elle. En approchant de Miremont, on ne se doute pas ensuite de la position aussi escarpée de cette demeure !

— Oh ! Il y a bien plus vertigineux en d'autres lieux, mais les défenses du château rendent toute attaque de l'extérieur pour le moins aléatoire. Regardez, ma mie : de ces créneaux, on peut voir le sommet du Sancy, là, et plus loin encore le puy de Dôme ainsi que toute la chaîne de ces monts qui bourgeonnent à l'horizon... Mais faisons donc le tour du chemin de ronde. L'autre versant vaut aussi le coup d'œil !

Avec ravissement, Magdeleine admira les reliefs plus paisibles qui s'offraient à sa curiosité, de la vallée tortueuse de la Dordogne aux vallonnements du Limousin et du Périgord.

— Cet endroit est vraiment magique !

— Et vous en serez la fée, douce Magdeleine, si vous m'en voulez comme mage...

Pour toute réponse, elle se hissa sur la pointe des pieds afin de happer de nouveau ses lèvres. Que c'était bon d'apprécier pour la première fois la force rassurante d'un homme, de ne désirer que demeurer le plus longtemps possible entre ses bras, de chavirer à ses sourires et de n'avoir d'autre envie que celle de se donner entièrement à lui !

Si la forteresse, bien qu'élégante et élancée, paraissait austère et massive de l'extérieur, elle se révélait au contraire confortable de l'intérieur. « Largement plus qu'à Saint-Nectaire... » apprécia Magdeleine. De pièce en pièce, elle découvrit de belles salles voûtées, de somptueuses tapisseries, de rares tapis moelleux venus d'Orient, de riches rideaux et d'épaisses tentures... Ici une cheminée monumentale agrémentée de sculptures de lion, là de délicates frises ouvragées servant de cimaise aux panneaux de bois recouvrant le bas des murs, ailleurs un salon aux parois recouvertes d'un enduit supportant de gracieuses fresques...

— Dieu que c'est beau ! s'enthousiasma-t-elle devant une de ces œuvres. Mais quelle est cette délicieuse beauté ?

— La nymphe Daphné, répondit Guy. Elle...

— Daphné ? Oui, l'interrompit la jeune femme. Harcelée par les assiduités d'Apollon et transformée en laurier par son père afin de lui éviter de céder aux ardeurs de son poursuivant... Et je vois que ces autres représentations, tout autour, se réfèrent aussi à des sujets mythologiques ?

— Oui... Et je constate avec plaisir votre érudition !

— La bibliothèque du château de Saint-Nectaire est abondamment fournie d'ouvrages les plus variés, et rares sont ceux que je n'ai pas lus !

— Nous avons aussi beaucoup de livres à Miremont, et j'espère qu'ils sauront vous satisfaire, ma chère.

Magdeleine fit un pas de recul pour darder ses pupilles sur celle de son compagnon.

— Nous ne sommes plus de la génération de nos pères, n'est-ce pas ?

— Pourquoi une si étrange question ?

— Parce que ce voussoiement d'usage me dérange de plus en plus, tant je me sens proche de vous ! Ne pourrions-nous pas nous en passer ?

— Si c'est ce que tu désires, je n'y vois aucun inconvénient ! Mais, dans un premier temps, il serait préférable que ce ne soit qu'entre nous.

— Tu as raison, mon beau Guy... Les mentalités sont encore bien lentes à changer !

* *
*

Pour bien marquer l'importance qu'il apportait à cette rencontre, Guillaume de Saint-Exupéry insista, chose inaccoutumée, pour que les quatre écuyers de Nectaire fussent présents à sa table.

— Il est des événements qui se doivent d'être fêtés autrement qu'en tête à tête, avait-il affirmé.

L'escorte de Magdeleine et de son père accueillit cet honneur avec des sentiments mitigés. S'ils se félicitaient des mets à venir, les quatre hommes d'armes avaient crainte de passer pour rustres devant le raffinement dont faisait preuve leur hôte. Pas question de manger avec les doigts face à un tranchoir[1], comme ils en avaient l'habitude : ces assiettes délicates si différentes des écuelles paysannes, ces fourchettes à deux dents et ces serviettes de table entraient si peu dans leur manière de faire ! Bien que cette nouvelle façon de servir ne fût guère de mise à Saint-Nectaire, la jeune femme et son père en connaissaient l'usage et savaient se comporter ainsi qu'il convenait en de telles circonstances. Le repas fut d'ailleurs à la hauteur de ce décorum : tout d'abord des fruits, melons et oranges douces, puis les viandes et poissons, les légumes, cardons et choux-fleurs agrémentés de sauce au beurre, et enfin des pâtisseries sucrées et des confiseries.

— Et votre vin est excellent, apprécia le père de Magdeleine.

— Je le fais venir d'Allassac, sur les bords de la Vézère.

— Le mien provient des environs de Riom et se targue de l'appellation madargue... mais le vôtre est étonnamment plus fruité, et doux sur la langue comme du velours !

— Ce n'est qu'une question de terroirs, mon cher Nectaire. Nous avons de fort bonnes vignes dans nos régions,

1. Plateau de bois rond ou rectangulaire sur lequel était posée une tranche de pain à la mie très dense servant d'assiette, sur laquelle on déposait viandes en sauce ou rôties.

même si elles ne valent pas celles que l'on sert à la table de notre roi !

— Qu'importe, si elles savent nous charmer le palais ?

— Voilà qui est bien dit, mon cher Nectaire. Mais il nous faut maintenant discuter de nos affaires et je vous y convie dans le petit salon, pendant que nos tourtereaux feront plus ample connaissance...

— Je l'entends bien ainsi, Guillaume.

* *
*

Magdeleine se félicita de ce moment de liberté accordé par son père et celui de Guy. Elle n'en oublia pas pour autant les bons principes et supposa :

— Mon bel ami, et sans aucun doute bientôt mon bel amour, il serait peut-être inconvenant de nous enfuir déjà de ce château pour chevaucher dans la contrée. Aussi serait-il plus raisonnable de rester en ces murs aujourd'hui et de nous offrir dès demain des galopades au sein de cette région que je ne connais pas ?

— Tu as raison, Magdeleine. Inutile de troubler les transactions qui sont en cours à notre sujet, même si nous sommes persuadés qu'à la toute fin nous pourrons sceller cette alliance en nous passant bague au doigt ! Et celle que je glisserai à votre annulaire sera ornée des plus belles pierres précieuses qui soient, je t'en fais le serment.

Elle secoua la tête.

— Est-ce donc si important ? Pour moi, un simple anneau taillé dans un os de carcasse de bœuf me suffirait : je ne veux de vous que l'amour dont je rêve et me moque bien des symboles en usage pour l'union de deux familles de haut rang !

— Nous ne pouvons nous soustraire aux coutumes, tant celles de la noblesse que celles du petit peuple, lequel y voit l'occasion de faire bombance sans que cela lui coûte un sou.

— Ne t'inquiète pas, mon Guy : j'ai été éduquée pour tenir mon rang et je le tiendrai, même si ces festivités me semblent un peu surfaites. Le seul véritable bonheur ne sera que celui que nous voulons partager, n'est-ce pas ?

— C'est vrai ! la rassura Guy. Il me tarde tant de t'étreindre avec toute la douceur du monde sur une même couche !

Elle sourit, subitement espiègle.

— Je ne me sens nullement obligée d'attendre la bénédiction d'un curé pour cela ! affirma-t-elle.

— Comment ? Mais c'est contraire aux règles de l'Église !

— Et alors ? Tout comme il est contraire à leurs vœux que nos ecclésiastiques vivent en concubinage sans que nul ne s'en offusque, sauf les adeptes de Calvin ou de Luther !

Guy de Miremont resta un instant interdit, puis il convint :

— Tu n'as peut-être pas vraiment tort... Mais, par les temps qui courent, mieux vaut nous conformer, tout au moins à la vue de tous, aux pratiques qui encadrent un mariage aussi remarquable que le nôtre !

— Il en sera fait selon vos volontés, mon bien-aimé futur époux.

16

Quelques jours seulement, mais des jours dont elle se souviendrait sa vie durant ! Des jours de troubles et de doux émois, des jours de sucre et de miel, des jours de rêves et de merveilles ! Si longs et si brefs à la fois... Des jours à la découverte de cette région nouvelle pour elle, mais qu'elle aimait déjà. Avec, aussi, cette complicité à cavaler en compagnie de Guy comme si tous deux se connaissaient depuis l'enfance ! La magie, encore, de se fondre dans d'autres paysages, d'une rive à l'autre de la Dordogne, au sein de ces contrées qui seraient bientôt son horizon... Les sabots de Pégase l'avaient ainsi conduite aux quelques maisons éparses de Chalvignac, bien sûr, mais aussi jusqu'à être en vue de la petite ville de Mauriac, en surplomb du cours de l'Auze : la longue église du monastère bénédictin, avec son clocher d'une hauteur impressionnante, eut le don de la charmer.

— Nous nous y rendrons un autre jour, préféra Guy. Ce n'est qu'à quelques minutes de Miremont, et mieux vaut aujourd'hui suivre la Dordogne et pousser jusqu'à Servières ou Argentat.

À l'occasion de ces balades, elle se familiarisait avec ce monde déjà différent de celui de sa Haute-Auvergne natale, surtout lorsque leur périple les poussait, de l'autre côté de la Dordogne, en direction de Tulle ou de Brive... De promenade en promenade, des liens de plus en plus forts s'établissaient entre eux, et Magdeleine brûlait de plus en plus de l'envie de s'abandonner dans le lit de celui qui lui emplissait le cœur et l'esprit. Elle se refusa pourtant à lui lorsqu'il lui proposa, un soir, de le rejoindre en sa couche.

— Non, non, mon ami... Si nous avons tous deux l'impatience de ne point attendre le mariage, ce serait mieux de ne céder à ce que l'amour nous dicte qu'une fois nos fiançailles prononcées !

Les nuits suivantes, Magdeleine se tourna et se retourna sous ses couvertures en regrettant amèrement que Guy n'eût pas insisté : nul doute qu'elle lui aurait cédé sans états d'âme, quitte à s'en confesser ensuite auprès du père prieur.

* *
*

Sans surprise, les transactions entre Nectaire et Guillaume de Saint-Exupéry ne furent que formalités, avec le souci d'accroître le prestige et les revenus des deux familles. Magdeleine n'en ressentit aucune joie, tant elle eût souhaité que ces discussions s'éternisassent afin de consacrer plus de temps auprès de celui avec qui elle allait passer sa vie. Les deux seigneurs durent s'en apercevoir car, bien que l'affaire fût conclue, le père de Magdeleine consentit à l'hospitalité de son hôte deux ou trois jours de plus. La jeune femme fut même assez contrariée d'être contrainte de faire le voyage du retour.

— Sommes-nous si pressés de rejoindre Saint-Nectaire, père ?

— Je le crois, ma fille... Tu sembles si impatiente de t'unir avec ce beau parti qu'il me semble ne plus devoir tarder pour déclarer vos fiançailles, ce qui se fera en notre château ! Quant à la cérémonie qui vous fera définitivement époux et femme devant Dieu, elle pourrait s'envisager dès le mois de mai ici même, à Miremont. Qu'en penses-tu ?

La jeune femme eut du mal à cacher sa joie, elle s'attendait à des délais autrement plus longs ! Aussi s'exclama-t-elle :

— Mai, dites-vous ? Je crois que ce sera parfait !

« Vite, il faut que j'annonce cela à ma bonne Franchou et à Isabelle ! » Pas une seconde elle ne pensa à sa mère : nul doute que Marguerite d'Estampes était déjà au courant des transactions matrimoniales en cours...

* *
*

La fille aînée des Saint-Nectaire sur le point de prendre un époux ? C'était un événement qui ne pouvait passer inaperçu dans toute l'Auvergne, et même au-delà ! Bien que le calendrier de ces réjouissances eût été le plus réduit possible, la jeune femme ne put cacher l'impatience qu'elle en éprouvait. Chaque jour elle trompait sa nervosité en s'offrant d'interminables escapades sur le dos de Pégase. Oh, bien sûr, il lui fallait aussi se prêter aux séances d'essais que lui imposaient sa mère et Isabelle de Beauvillard : en telle occasion, une Saint-Nectaire de ce nom se devait de se montrer dans ses plus beaux atours ! Étoffes et tissus de luxe contribuaient à témoigner de la puissance de celui ou celle qui les portait et rendaient compte de sa position dans la société... Une véritable torture pour la jeune femme, qui attachait plus d'importance à ses sentiments qu'à sa tenue. Il lui fallut malgré tout se résoudre à revêtir inlassablement corps de robes et jupes entrouvertes, galons et passementeries, résilles à cheveux, colliers et boucles d'oreilles, manches bouffantes, à tel point qu'elle en arriva à haïr ces habits d'apparat. Elle se plia pourtant à cet exercice, en ayant pour seule exigence celle de refuser catégoriquement tout recours au corset.

— Même si dames et princesses ne peuvent s'en passer, il est hors de question que j'enfile cet instrument de torture digne des plus vils cachots ! clamait-elle à l'envi.

— Mais...

— Il n'y a pas de mais !

Que d'ennui à entendre aussi les remarques de sa mère qui, plus âgée, ne cessait de critiquer l'indécence de ces décolletés carrés qui dévoilaient la gorge plus qu'elle ne l'estimait permis !

— Mais c'est dans l'air du temps, mère, si l'on ne veut être considérée comme une vieille rombière !

— Ce qui veut dire que c'est ce que vous pensez de moi, ma fille ?

— Mais non, bien sûr... mais il me faut être au goût du jour, puisque vous exigez de moi des efforts de toilette qui ne sont guère dans mes préoccupations habituelles !

— C'est le moins que l'on puisse dire, ma petite sauv...

— Sauvageonne, je sais !

N'en pouvant plus de ces tergiversations, Magdeleine finit par imposer son choix en se bornant à une robe de velours largement échancrée sur un corsage décolleté à épaulettes, avec des manches à gigot. Une légère collerette blanche mettait en valeur les colliers et bijoux dont sa mère l'avait dotée, et la future fiancée se contenta d'une toque à plumes pour unique coiffure : sa chevelure blonde, si inhabituelle en cette Auvergne où la majorité des filles naissaient brunes, lui était sa meilleure parure !

— Cela suffit, maintenant ! Je ne suis pas une poupée qu'on habille et déshabille des centaines de fois ! Quant à celui qui sera mon mari, je gage qu'il sera plus enclin à me dévêtir qu'à me vêtir...

— Oh ! Vous avez là des propos de salle de garde, ma fille !

— Je ne pouvais naturellement avoir un œil sur votre chambre, mère, répondit malicieusement Magdeleine, mais je gage que vous n'aviez pas les mêmes pudeurs lorsque vous m'avez conçue !

Marguerite d'Estampes haussa les épaules et sortit de la pièce sans ajouter un mot.

* *
*

Le village de Saint-Nectaire, malgré sa majestueuse église et son fier château, n'était guère plus gros qu'un hameau, mais ce jour-là il s'était paré de tous les artifices d'un jour de fête. Des banderoles, des fanions, des musiciens venus des contrées alentour, et cette liesse commune qui agitait les habitants du lieu : les fiançailles de la fille aînée de leur seigneur laissaient présager de mémorables agapes et des divertissements comme il y en avait peu au fil des ans ! Les équipages à cheval ne cessaient de se presser à la porte du village, accueillis par les cris de joie des paysans. Avait-on déjà vu, ici, autant de grands seigneurs et leurs dames, autant de chevaliers et écuyers de haut rang ? Raison pour laquelle la cérémonie devait se dérouler dans l'église qui, bien que de dimensions modestes, semblait vouloir rivaliser en élégance avec les plus grandes cathédrales : la petite chapelle attenante au château était bien trop exiguë pour accueillir une telle foule !

Avant de se rendre à cette cérémonie religieuse, le jeune couple se présenta devant Guillaume de Saint-Exupéry et Nectaire de Saint-Nectaire. Se conformant aux traditions séculaires, Guy mit un genou à terre devant le père de sa bien-aimée et clama d'une voix forte :

— Noble seigneur Nectaire de Saint-Nectaire, en toute humilité, je demande de vos mains celle de votre fille Magdeleine, avec promesse de mariage, si elle y consent comme j'y consens.

— Magdeleine, acceptez-vous cette demande d'alliance avec Guy de Saint-Exupéry de Miremont ici présent ?

— Oui, je le veux.

Elle leva alors la tête pour sceller cet accord en tendant ses lèvres à son futur mari pour un baiser qu'elle se força à vouloir sage. Nectaire se tourna alors face à Guillaume et, sous l'œil du notaire, signa la transaction méticuleusement établie durant des jours, avant que Guillaume ne s'emparât à son tour de la plume d'oie pour parapher à son tour le document.

— Voilà qui est conclu dans les règles ! Il ne reste qu'à officialiser cette belle union à venir devant Dieu et les hommes, lors de la cérémonie religieuse qui nous attend.

Et quelle cérémonie ! Avec tous ces personnages importants, assis aux premiers rangs et, derrière, ces villageois debout qui avaient revêtu pour l'occasion leurs habits les plus présentables. Magdeleine se sentit aussi heureuse que gênée par ces regards qui ne la quittaient pas et souhaita ardemment que l'office ne se prolongeât pas outre mesure. Comme s'il l'avait perçu, le père prieur de l'abbaye célébra une messe bien plus courte que d'habitude, laquelle se termina par l'échange des promesses des futurs mariés.

— Moi, Guy de Miremont, je promets que je vous prendrai pour femme et que jamais ne vous faillirai !

— Et moi, Magdeleine de Saint-Nectaire, je vous donne mon corps et vous resterai fidèle à jamais.

Avec solennité, le jeune homme se saisit doucement de la main de sa promise pour lui glisser au doigt une belle bague ornée d'une pierre précieuse, et Magdeleine fit de même en le dotant d'un anneau d'or gravé du blason des Saint-Nectaire. Ils échangèrent un chaste baiser, puis le père prieur les bénit. Le couple sortit ensuite de l'édifice, escorté par toute l'assemblée qui se réjouissait déjà de la suite des événements en applaudissant à tout-va. Dans une ambiance aussi festive que tumultueuse, des musiciens installés sur les marches du perron commencèrent à jouer, à la grande joie de tous les convives.

* *
*

À l'intérieur des murs, les fiancés, leurs parents et les invités de la noblesse avaient pris place autour des grandes tables de l'immense salle de réception voûtée, sur lesquelles trônaient des mets les plus recherchés : les convives avaient ainsi le choix de se servir en vinaigrette, lard, brouet de cannelle, assortis aux venaisons, puis hérons, perdreaux, lapereaux saupiquets, suivis par des chapons farcis à la crème, des pâtés de pigeon ou de la viande de chevreau, le tout agrémenté de cresson, et enfin les fruits, poires, noix, noisettes et amandes... Luxe encore rare, Nectaire avait fait sortir des buffets des verres à pied, carafes et bouteilles en verre ouvragé, ainsi que de la vaisselle d'argent ou de faïence. Bien que l'on continuât à manger avec les doigts, il avait fait disposer couteaux, cuillères et fourchettes comme il en était de mode à la Cour. Le repas devant s'éterniser jusqu'au soir, entrecoupé de chants et de danses, il avait aussi loué les services d'un groupe de musiciens, et ce fut au son des violes, luths, vielles, flûtes, trompettes et tambourins que l'on se mit à table.

Naturellement, Magdeleine et Guy étaient l'objet de toutes les attentions, ce que la jeune femme trouvait particulièrement gênant. Elle ne pouvait d'ailleurs échapper, entre deux plats, à consentir à quelques danses malgré son peu de disposition pour ce genre d'exercice. En compagnie de son amoureux, elle s'adonna ainsi au branle, dans lequel les danseurs se tenant par la main alternaient leurs pas en balançant à droite puis à gauche, à la basse danse, bien plus codifiée, lente et majestueuse, puis à la pavane et la gaillarde. Dans le joyeux brouhaha des conversations qui couvraient parfois la musique, et alors que l'après-midi était déjà fort entamé, elle chuchota à l'oreille de Guy :

— C'est une fête magnifique, avec un bon festin, mais qu'il me tarde que tout cela se termine !

— Moi aussi, ma douce... Ne serait-ce que pour nous retrouver seul à seule !

— Tout le monde me paraît si heureux ! Regarde : jamais je n'ai vu ma mère si rayonnante et souriante...

Son regard s'attacha ensuite à Isabelle de Beauvillard, qui se laissait tenter de temps à autre à tenir compagnie à l'un des cavaliers plus ou moins jeunes qui s'adonnaient à des figures élégantes, tantôt dynamiques et tantôt lascives, au rythme imposé par les instruments. « Depuis toutes ces années qu'elle est dame de compagnie de ma mère, il serait peut-être temps qu'elle aussi se trouve un mari ! Malgré son âge, elle conserve une beauté surprenante ! Et elle est si agréable et paisible... » Elle avait toujours beaucoup aimé Isabelle, puisant en sa présence une sérénité et un apaisement qu'elle ne ressentait qu'auprès d'elle, à part Franchou...

* *
*

Guy de Saint-Exupéry resta encore deux jours à Saint-Nectaire avant de retourner à Miremont. Contre l'avis de sa mère, Magdeleine insista pour se joindre à lui afin de gagner elle aussi ce fief qu'elle allait bientôt définitivement occuper. À presque vingt-deux ans, elle avait tout de même son mot à dire ! Nectaire se montra plus conciliant, et même presque complice : il se doutait bien que les jeunes gens n'attendraient pas la bénédiction nuptiale pour céder au péché de chair, mais, après les fiançailles, la chose ne revêtait que peu d'importance aux yeux des confesseurs.

17

Bien qu'elle aimât sa région natale, ce fut avec plaisir que la jeune femme retrouva les paysages et le château de Miremont. Déjà, elle s'y sentait comme chez elle ! Quelle chance elle avait d'épouser un homme par amour et non par convenance, et d'apprécier ce nouveau cadre de vie qui n'était finalement pas excessivement éloigné de la vénérable demeure des Saint-Nectaire ! De plus, la forteresse, malgré son aspect massif sous des tours élancées, se révélait bien moins austère que le château de ses ancêtres. Durant quelques jours, Magdeleine se plut de nouveau à parcourir la campagne en compagnie de son fiancé.

— Il faut bien que je connaisse la contrée pour épauler mon mari lorsqu'il sera absent !

— Il est vrai, et je le regrette pour la première fois, que le service du roi l'emporte sur celui que se doit d'avoir un époux envers son épouse... Mais je ferai en sorte d'être le plus souvent possible aux côtés de ma femme !

— Et je t'en serai reconnaissante, mon bel ami.

S'ils évitaient les trajets réputés peu sûrs à cause d'embuscades de larrons, ni Guy ni Magdeleine n'oubliaient de porter l'épée.

— Il faut toujours prévoir le pire ! disait souvent la jeune femme.

— Et je me munis toujours d'un pistolet, et d'une arquebuse chargée dans mes fontes... De quoi décourager les plus intrépides !

Cet après-midi-là, ils se dirigèrent vers la ville toute proche de Mauriac, à moins d'une lieue de Miremont. Ils l'abordèrent par l'ouest, et Guy arrêta sa monture au sommet d'un mamelon.

— Nous l'avions déjà aperçue de loin, se souvint Magdeleine.

— D'ici, on a une vue presque aussi vaste qu'au château, mais sous un autre angle. Regarde le bourg, à nos pieds, puis les plaines du Limousin, les coteaux de Dordogne, la chaîne des monts Dôme, et celle du Cantal... Mais descendons au bourg, dont le monastère a longtemps été dirigé par des doyens de ma famille. Il est désormais sous l'influence des Montal, qui en tirent tous les bénéfices en le laissant pratiquement tomber en ruine...

— C'est triste.

— Je ne te le fais pas dire ! La plupart des moines y sont, depuis, corrompus et plus voleurs que religieux. Et les habitants demandent de plus en plus de retirer au doyen le pouvoir seigneurial qu'il exerce.

Après avoir franchi les murs de la ville par l'une des quatre portes fortifiées, ils s'engagèrent dans les ruelles pentues qui serpentaient à flanc du coteau où s'élevait le vieux centre de la petite agglomération. Magdeleine eut ainsi l'occasion de découvrir la basilique qui, bien qu'admirable, ne lui faisait pas oublier la grâce et l'élégance de celle de Saint-Nectaire. Ils y pénétrèrent tous deux le temps d'adresser une prière à genoux, mais elle n'avoua jamais à Guy la façon dont elle avait supplié Dieu de lui accorder une union heureuse avec l'homme qu'elle aimait ! Ivres de grands espaces, ils ne s'y attardèrent guère, préférant descendre le long de la vallée de l'Auze. La jeune femme en garda longtemps le souvenir de l'impressionnante cascade de Salins, qui se précipitait dans un fracas assourdissant en soulevant un brouillard humide et épais et en générant de turbulents tourbillons d'écume.

Ils se plurent ensuite à porter les sabots de leurs chevaux dans les villages alentour : Chaussenac, Pleaux, Saint-Privat, Auriac et quelques autres. Durant tout ce périple, Magdeleine tenta de s'imprégner au mieux de ces terroirs encore sauvages qui seraient désormais son univers. Aussi le soleil commençait-il à rougir lorsqu'ils réintégrèrent les murs de Miremont, où Guillaume de Saint-Exupéry les invita comme chaque soir à sa table. L'œil malicieux, il s'enquit :

— Belles chevauchées, durant ces quelques jours ! Ma future bru a-t-elle apprécié le pays qui est le nôtre ?

— Pour le mieux, sire Guillaume ! s'enthousiasma Magdeleine. Tous ces paysages variés sont tout bonnement magnifiques.

— Ne vous leurrez pas, ma fille : l'hiver ne saurait tarder à pointer son nez, et la vie y est bien plus rude durant la mauvaise saison !

— Bof... Il n'en est pas autrement à Saint-Nectaire, vous savez ?

* *
*

Heureux d'une journée qui, bien que déjà fraîche, s'était montrée généreuse en soleil, les jeunes gens se sentirent le soir particulièrement détendus et plus complices que jamais. Ils n'eurent rien besoin de se dire, leurs regards parlant pour eux : et ce fut Magdeleine qui s'empara de la main de son fiancé pour l'entraîner vers la chambre qui lui était allouée. À la dernière seconde, Guy échappa pourtant à son emprise et elle s'étonna :

— Comment... tu ne veux pas ? Alors que moi, je ne...

Il éclata de rire.

— Ce n'est pas cela, ma colombe ! Mais, comme futur mari, j'estime que ma couche sera plus appropriée que celle d'une simple invitée...

— Comment cela, invitée ! Et simple, en plus ?

— Allons, je ne faisais que plaisanter, tempéra-t-il en s'emparant de sa bouche à l'en étouffer.

Puis, la saisissant sous les cuisses et par le dos, il la souleva pour la porter dans ses bras jusqu'en ses appartements, où il l'abandonna au moelleux d'un lit orné de baldaquins.

— Ce sera quand même mieux pour notre première nuit ensemble, non ?

Magdeleine avait tellement l'habitude de diriger les choses qu'elle rougit, avant de se laisser aller aux volontés de son amoureux. Elle rêvait depuis si longtemps de s'offrir à lui, mais se savait sans expérience aucune de l'amour charnel, alors que lui-même n'était certainement plus puceau depuis longtemps ! Elle se laissa alors dévêtir, lui facilitant la tâche en se tortillant comme un ver, puis le regarda ôter à son tour ses habits avec une certaine appréhension : avide d'être envahie, mais aussi inquiète d'être malmenée... On l'avait si souvent avertie de la rudesse et de la brutalité des gens de guerre ! Bien sûr, elle aimait « son » Guy, mais n'était pas femme à subir sans se rebeller un assaut bestial ! Elle ne se rassura vraiment que lorsque son fiancé s'allongea contre elle pour la caresser longuement avec des mains plus douces qu'elle n'aurait cru, et elle se mit à vibrer de tout son corps.

— Ahâââa...

Que c'était bon, ce contact chaud d'une autre peau collée à la sienne, ces effleurements sur son dos, ses épaules et sa poitrine, ces bécots si légers dans le cou ! Déjà haletante, un vertige dans les yeux, elle se retourna pour le laisser continuer cette lente exploration et lui tendit la bouche pour quémander un baiser affamé et sans fin, alors que les mains viriles empaumaient ses seins avec tendresse avant de s'égarer plus bas vers son ventre. Prise dans un tourbillon de frénésie, elle fit ce qu'elle n'aurait jamais imaginé : écarter largement les cuisses à cette intrusion vers son intimité, rendue folle par l'excitation de ces instants magiques. La pression des doigts sur cette fleur de chair que l'on prétendait honteuse, et ce plaisir qui montait pendant qu'il titillait lentement son bourgeon au cœur de ses lèvres les plus secrètes... N'en pouvant plus de désir exacerbé, elle se plaqua contre lui en plantant ses ongles dans sa peau et en feulant :

— Prends-moi, maintenant ! Oui, prends-moi !

Le jeune homme s'exécuta, tout en se positionnant le plus délicatement possible, histoire de la faire encore languir, puis ce fut avec retenue qu'il s'immisça doucement au sein du cratère chaud et humide en amorçant un timide mouvement de va-et-vient. Tremblante et palpitante, Magdeleine sentit cette résistance en elle que n'osait encore briser son partenaire. Secouant follement la tête, échevelée, elle s'agrippa aux fesses de son amant pour l'attirer brusquement en elle, et elle ne put retenir un petit cri. Assujettie à ce volume qui l'envahissait, elle hoqueta, les yeux révulsés, puis reprit un peu de souffle pour supplier d'une voix rauque :

— Oui, oui... Encore, ne t'arrête pas, je t'en prie !

Depuis trop longtemps précautionneux, Guy ne se le fit pas dire deux fois et laissa libre cours à sa fougue, encouragé par les gémissements éloquents de cette si belle femme qui se fondait entièrement en lui, cette femme dont il rêvait depuis leur première rencontre. Il prit néanmoins soin de ne pas conclure trop vite afin de graduer l'exaltation qui montait en elle, jusqu'à une jouissance que ne trahit qu'un râle modulé jusqu'aux aigus. Ce ne fut qu'alors qu'il s'épancha, avant de se laisser lourdement retomber sur le corps pantelant de celle qui venait de se donner à lui. Magdeleine eut du mal à reprendre son souffle, éperdue de sensations inconnues, délicieusement alanguie, en proie à un délectable engourdissement.

— J'avais un peu peur de cette première fois, avoua-t-elle dans un murmure. Mais que c'était bon, mon bel ami...

Sur ces mots, elle nicha sa tête contre le torse de Guy, avec pour seule envie celle de renouveler déjà ces merveilleux jeux de l'amour qu'elle devinait inépuisables. Avant de s'endormir dans les bras de son galant, elle esquissa tout de même un petit signe de croix : les confesseurs se montraient généralement tolérants envers ces relations hors mariage, dès lors que les contrevenants étaient officiellement fiancés ! Un bien petit péché, en quelque sorte... mais un si grand bonheur !

* *
*

Chaque matin, Magdeleine aimait à parcourir les multiples pièces du château au sein duquel elle allait vivre désormais. Elle en connaissait désormais tous les recoins, mais ne se lassait pas de les admirer encore et encore. Surtout près de l'arsenal et de la salle d'armes où se trouvaient de splendides salons où la dorure, la sculpture et la soie rivalisaient d'éclat et de beauté. Depuis ces quelques mois, elle se trouvait de plus en plus heureuse de vivre maritalement avant l'heure avec le fils du seigneur du lieu : de nuit en nuit, elle se découvrait une sensualité qu'elle n'avait jamais soupçonnée. Contrairement à ce que lui avait prêché frère Armand, les plaisirs charnels lui semblaient un don de Dieu ! Non, elle ne regrettait pas d'avoir dit « Oui ! » à ce beau chevalier, sans contrainte aucune.

* *
*

Même si elle n'appréciait pas trop les frimas d'hiver, dès les premières chutes de neige, la jeune femme s'efforça de monter régulièrement Pégase, qui ne semblait jamais si heureux que de cavaler dans cette couche blanche et poudreuse ! Elle se consolait ainsi du départ de celui qu'elle allait épouser, Guy ayant pour devoir de rejoindre la cour d'Henri II après une si longue absence : étant un des conseillers du roi, il ne tenait pas à se voir remplacer par un jeune prétendant à cette fonction honorifique ! Depuis de tendres adieux, Magdeleine ne se consolait qu'à dos de son cheval, toujours armée de son épée... Qu'avait-elle à faire de se plier aux conseils de prudence de son futur beau-père, qui l'exhortait sans cesse à ne pas voyager seule en des contrées souvent infestées de brigands et malandrins sans foi ni loi ? Aussi, la seule précaution qu'elle s'accordait était-elle de ne se vêtir que modestement, et sans ces habits de luxe dont raffolaient les femmes et filles de seigneurs. Seule son arme pendant de côté et accrochée à sa ceinture pouvait peut-être la trahir, mais elle estimait aussi que cette lame pouvait inspirer la crainte : si on la repérait malgré tout comme une jeune noble, ainsi équipée on ne pouvait qu'estimer qu'elle était suivie par une escorte aguerrie !

Escapade après escapade, elle fit ainsi mieux connaissance avec la région, ses villages et bourgades, ses paysages et ses châteaux. Loin d'elle l'idée de se présenter aux princes des lieux comme étant fille du valeureux Nectaire de Saint-Nectaire ! Elle préférait souvent faire une halte à l'improviste dans une quelconque masure de campagne en restant anonyme. Elle y quémandait un verre de lait, un morceau de fromage, entamait une conversation banale avec les occupants du lieu et ne repartait jamais sans laisser derrière elle quelques belles pièces sonnantes et trébuchantes... Ainsi, non seulement elle s'attirait la sympathie des plus pauvres, mais elle jugeait aussi mieux de l'indigence des gens du petit peuple. Elle se sentait souvent plus proche d'un simple laboureur et de sa famille que de la lignée dont elle était issue. Et, elle avait beau taire son nom, on ne fut pas long à savoir qui elle était, et sa popularité, de bouche à oreille, grandissait de jour en jour.

— Mais non, protestait-elle souvent auprès des plus humbles. Je ne suis pas une bonne sœur sortie d'un couvent, mais j'aime à côtoyer les gens simples plutôt que les prétentieux qui se gaussent de faire partie des familiers de notre roi Henri !

— Soyez-en remerciée, damoiselle... On nous méprise trop souvent, sauf pour recouvrir des impôts toujours plus lourds que nous ne pouvons souvent payer !

— Je le sais bien et je vous en plains : le monde où nous vivons ne comporte que trop d'injustices, et je n'y puis rien ! Mais veuillez accepter ces quelques pièces pour votre accueil.

— Merci beaucoup, damois... mais... mais c'est beaucoup trop, voyons !

— Ce n'est pas assez pour le plaisir que j'ai eu à passer ces quelques instants auprès de vous : une demi-heure seulement, mais où je me suis sentie plus à ma place que dans la demeure huppée où je vis !

— Vous êtes vraiment une bonne âme, damoiselle ! N'hésitez pas à nous rendre de nouveau visite, si vous repassez par ici.

— Je n'y manquerai pas, mon brave ! Et merci pour tout.

— C'est à nous de vous remercier, dame Magdeleine ! Bonne route, et prenez garde à vous.

— À nous revoir, si Dieu le veut !

Arriverait-elle un jour à s'endurcir assez pour se montrer la digne épouse d'un suzerain ? « Je ne crois pas... la véritable noblesse ne doit pas se construire sur le malheur des pauvres ! Et je suis sûre que frère Léonard penserait comme moi. »

18

L'absence de Guy de Saint-Exupéry se prolongea près de deux mois durant lesquels Magdeleine, jusqu'au sommeil de l'hiver, se sentit au fil des jours de plus en plus morose : son futur mari lui manquait tant ! Aussi fut-elle aussi fébrile qu'excitée lorsqu'un coursier apporta un courrier à Miremont : une lettre dans laquelle celui qu'elle aimait annonçait son prochain retour. Dès lors, elle n'eut d'autre impatience que celle d'espérer que les jours se montrassent le plus courts possible ! Et chaque nuit réveilla alors, en son corps et ses pensées, l'avidité de renouer avec les extases qu'elle avait découvertes dans l'union de deux êtres qui s'aimaient... Nostalgique, elle resta de plus en plus longtemps en son lit, jusqu'à ce jour où la corne de la tour de guet annonça la venue de visiteurs.

— Et si c'était lui ?

L'hypothèse s'ancra aussitôt en elle et elle bondit de sa couche pour s'habiller en hâte : oui, elle en était déjà certaine, son Guy lui revenait ! Pouvait-il en être autrement, alors que le mariage était prévu en mai ?

Sans attendre, elle alla à la fenêtre donnant sur la porte gardée de l'enceinte et son cœur bondit en sa poitrine : c'était bien lui, toujours si fier et digne sur sa monture, toujours si beau à ses yeux ! Qu'importaient ses cheveux épars et son inélégante robe de chambre, elle dévala aussitôt l'escalier à vis pour foncer dans la cour intérieure. Guillaume de Saint-Exupéry et son entourage se trouvaient déjà sur place, et Magdeleine n'eut que faire des regards outrés qui se posèrent sur elle à la vue de sa tenue. Sans réfléchir, elle se précipita au-devant des cavaliers, et son amoureux sauta de son destrier pour l'accueillir en ses bras, sans souci lui non plus du spectacle incongru qu'ils offraient aux yeux de tous.

— Ma douce mie... J'ai tant rêvé chaque nuit de te serrer ainsi contre moi !

— Et moi donc, mon bel et doux chevalier ! balbutia-t-elle avant enfin d'aspirer goulûment ses lèvres. Crois-tu que je n'aie pas espéré tous les matins me réveiller auprès de toi ?

Il lui chuchota à l'oreille, plus tendre que jamais :

— Je brûle tant de la hâte de me retrouver avec toi sous nos couvertures ! Mais il va nous falloir encore subir les hommages qu'implique mon retour, ainsi que les agapes qui vont suivre.

— Je t'ai attendu si longtemps que ce ne me sera pas une épreuve insurmontable, mon cher.

— Oh ! s'impatienta en riant Guillaume de Miremont. Est-ce que la demoiselle de Saint-Nectaire voudra bien me laisser embrasser mon fils ?

Elle éclata de rire et répondit en faisant mine de s'agenouiller.

— Veuillez excuser la passion que vous avez vous-même suscitée en me présentant à lui, monseigneur...

* *
*

Il fallut encore quelques semaines avant de voir se présenter sous le porche d'entrée Nectaire de Saint-Nectaire lui-même et son épouse, accompagnés d'une grande quantité de personnes, tant hommes que femmes... Magdeleine fut même étonnée d'y reconnaître ses trois frères : pour le mariage à venir, on avait vraiment vu les choses en grand ! Elle fut sur le point de s'élancer au-devant des visiteurs, mais Guy la retint par le bras.

— C'est en ton honneur qu'ils viennent, lui chuchota-t-il. Aussi n'est-ce pas à toi de faire le premier pas, mais au contraire d'attendre qu'ils viennent à toi !

Rebelle comme souvent pour tout ce qui concernait le protocole, Magdeleine éclata de rire avant de se précipiter dans la cour.

— Au diable les usages ! J'ai tellement hâte d'embrasser ma mère.

Marguerite d'Estampes et les dames de l'équipage avaient chevauché en amazone, ce qui avait fortement ralenti l'avance du groupe. La mère de Magdeleine se laissa glisser à terre en soupirant.

— Pff ! Heureusement que nous avons pu user de carrosses plus ou moins commodes sur une grande partie du trajet, parce que cette trotte à dos de jument est vraiment inconfortable !

— Raison de plus pour faire comme moi, mère, et de monter en homme !

— Vous n'y pensez pas, ma fille ? Ce serait inconvenant !

— Peut-être, mais tellement plus pratique...

La jeune femme s'approcha de ses frères Jacques et François qui étaient équipés comme pour partir en guerre, puis elle s'inclina devant Antoine, qui ne portait déjà plus la pauvre bure des moines mais un habit religieux moins ordinaire et plus onéreux.

— Je suis non seulement abbé de Saint-Chaffre, mais j'ai intégré aussi l'abbaye Saint-Géraud d'Aurillac ! précisa-t-il d'un ton un peu hautain.

— Pas besoin de me le dire, « Toine », je suis déjà au courant... Mais entrez donc, tous !

Sincèrement, une fois après s'être pliée à ces politesses obligées, elle éprouva encore plus de plaisir à revoir Franchou et Déodat.

— Que je suis contente que vous ayez été de ce voyage ! Avec Isabelle de Beauvillard, vous êtes tous deux ceux qui m'ont le plus manqué.

— C'est sans doute ce que ton père avait compris, répondit Franchou. Car nous ne nous attendions nullement à faire partie des invités !

— Le contraire m'aurait plus que contrariée. D'ailleurs, j'aimerais bien te garder auprès de moi, à Miremont, comme dame de compagnie. Mais seulement si cela te convient.

Des larmes dans les yeux, Franchou l'assura :

— Ce serait là le plus beau cadeau que tu pourrais me faire, ma petite Magdeleine. Mais il est d'usage pour une femme de seigneur de se choisir une personne d'à peu près son âge, voyons... et de bonne lignée, ce qui n'est pas mon cas !

— Je te laisse le choix, Franchou, mais sache que c'est là ma volonté : je n'ai que faire de ce qui se fait ou ne se fait pas ! Je sais seulement que je t'aime plus que ma propre mère, car c'est toi qui m'as élevée et câlinée, et non elle.

— De toute façon, Magdeleine, je doute que Mgr Nectaire y consentira...

La jeune femme eut un sourire malicieux.

— Ça, je m'en charge ! Tout comme il me plairait de garder auprès de moi ce brave Déodat, si lui aussi voulait bien changer de demeure.

Un peu morose jusqu'ici, le maître d'écurie se dérida :

— Ah, demoiselle... Si Mgr Nectaire me le permettait, ce me serait un grand honneur !

— Je m'en occuperai pour toi aussi, promit Magdeleine.

Son choix n'était pas vraiment innocent, car elle avait bien remarqué l'attachement que se vouaient ces deux êtres, un lien qui allait certainement au-delà de la simple amitié, et elle n'avait nulle envie de rompre cette complicité qui l'émouvait secrètement.

— Eh bien, conclut-elle, je verrai ce que je peux faire...

* *
*

La veille du mariage fut pourtant pour Magdeleine une véritable épreuve, même si elle ne le montra pas : rien ne l'exaspérait plus que ces longues séances d'habillage et de déshabillage auxquelles elle ne pouvait se soustraire ! Des essais d'autant plus interminables que Marguerite d'Estampes et Isabelle de Beauvillard n'avaient pas toujours le même avis :

— Je crois que notre mariée devrait passer cette belle robe à crinoline.

— Comment ? s'indigna Magdeleine. Avec ces lames et ces baleines d'osier qui donnent une silhouette ridicule et qui gênent le moindre déplacement ? Il n'en est pas question !

— Je crois que ma fille a raison, approuva sa mère. Cette mode espagnole n'est plus guère en usage à la Cour, et je le comprends... Et puis je n'ai pas fait confectionner pour rien, et par les meilleurs tailleurs d'Auvergne, les vêtements que nous avons apportés pour la cérémonie ! D'autant plus que nous avons choisi de luxueuses et onéreuses étoffes !

— Ce beau velours, alors ? Un tissu lourd, peut-être, mais de grande qualité, agréablement chamarré, et brodé de fils d'or avec des motifs à la mode...

— Oui, objecta Isabelle, mais l'Église préconise depuis peu le blanc le plus pur et non les couleurs !

— Bon... On se décide ? s'impatienta la principale concernée.

— Avec un petit vertugadin en dessous, ce sera parfait, jugea alors la femme de Nectaire.

— Non, non et non ! se buta Magdeleine. J'estime ne pas être trop mal faite de corps, et ces artifices n'ont été inventés que pour cacher le physique de femmes moins gâtées par la nature !

— Bon... nous en reparlerons ! En revanche, j'ose espérer que vous ne verrez aucun inconvénient à accepter ce haut de tunique en brocart de soie rehaussée d'or : c'est plutôt léger à porter, non ? Avec des manches gonflantes à crevés, vous serez magnifique !

Magdeleine approuva d'un simple hochement de tête. Il lui fallait bien finir par accepter un minimum des propositions de sa mère...

Que de discussions ensuite pour choisir un parfum adéquat ! La jeune femme dut se plier aussi à se laisser colorer les lèvres au pinceau, ainsi que les ongles des doigts... Marguerite d'Estampes remarqua alors :

— À force de cavaler comme un homme à travers prés et champs, vous avez un teint affreux, ma chère. Il serait opportun d'user d'un baume de céruse afin d'avoir la peau blanche qui sied à une fille bien née ! Vous êtes bien trop hâlée pour aller dignement au-devant de l'autel...

— Je ne suis pas d'accord ! Et je ne veux en aucun cas me montrer pour mes noces aussi pâle qu'un cadavre. Je trouve que mon teint mat sera au contraire du plus bel effet, avec ma chevelure claire.

— Bon... Parlons-en, de ces cheveux ! Nine de Montal, l'épouse du seigneur d'Ally François de Scorailles, a bien voulu nous envoyer Hélis, sa dame de compagnie, laquelle, m'a-t-elle assuré, est une artiste des coiffures les plus élaborées. Isabelle, veux-tu aller la quérir dans le petit boudoir ?

— Bien sûr, ma dame.

Magdeleine eut une petite moue.

— Ally, dites-vous ? Ce n'est qu'à moins de deux lieues d'ici, et j'ai vu la belle demeure neuve de La Vigne que les Scorailles n'occupent que depuis quelques années. Un fier château !

— J'espère que vous apparaîtrez aussi fière ce samedi au bras de Guy de Saint-Exupéry !

— Tout aussi fière que le sera Franchou à mes côtés !

— Ah oui, j'oubliais : votre père m'a en effet parlé de ce nouveau caprice, que je juge totalement insensé, d'ailleurs ! Voyons, Franchou est bien trop âgée… et surtout elle n'est pas de noble extraction ! On ne pourrait que la railler, et vous aussi.

— Peu m'importe, mère ! Elle me connaît mieux que quiconque, je l'aime et ne veux pas en être séparée. Comme nous avons à peu près la même taille et la même corpulence, je l'ai même dotée de la plus belle tenue de fête de ma garde-robe.

— C'est une véritable ineptie ! Franchou est la plus gentille des servantes, mais certes pas une femme de classe ! Vous l'adjoindre comme dame de compagnie ne serait que honte, pour vous comme pour nous !

— Durant toutes ces années passées à Saint-Nectaire, elle a su observer les bonnes manières qui sont les vôtres, et elle est moins sotte que vous le pensez : usant du peu de loisirs dont elle disposait, elle s'est exercée auprès de moi à déchiffrer les lettres que j'apprenais, les tracer à la plume, et se débrouille très bien ! Pas en latin, bien sûr, mais en français, et cela lui suffira amplement. Et je ferai remarquer que beaucoup de femmes et filles de hauts seigneurs ne savent ni lire ni écrire, ce qui ne les empêche pas de tenir leur rang !

— Mais...

— Il n'y a pas de « mais », père m'a déjà donné son accord !

— Décidément, mon époux est de plus en plus fou, et je crains que vous ne teniez de lui...

19

En ce jour de grâce vingt-neuvième du mois de mai, l'affluence fut grande à Miremont. La noblesse de la région s'était déplacée de loin, par amitié, vanité, ou seulement par déférence et respect envers le bailli Nectaire. Alors que tout ce beau monde s'assemblait dans la cour intérieure, Magdeleine, un peu anxieuse, épiait ces arrivées derrière une des fenêtres du donjon. Son regard se porta soudain sur un couple jeune qui attira son attention par sa somptueuse vêture.

— Qui sont-ils ? Un prince, une princesse ?

Ce fut sa mère qui lui répondit :

— C'est François de La Tour d'Auvergne, vicomte de Turenne, baron de Montgascon, et sa femme Éléonore de Montmorency. Tout comme les Saint-Nectaire, sa famille est très proche de la royauté... Se rendant, ce qui ne lui est d'ailleurs guère coutumier, en son château de Turenne, le vicomte a tenu à nous faire honneur en se déplaçant pour ce jour unique !

Isabelle de Beauvillard l'interrompit :

— Regardez... Tout est prêt pour la cérémonie ! L'évêque est là.

— L'évêque ? s'étonna Magdeleine. Mais je croyais que...

— L'abbaye de Saint-Géraud d'Aurillac dépend du diocèse de Tulle, répondit Marguerite. Et ton frère Antoine a obtenu de son évêque qu'il célèbre votre mariage, ma fille… c'est un véritable honneur !

Un honneur, peut-être, mais ce débordement de luxe et de pompes commençait à la dépasser ! Déjà qu'elle n'attaquait pas cette journée cruciale sans appréhension…

* *
*

Au bras de son père, bien que gênée par le poids et la raideur de sa tenue, Magdeleine se présenta à la porte du château au moment même où Guy de Saint-Exupéry y parvenait en compagnie de Marguerite d'Estampes. Ils étaient suivis de leurs proches, tous vêtus de leurs plus beaux habits. Quant au futur marié, il se présentait en tenue de guerrier, mais en ne conservant que les pièces d'armure, dites « d'apparat », conçues afin de ne pouvoir entraver ses mouvements : pas question d'embrasser celle qui serait sa femme en portant un morion[1] ou un bassinet de métal ! Il convenait pourtant à un chevalier d'arborer pour son mariage les attributs de sa charge, et Guy de Saint-Exupéry ne souhaitait pas déroger à cette coutume.

Face à eux s'avança alors l'évêque de Tulle, François de Faucon, avec à sa suite Antoine de Saint-Nectaire, le frère que Magdeleine avait le plus détesté en ses jeunes années à cause de ses incessantes brimades et moqueries. L'âge ayant fait son œuvre, il semblait au contraire réjoui de participer à cette union au sein de sa famille, et se montrait le plus déférent possible auprès du prélat… Au sein de l'espace entre les deux enceintes, la foule des visiteurs acclama le couple, et le cortège

1. Casque militaire à grande crête et à larges rebords en forme de bateau.

se dirigea vers la modeste chapelle, bien que sachant que seuls les membres les plus proches des deux familles pourraient y pénétrer à cause de l'exiguïté du lieu. Le reste de l'assemblée resta aux abords du petit édifice religieux, en silence, afin de suivre au mieux la cérémonie.

Tout commença par les traditionnels chants religieux, puis l'évêque s'approcha du couple avant de prononcer d'une voix forte :

— Les futurs se veulent-ils ?

— Oui ! affirmèrent de concert Guy et Magdeleine d'une même voix.

— Que l'on m'apporte les anneaux.

Après avoir béni les deux alliances qu'Antoine de Saint-Nectaire se fit un honneur de lui soumettre, le jeune couple se prêta au rituel de la jonction des mains. Le prélat poursuivit :

— Les accords et la dot convenus entre les deux parties sont-ils acceptés et garantis par les deux familles ?

Sur l'assentiment de Guillaume de Saint-Exupéry et de Nectaire, Magdeleine et son promis échangèrent leurs consentements mutuels :

— Magdeleine, je te prends pour femme et te promets que je te porterai foi, loyauté de mon corps et de mes biens, et te garderai saine ou malade en quelque état qu'il plaira à Dieu que tu sois. Ni pour pire ni pour meilleure je ne te changerai jusqu'à la mort !

La jeune femme reprit les mêmes termes avec ferveur et Antoine, son frère, présenta les alliances bénies par l'évêque. Selon la tradition, ce fut en premier que Guy passa l'une d'elles au doigt de sa bien-aimée.

— Par cet anneau je t'épouse, de mon corps je t'honore, mes biens je te donne...

Magdeleine réitéra la même formule avant que l'ecclésiastique ne les déclarât mari et femme, alors que des acclamations enthousiastes éclataient à l'extérieur de la chapelle. Après un prude baiser échangé, la cérémonie religieuse se termina par une courte messe, puis les mariés ressortirent de l'édifice religieux sous les chants et les cris de liesse.

La jeune femme eût aimé gambader en riant comme une gamine, courir dans tout le domaine jusqu'à en perdre le souffle, grimper au sommet du donjon pour crier au monde entier le bonheur qui l'inondait, mais elle se trouvait trop entravée par ses vêtements. Et puis elle se devait de se montrer digne et sereine devant tous ces gens qui ne la quittaient pas des yeux ! Se contentant d'afficher une mine souriante, elle tint encore à se mêler aux paysans et artisans du petit peuple qui, dans l'espace entre l'enceinte du château et les remparts externes, attendaient devant les tréteaux dressés le moment où ils pourraient se régaler de mets rares pour eux, ainsi que se livrer à des jeux, danses et chants : un véritable jour de fête ! Alors que des saltimbanques loués pour l'occasion entamaient des acrobaties aux sons des instruments des musiciens, les villageois ne se privèrent pas d'encenser les mariés. Guy en profita pour s'exclamer :

— Permettez-moi, tous, de m'éclipser quelques instants, mais je préfère me libérer de ces ferrailles de combat pour passer des habits plus commodes ! J'espère que vous le comprendrez...

* *
*

Tant au sein des murs du château que dans ses dépendances, la fête fut sans doute mémorable ! Des abords de la forteresse s'échappaient les cris de joie et les musiques émanant des réjouissances, des ripailles, des danses et des plaisanteries que s'octroyaient pour une fois les gens du peuple, heureux de profiter des largesses que leur accordait le seigneur du lieu à l'occasion des noces de son fils. Le vin, la nourriture à foison, l'ambiance donnée par les airs joués par les troubadours, les têtes qui tournaient un peu et les danses improvisées, tout cela contribuait à faire oublier les difficultés de la vie quotidienne, les taxes et impôts, ainsi que les incertitudes annuelles du climat qui pouvaient engendrer bonne récolte comme famine : bien que l'on fût fin mai, un imprévisible et terrible gel pouvait toujours ruiner les espoirs de ceux qui vivaient de la terre ! Magdeleine s'était accordée un moment pour troquer son inconfortable luxueux accoutrement contre une tenue plus agréable, qu'elle s'efforça pourtant de choisir la plus raffinée possible...

— Je veux être libre de mes mouvements ! Et cela ne nuit en rien à l'élégance, je vous assure, mère.

— Admettons... Mais prenez donc place à table, tout le monde vous attend !

Et quelle table ! Garnie des plats les plus divers et des mets les plus recherchés... L'impatience de tous était grande, et le jeune couple s'empressa de se servir pendant que les convives entonnaient une chanson traditionnelle. Puis les invités se pressèrent à leur tour devant les plats. Sur un signe de menton du père de Guy, les musiciens agrémentèrent alors l'ambiance joyeuse du son de leurs instruments, essayant de couvrir le brouhaha des conversations mêlées. Sans cesse, des serviteurs passaient de l'un à l'autre pour remplir les pichets du fameux vin d'Allassac, le préféré de Guillaume de Miremont. La jeune mariée comme son époux se félicitèrent d'une réception particulièrement réussie, et Magdeleine se réjouit à voir ses frères plaisanter comme de vrais compères : toute leur enfance n'avait été que chamailleries, et cette complicité d'adultes la surprenait autant qu'elle la remplissait d'aise : comment ne pas être amusée par le fait qu'Antoine, le plus turbulent d'entre eux, était celui qui était entré dans les ordres ? Un abbé déjà renommé et pressenti aux plus hautes charges ! Jacques était lui aussi un bon chevalier promis à un bel avenir, mais son aîné François semblait mieux placé par ses faits d'armes pour compter parmi les meilleurs militaires du roi, avec les avantages que cela conférait. Oui, vraiment, les Saint-Nectaire restaient une grande famille qui faisait honneur à leurs ancêtres !

Les festivités liées à la célébration de ce mariage huppé se prolongèrent tard dans la soirée, empêchant le jeune couple de s'éclipser comme ils l'avaient fait durant leurs fiançailles. Il en fallait plus pour ternir leur bonheur, et tous deux se résolurent à patienter avec des sourires qui ne masquaient que peu leur envie de se retrouver au plus vite au creux de leur lit. En milieu d'après-midi, le repas s'éternisant, Magdeleine avait même soufflé à l'oreille de Guy :

— J'aimerais bien me dégourdir les jambes en allant voir si l'on s'amuse autant dehors.

— Avec tous ces paysans rustauds ?

— Je vais peut-être te surprendre, mais j'apprécie souvent plus leur franchise bonhomme et leur bon sens rural que les simagrées hypocrites de bien des gens de la noblesse !

— Bof... Si tu y tiens !

Cet intermède fut tellement apprécié par le petit peuple que le couple avait réintégré les murs du vénérable château sous des ovations et des applaudissements. Avant de regagner la grande salle voûtée où se poursuivaient les festivités, Guy s'était exclamé :

— Je ne te connaissais pas si surprenante et fantasque !

— Et j'espère bien te surprendre ma vie durant ! s'était contentée de répliquer la jeune femme.

Elle ne se priva pas de le lui prouver à nuit tombée, dans l'intimité de leur chambre. Bannissant toute décence et oubliant la soumission naturelle que toute femme devait à son époux, ce fut elle qui prit l'initiative avec une ardeur qui étonna Guy :

— Oh ! se mit-il à rire après qu'elle se fut précipitée sur lui pour le défaire de ses vêtements. Laisse-moi le plaisir d'en faire autant en ôtant tous ces tissus qui cachent ton corps sublime !

— Non ! rugit-elle. Moi d'abord ! Pour bien te prouver que je peux vaincre un chevalier...

— Si je me laisse faire, je ne pourrais te dire qu'« à vaincre sans péril on triomphe sans gloire » !

— Tu as donc lu Sénèque[1] ?

— Même si j'étais voué au métier des armes, cela ne m'a pas empêché de recevoir une éducation et de me plonger dans la sagesse des anciens !

— Peut-être, mais pour l'instant je n'ai nulle envie que tu restes sage ! Bien au contraire...

— Moi non plus, répliqua-t-il en la basculant sur le lit.

Par jeu, tous deux se livrèrent à un simulacre de bagarre en pouffant comme des enfants. Magdeleine se redressa pourtant.

— Attention ! Si mon corsage de soie se déchire, ma mère serait capable de me tuer !

— Ne t'inquiète pas, je suis là pour te défendre ! Mais il serait plus raisonnable que je te dénude avec précaution et délicatesse, non ?

La jeune femme en frémit de désir, avide de vibrer sous ses doigts, mais elle tint à en faire autant envers lui, et ce fut avec une lenteur calculée que les vêtements s'éparpillèrent autour d'eux en vrac sur le plancher lustré.

1. Citation attribuée à Pierre Corneille, mais remontant au philosophe Sénèque.

Le cœur battant, ils se contemplèrent un bref instant puis, pris d'une frénésie mutuelle, ils roulèrent l'un sur l'autre en s'esclaffant, avant de se livrer à un tendre corps à corps. Mutine, taquine et souple comme une anguille, elle se plut à faire mine de lui échapper en se tortillant comme un ver, nue comme une fesse de bébé et insouciante des éclats de rire que répercutaient les voûtes de pierre.

— À moi la première estocade ! susurra-t-elle en l'enfourchant.

Des myriades de papillons lumineux sous les paupières, elle s'empala doucement sur cette colonne chaude et dure qui avait déjà éveillé en elle tant de sensations indicibles, mais Guy la retourna sur la couche pour prendre le dessus.

— Et voici ma parade ! souffla-t-il en se fouissant au plus profond d'elle avec un gémissement satisfait.

Magdeleine faillit défaillir de félicité à se sentir si pleinement envahie. Prête à s'abandonner au plaisir qu'elle espérait, elle eut un soubresaut de tout son corps pour échapper à cette délicieuse emprise et se libéra en haletant :

— Non, non, pas si vite, mon bel amour ! Le duel serait trop bref pour nous satisfaire...

Plus féline que jamais, elle ondula contre son amant en faisant en sorte que toute sa peau ne fût qu'une immense caresse, se mit à explorer de la langue le puissant torse masculin, puis, descendant plus bas, absorba pour la première fois le bourgeon turgescent qui lui avait procuré ce ravissement des sens auquel elle regrettait de ne pas s'être livrée plus tôt. Guy hoqueta sous la ventouse de ses lèvres chaudes et grommela :

— Mais... mais... comment se fait-il que... Oh ! Oh oui, que c'est bon !

Sa partenaire était bien incapable de répondre : la bouche pleine, elle se contenta d'un petit gloussement amusé tout en se concentrant à sa coquine tâche. Elle n'avait aucune expérience en la matière, n'ayant que vaguement entendu parler de cette pratique en surprenant au hasard les conversations de servantes délurées ! Guy apprécia tout d'abord cette délicieuse attention, mais ne se résigna pas à se laisser aller à la jouissance sans honorer cette femme sublime que l'évêque de Tulle avait officialisée comme étant désormais son épouse devant Dieu. D'un coup de reins puissant, il renversa la situation et se délecta à poursuivre cette joute amoureuse de la façon la plus classique, tout en s'efforçant de la prolonger encore et encore, malgré les pulsions qui l'incitaient à se libérer au plus vite de la sève brûlante qui montait en lui. Et ce ne fut que de longues minutes plus tard que tous deux eurent, pour la première fois, la joie de parvenir presque ensemble à la divine exaltation du plaisir partagé...

20

La toute nouvelle dame de Miremont qu'elle était désormais ressentit ces premières semaines sur les bords de la Dordogne comme un rêve éveillé : en compagnie de Guy, elle vivait chaque jour avec intensité, comblée en son âme et en son corps par la tendre complicité qui la liait à son mari. En sa compagnie, elle continuait à découvrir cette région qu'elle considérait déjà comme sienne, et son respect pour les gens de la terre ne passait pas inaperçu. Son estime grandissait, ce dont son beau-père se félicitait, cette réputation ne pouvant que rejaillir sur le nom des Saint-Exupéry... De chevauchée en chevauchée, son époux la conduisait de plus en plus loin du château familial, des berges de la Dordogne aux versants abrupts du Pom del Chantal[1], des prairies de Salers et ses vaches laitières réputées aux profondes vallées du Carladès et de la Margeride, ou du Cézallier à l'Aurillacois. De l'autre côté de la fougueuse rivière, le relief se révélait pour elle tout aussi varié, avec ses entailles encaissées, ses nombreux cours d'eau, et partout des châteaux dont beaucoup conservaient le souvenir d'antiques liens de sang avec Guy par le biais de ses

1. Plomb du Cantal.

ancêtres : depuis des siècles, la lignée des Saint-Exupéry avait eu de multiples alliances et mariages avec nombre de seigneurs d'Auvergne ou du Périgord !

Jour après jour, Magdeleine se régalait à la découverte de ce territoire, et son enthousiasme ne se rembrunit que lorsque son frère François se présenta de nouveau devant Miremont avec quelques hommes d'armes.

— Je te pensais depuis longtemps reparti loin d'ici ! s'exclama la jeune femme en étreignant brièvement le chevalier.

— Le devoir m'appelle, ma digne sœur ! Et ton homme aussi...

Elle s'inquiéta :

— Ce qui veut dire ?

— J'étais resté à Saint-Nectaire, jusqu'à hier où un émissaire m'a informé que le roi m'a choisi, entre autres personnes de confiance, pour me rendre en Écosse.

— En Écosse ? Mais pourquoi ?

Il éclata de rire.

— Sans doute pour servir de nounou !

— Comment ?

— Je plaisante... La petite Marie Stuart n'a que six ans, mais elle est reine d'Écosse depuis la mort de son père alors qu'elle avait moins d'une semaine... Comme la France, l'Écosse est en guerre contre l'Angleterre. C'est pourquoi le roi Henri envoie des émissaires pour conclure un traité. Le but est d'obtenir une alliance, au château de Dumbarton où elle réside, avec promesse de mariage entre Marie et le dauphin de France François II, bien qu'il n'ait encore que quatre ans et demi... Si l'affaire se fait, il faudra accompagner et protéger la jeune reine durant son voyage pour la France, en évitant toute escarmouche avec les Anglais.

— C'est une belle marque de confiance du roi, et je m'en réjouis pour toi, mon frère !

Il eut un sourire gêné.

— Tu te réjouiras peut-être moins de savoir que le roi Henri souhaite voir le retour de tous ses conseillers auprès de lui, et ton mari Guy en fait partie ! Ce qui explique mon détour par Miremont avant de remonter avec lui à Paris.

Magdeleine pâlit, mais elle avait assez de caractère pour ne point trahir la contrariété que lui procurait cette nouvelle. Elle soupira seulement.

— Il était inévitable qu'un chevalier de son rang ne soit un jour ou l'autre rappelé à ses devoirs... et j'y suis préparée depuis le premier jour où j'ai rencontré Guy !

— Pour ma part, si Dieu me prête vie, je préfère me marier sur le tard.

— Et moi profiter de ma jeunesse !

— Je te rassure, petite sœur, ce n'est pas pour autant que je me racornis comme moine en couvent. À parcourir le royaume en tous sens, ce ne sont point les amourettes qui me manquent ! Et l'on prétend que les Écossaises sont particulièrement ardentes au lit !

Elle haussa les épaules.

— Moi, je crois encore à un amour profond et véritable !

— À chacun son avis, Magdeleine, tant que tout le monde s'en montre heureux...

* *
*

Si elle ne le montra pas, la séparation d'avec Guy lui fut assez pénible. Elle avait eu tellement de bonheur durant ces quelques semaines à apprécier une vie conjugale sublimée par la passion que tous deux se vouaient ! Dès qu'elle fermait les paupières, elle se remémorait les adieux touchants qu'il lui avait faits, et ces mots résonnaient encore en ses oreilles :

— Et n'oublie pas, ma mie. Je te fais entièrement confiance pour diriger notre fief ! Mon père pourra t'aider lorsqu'il ne sera pas en une autre de nos seigneuries.

— Ne t'inquiète pas, mon bel aimé. Je saurai me montrer à la hauteur !

— Je n'en doute aucunement, ma douce princesse.

Quelques mots encore, et pour seul souvenir ces deux chevaliers en armure qui s'éloignaient au petit trot, ces derniers gestes de la main, puis cet immense vide qui l'avait envahie. Jamais elle n'avait imaginé à quel point cette première absence de son époux chéri pouvait la laisser en un tel désarroi ! Heureusement qu'il y avait Franchou pour la réconforter, Franchou qu'elle côtoyait depuis ses premiers langes, Franchou qui ne se cachait même plus pour rejoindre presque chaque soir Déodat en sa couche...

Avec son tempérament volontaire, Magdeleine ne se laissa pas longtemps aller à la nostalgie, et elle prit soin de se déplacer pour visiter les tenures dépendant du château : la maison forte d'Aymons réunie depuis peu à Miremont, le Doignon à Pleaux, Favars, Saint-Germain-les-Vergnes, et quelques autres lieux dont les Saint-Exupéry tiraient les revenus de leur seigneurie... Intrépide, elle refusait systématiquement l'escorte de gens d'armes et se contentait d'être accompagnée par Déodat qui l'initiait depuis le départ de Guy au maniement du pistolet et de l'arquebuse. Bien qu'intransigeante envers les vassaux nantis, elle s'avérait relativement tolérante envers les plus démunis, ce qui lui valait de jour en jour plus d'estime dans la contrée, nombre de seigneurs se montrant bien plus intraitables et brutaux pour recouvrir dîmes, taxes et impôts. Aussi ne fallut-il pas longtemps pour qu'on l'appelât la bonne dame de Miremont !

— Mais non ! répliquait-elle en riant à son beau-père Guillaume qui se moquait d'elle. Il ne sert à rien de vouloir tirer du jus d'un fruit sec ! Mieux vaut attendre une meilleure récolte : les gens reconnaissants de notre mansuétude auront moins tendance à tricher sur les récoltes futures, et à terme nous y serons gagnants...

— Pourquoi pas ? Mais ce n'est pas dans les usages...

— Les usages ? Ils sont faits pour changer, sinon nous en serions toujours sous la coupe des lois romaines !

— Je reconnais bien là votre grande culture et votre connaissance du passé.

* *
*

Durant les mois qui suivirent et qui lui parurent si longs, elle se félicita d'avoir gardé auprès d'elle la fidèle Franchou, qui la connaissait si bien et savait avoir envers elle les attentions qu'il fallait pour l'apaiser : Magdeleine, depuis qu'elle avait partagé les mêmes draps que celui qui était désormais son époux, ressentait comme un immense vide à regagner seule son lit, le soir, pour des nuits trop interminables. Quand « son » Guy aurait-il la liberté de venir la rejoindre à Miremont ? Parfois, elle en arrivait à presque haïr ce roi qui retenait si longtemps auprès de lui celui qu'elle aimait !

— À quoi rêves-tu encore, Magdeleine ?

— Tu le sais bien, Franchou... J'attends toujours une lettre de lui !

— C'est un chevalier fort proche du roi Henri, et il se doit de lui être fidèle !

— Et à moi donc ?

— Il a sans doute la même impatience, ma pauvre... Mais ses fonctions à la Cour doivent l'empêcher de retrouver sa douce femme aussi vite qu'il le souhaiterait ?

La jeune femme eut un sourire un peu triste et soupira.

— Il est vrai que tu n'as pas ce genre de problèmes, toi...

La servante, devenue de façon plus qu'incongrue dame de compagnie de la fille du puissant seigneur de Saint-Nectaire, ne put s'empêcher de rougir et Magdeleine la rassura aussitôt :

— Ce n'est pas un reproche, ma bonne Franchou. Et Déodat est un si brave homme ! Mais comme vous faites chaque soir couche commune, il serait peut-être temps d'officialiser la chose en vous unissant devant Dieu ?

— Nous y songeons, dame Magdeleine, mais qu'en pensera-t-on, au château ?

La jeune femme se mit à rire.

— Cela ne surprendra personne, voyons, puisque tout le monde sait depuis longtemps ce qu'il en est ! Et moi-même verrais d'un fort bon œil l'occasion de célébrer l'événement par une belle fête.

— Tu n'y penses pas ! se récria celle qui l'avait couvée depuis l'enfance. La fête au château ? Pour une simple chambrière et un homme d'écurie ?

— Pour une chambrière et un homme de chevaux peut-être pas ! répondit en s'amusant Magdeleine. Mais pour ma dame de compagnie et mon maître d'armes, c'est sans doute différent ! Et il me serait infiniment plaisant de voir une telle réjouissance animer les murs de cette demeure qui, si agréable soit-elle, me semble si terne et grise sans avoir près de moi celui de qui je me morfonds...

— Il reviendra, ma belle... Il reviendra !

* *
*

Il lui fallut attendre jusqu'au milieu du mois d'octobre avant d'avoir la joie de voir Guy de Saint-Exupéry franchir les enceintes et ponts-levis du château. Et quel bonheur que ces retrouvailles ! Guillaume coupa court aux embrassades du jeune couple en supposant :

— Tu nous reviens de Paris, sans doute ?

— Pas du tout, de Bordeaux !

— De Bordeaux ?

— Oui... Henri II m'a prié en août de rejoindre Anne de Montmorency à Toulouse.

— Ah ! Le connétable...

— De Toulouse, nous avons marché sur Bordeaux pour réprimer une révolte contre la gabelle, tandis qu'une seconde armée conduite par le duc d'Aumale descendait de Poitiers.

— Le Balafré ?

— C'est ainsi qu'on se plaît à le surnommer depuis sa blessure au siège de Boulogne, il y a quatre ans... Devant nos forces, Bordeaux a ouvert ses portes et nous n'avons pas vraiment eu l'occasion de combattre. Montmorency a aussitôt fait désarmer la ville...

— Une partie de plaisir, en quelque sorte ? ironisa Guillaume de Saint-Exupéry.

— Pas vraiment... Contre mon avis et celui du Balafré, le connétable a organisé une chambre criminelle et y a fait comparaître des émeutiers, des bourgeois et des magistrats favorables à la révolte. Impitoyable, il a condamné à mort et fait supplicier environ cent quarante personnes... pas de quoi en être très fier, à mon sens ! Il faut dire que les insurgés s'étaient livrés à des atrocités, massacrant les fermiers chargés de collecter l'impôt et commettant mille exactions. Ainsi, le gouverneur de Guyenne avait non seulement été tué, mais aussi dépecé et salé comme un goret !

— Si je comprends bien, ce ne sont peut-être pas les plus coupables qui ont été punis ?

— Montmorency tenait à faire un exemple, d'autant plus qu'avant notre intervention cette foule de va-nu-pieds avait réussi à mettre en déroute une compagnie de cavalerie royale forte de huit cents hommes ! Les troupes sont restées sur place dans les campagnes pour cantonner chez l'habitant, avec pour loisir celui de se livrer à tous les excès, mais j'ai préféré rentrer à Miremont dès que j'en ai eu la possibilité.

— Pour la plus grande satisfaction de ta douce épouse, qui guettait chaque jour ton retour ! N'est-ce pas, Magdeleine ?

— C'est vrai que je le préfère près de moi, même si je suis fière d'être mariée à un chevalier digne de la confiance du roi !

Magdeleine vécut les semaines qui suivirent dans une extrême félicité. La présence de son compagnon transformait la routine de ses jours... Et, surtout, son éveil à l'érotisme trop vite interrompu par le départ de Guy reprit vite le dessus : sa sensualité mise en sommeil durant tout ce temps ne demandait qu'à être débridée, et elle ne s'en priva pas, toujours plus avide de ressentir les infinis plaisirs partagés des jeux de l'amour. Un état de choses dont son époux ne songeait nullement à se plaindre ! Il était bien placé pour savoir que la plupart des filles de la noblesse, souvent mariées sans qu'elles ressentissent le moindre élan envers l'homme qu'on leur imposait, se montraient au lit aussi froides que pudibondes, résignées qu'elles étaient à n'avoir d'autre but qu'enfanter afin de prolonger la lignée familiale...

— Tu es vraiment déchaînée, ma belle ! Laisse-moi te dire que tu ferais un malheur à la Cour.

— Tu te moques, mon bel ami ? Je n'ai nulle envie d'être courtisée par tous les pédants qui tournent autour du roi, et encore moins de me vautrer sous le ventre de ces pourceaux à blasons ! Je n'entends me donner qu'à vous, mon beau prince...

— Je ne suis donc pas un pourceau ?

Elle éclata de rire.

— À peine un goret, mais qui me suffit amplement !

Il fit mine de se renfrogner.

— J'ai quand même du mal à t'imaginer en truie, ma douce.

Elle pouffa.

— Avec toi, je me contenterais d'une pauvre paillasse au sein de la plus humble soue...

— Grrr... conclut-il ces propos, la bousculant sur le lit en poussant des grognements porcins.

Magdeleine n'attendait que cela, et ce fut avec une ardeur renouvelée qu'elle répondit aux tendres assauts de cet homme auquel elle vouait une passion sans taches...

21

Les mois suivants, le fils du seigneur de Miremont ne s'absenta que de rares fois du château, à l'immense satisfaction de la jeune mariée. Magdeleine profitait de ces périodes pour continuer à se familiariser avec la région, tant d'un côté que de l'autre de la Dordogne. Lorsque le temps ne le permettait pas, elle entrecoupait ses lectures, ses broderies et ses dessins ou écritures par des séances plus physiques auprès de Déodat. Elle entendait bien perfectionner son art de l'escrime et s'adonnait régulièrement au maniement de l'arbalète, du pistolet et de l'arquebuse... Oui, vraiment, elle s'estimait bien plus heureuse que ce qu'elle avait redouté d'un mariage ! Et ce ne fut qu'au milieu de l'année suivante que son humeur s'assombrit quelque peu lorsque Guy lui annonça un nouveau départ au service du roi :

— Je ne sais combien cela durera, mais c'est une fois de plus la guerre contre les Anglais, et il faut que je mette mon épée au service de notre souverain. C'est là mon devoir !

Bien qu'elle fût contrariée par la nouvelle, Magdeleine ne pouvait que l'approuver, et ce fut en optant pour un voussoiement solennel qu'elle répondit doucement :

— Je suis de tout cœur avec vous, mon mari, et ne doute nullement de votre bravoure... Et quand partez-vous ?

— Dès demain, ma douce et belle. En de telles circonstances, il ne faut pas faire attendre le roi !

— Alors, répliqua-t-elle en lui saisissant vivement le bras, rejoignons notre chambre sans tarder ! Car j'espère que tu sauras me combler suffisamment pour supporter sans trop de regrets toutes les semaines durant lesquelles je vais me retrouver seule en notre couche.

— Comme tu veux, ma mie. Laisse-moi seulement le temps de commander à mes écuyers de tout préparer pour le départ !

Anticipant le désir qui l'enflammait soudain, elle commença à délacer son corsage et, l'œil mutin, courut vers l'escalier à vis en pouffant :

— Ne tarde pas, alors ! Et prépare-toi à assurer jusqu'au bout de la nuit tous les assauts que j'entends bien te faire subir !

— Ah ! Serait-ce là aussi une déclaration de guerre ?

Se retournant les seins déjà à l'air, elle affirma :

— Sans aucun doute ! Mais une guerre si suavement endiablée que j'espère bien qu'elle te laissera sans force pour enfourcher demain ta monture !

— Ah, ah ! Oublions donc demain, car je n'ai d'autre envie que d'enfourcher derechef la plus belle jument que je connaisse... et qui n'a d'autre nom que le tien !

— Assez de paroles, mon mari ! Et passons plutôt aux actes !

* *
*

Guy de Saint-Exupéry avait tourné les étriers depuis trois semaines sans que ce départ n'entamât l'entrain de son épouse. Aussi Franchou s'inquiéta-t-elle un matin en découvrant la pauvre mine de Magdeleine :

— Mais que t'arrive-t-il, ma pauvre ? Tu as une tête à faire peur !

— Un problème de digestion, sans doute... Ce sont des nausées qui m'ont réveillée, et j'ai été obligée de vomir par deux fois, répondit-elle d'un ton accablé.

Sa dame de compagnie esquissa un petit sourire ambigu, avant de lui poser hardiment les deux mains sur la poitrine.

— Tu n'aurais pas le bout des seins un peu dur ? Et n'aurais-tu pas du retard dans tes périodes ?

— Si, mais où veux-tu en venir ?

— À la chose la plus naturelle du monde, ma belle : tu dois être enceinte !

— Tu crois ?

— Je ne sais... Mais d'après les symptômes que je constate, il y a de fortes chances pour que ce soit bien le cas !

Oubliant les malaises qu'elle avait ressentis depuis son réveil, la jeune femme arbora un sourire lumineux.

— Déjà ?

— Eh ! Une seule fois suffit parfois... Et vous ne vous en êtes sans doute pas tenus à cela, Guy et toi : vos joutes endiablées ont fait jaser toute la domesticité tant elles étaient peu discrètes !

Magdeleine ne rosit même pas à cette remarque un peu ironique et se contenta de laisser éclater sa joie.

— Si c'est bien vrai, ma Franchou, je suis aux anges ! Et mon Guy sera enchanté lorsqu'il apprendra la nouvelle !

— Doucement, doucement... Rien n'est encore sûr ! Il faudra encore quelques semaines pour confirmer la chose. En attendant, il te faudra éviter de cavaler au dos de ton Pégase : une fausse couche est toujours à redouter, surtout les premiers mois !

— Qu'importe ! Déodat se chargera bien de lui dégourdir les jambes ! Quant à moi, je n'ai pas pris le temps de lire les derniers ouvrages achetés par mon beau-père, ce sera l'occasion ou jamais !

— Tu te montres bien plus sage que je ne l'avais craint en une telle circonstance et je m'en réjouis, ma gente demoiselle.

— Si je porte vraiment la vie d'un ou d'une Saint-Exupéry de Miremont, je tiens à ce qu'elle éclose au monde de la meilleure façon qui soit !

De ce jour, délaissant les fougueuses chevauchées et le maniement des armes en compagnie de Déodat, Magdeleine se livra à des activités plus casanières. Elle s'essaya ainsi au dessin et à la peinture, se perfectionna dans la confection de canevas et broderies, et s'adonna plus que jamais à la lecture.

— Alors, ma belle enfant ! s'exclama un jour son beau-père Guillaume. Ma bibliothèque se montre-t-elle à votre goût ?

Elle sourit.

— Je l'ai assez fréquentée pour faire plus que l'apprécier ! Et maintenant encore plus...

— Ainsi, vous en êtes vraiment sûre ? Vous allez donner un héritier ou une héritière à Miremont ?

— Je ne peux plus en douter ! répondit-elle en se passant une main sur le ventre. Et j'en suis fort heureuse...

— Moi aussi, Magdeleine. Mais que lisez-vous, pour l'instant ?

— Un ouvrage fort curieux, en français, où se mêlent quatre dialogues satiriques mettant en scène des dieux, des juges et des criminels, un narrateur masqué, des animaux qui parlent...

— Ah oui ! Une œuvre de Bonaventure des Périers que j'ai acquise il y a quelques années : *Cymbalum Mundi*, la cymbale du monde !

— Tout y est évoqué par allusions comiques dont on ne peut savoir si elles se gaussent de la Sainte Église ou de l'hérésie protestante, mais c'est parfois assez drôle !

— Profitez-en bien, ma fille, car cet ouvrage est devenu fort rare parce que saisi par le Parlement et brûlé sur ordre du roi !

— Brûlé ? Mais pourquoi ?

— Tout dépend de ce que l'on trouve à lire entre les lignes selon que l'on soit catholique ou huguenot, mais à mon sens j'y trouve des allégories qui brocardent les abus de pouvoir de toutes sortes, lesquelles ridiculisent aussi toute forme de croyance ! Deux raisons suffisantes aux yeux de beaucoup pour que ce titre ait mérité ce sort...

Magdeleine haussa les épaules.

— Je n'ai nulle envie de chercher autant de sous-entendus dans ces histoires ! L'essentiel est qu'elles demeurent pour moi assez plaisantes, et même souvent comiques...

— C'est bien ce que je pense, mais mieux vaut ne pas trop en parler à votre confesseur, bien que je doute qu'il connaisse ne serait-ce que le titre de cet ouvrage...

Avec son tempérament impétueux, elle n'était guère habituée à demeurer des jours et des jours entre les murs d'un château. Elle se sentait souvent assez seule, mais s'en accoutumait peu à peu. Heureusement qu'elle avait Franchou près d'elle ! Franchou qui en profitait pour affiner auprès d'elle les gestes et manières essentiels pour évoluer au sein de l'élite privilégiée qu'elle était désormais amenée à côtoyer. À parfaire un vocabulaire plus élégant, et surtout à poursuivre sa laborieuse maîtrise de la lecture et de l'écriture : depuis qu'elle savait porter un enfant dans son ventre, Magdeleine passait de plus en plus de temps à la perfectionner en ces exercices encore ardus pour une servante issue de la paysannerie. La fille de Nectaire lui confia même un jour :

— Malgré les réticences de ma propre mère, je ne regrette en rien de t'avoir arrachée au petit personnel ! Qui me connaît mieux que toi ? Et à qui pourrais-je bien confier sans fard mes joies et mes tourments ? Certes pas à une de ces filles de nobliaux précieuses et ampoulées qui me serait totalement indifférente ! Je sais que je peux tout te confier, ma Franchou.

Les paupières humides, la confidente de la future maman balbutia :

— Merci de votre confiance, dame Magdeleine.

— Eh ! Nous sommes entre nous, et je préfère qu'en ces circonstances nous continuions à nous tutoyer ! Comme avant...

— Ça me fait vraiment plaisir, ma petite sauvageonne, plaisanta son ancienne nounou.

— Ah ! Voilà qui me convient mieux !

* *
*

Avec plusieurs jours de retard, les dernières nouvelles du royaume parvenaient jusqu'à l'Auvergne, où elles étaient commentées entre gens de la noblesse, le petit peuple restant éloigné de ces événements tant qu'il n'en ressentait pas les conséquences. Souvent, le soir, Guillaume de Miremont faisait part des informations qu'il avait glanées, quand des seigneurs alliés lui rendaient visite pour en discuter. Ainsi savait-on que cette énième guerre contre l'Angleterre ne se présentait pas trop mal.

— Mon cher Pierre de Rochefort... Tout cela parce qu'Édouard VI d'Angleterre, à moins de treize ans, ne digère toujours pas l'alliance de la France et de l'Écosse ?

Le seigneur d'Ally hocha du menton.

— Et encore moins ce pacte scellé par la promesse de mariage entre notre dauphin François et Marie Stuart qui, je le rappelle, s'est retrouvée reine d'Écosse alors qu'elle n'avait que six jours...

— D'autant plus qu'elle était déjà promise par Henri VIII à son fils Édouard... Il n'avait que cinq ans et elle six mois !

— Il n'empêche que, lorsque les épousailles de Marie et de François seront effectives, notre coalition avec l'Écosse en sera renforcée !

Plus préoccupée par le sort de Guy, Magdeleine intervint en caressant son ventre arrondi :

— Et qu'en est-il des combats ?

— Notre roi Henri ne s'est pas contenté d'envoyer ses armées, répondit Guillaume, et il s'est rendu lui-même sur place. Je suppose que mon fils fait partie des gentilshommes qui l'accompagnent !

— Nous avons remporté en fin d'année dernière de belles victoires, reprit Pierre de Rochefort. À Ambleteuse, au fort de Blackness près du cap Gris-Nez, à Hardinghen et au mont Lambert... À tel point que les Anglais ont tenté de négocier, mais Henri II a refusé tout compromis : il tient à récupérer Boulogne, occupé par l'ennemi depuis déjà six ans !

— Vous êtes bien renseigné, Pierre ?

— C'est que je reviens du théâtre des opérations, où je commande comme capitaine une cinquantaine de lances... Et je me prépare à y retourner pour participer au siège et au blocus de Boulogne.

Marie soupira : jamais elle ne comprendrait ces querelles politiques qui engendraient des batailles où tant de gens mouraient pour rien, d'un camp comme de l'autre ! Peut-être était-elle trop influencée par certaines de ses lectures, dont récemment Érasme ?

* *
*

Ainsi se passaient les jours, alors que le terme de sa grossesse approchait. Elle en ressentait d'ailleurs autant de joie que de crainte : la première fois serait toujours la première fois, et faire éclore un enfant au monde mettait souvent en jeu la vie de la mère ! Pour calmer ses angoisses secrètes, elle s'adonnait à la lecture de romans chevaleresques, plus distrayants que des écrits sérieux. Tandis que Franchou s'échinait sur les points de broderie d'un canevas, elle était ce matin-là plongée dans les pages d'*Amadis de Gaule*, un roman de Garci Rodríguez de Montalvo traduit de l'espagnol quelques années auparavant. Elle posa son livre et se courba soudain en se tenant le ventre. Sa dame de compagnie fut aussitôt près d'elle.

— Tu crois que...

— Oui, Franchou... Je... je... le bébé arrive !

Elle grimaça et se mordit les lèvres sous le coup de nouvelles contractions avant de reprendre son souffle.

— Franchou ?

Mais Franchou n'était déjà plus là, partie en courant pour alerter les femmes de la domesticité du château pour assister la parturiente. Lorsqu'elle revint, elle aida Magdeleine à se déplacer jusqu'à la chambre chauffée depuis des jours prévue à cet effet : à Miremont, on s'était préparé à cet événement imminent ! Dans le même temps, Guillaume de Saint-Exupéry envoya un émissaire à cheval chercher un médecin réputé de Mauriac : expérience aidant, il faisait de moins en moins confiance aux matrones d'antan qui, si elles maîtrisaient l'accouchement, n'avaient aucune connaissance médicale ! C'était là une décision qui allait contre la décence qui interdisait aux hommes de voir les parties génitales d'une femme hors de la leur (et encore !), mais le seigneur de Miremont n'en avait cure : sa descendance était en jeu...

* *
*

La cheminée ronflait depuis une semaine, et l'atmosphère était surchauffée au point d'incommoder la future mère. Au bout de deux heures durant lesquelles les contractions se firent de plus en plus fréquentes, la jeune femme fut conduite sur ce lit apprêté par deux matelas séparés par des planches, et on lui glissa deux traversins sous la tête alors qu'elle haletait de façon toujours plus forte et saccadée : l'instant crucial s'approchait plus vite qu'à l'accoutumée, car le processus d'enfantement prenait souvent des heures épuisantes, tant pour l'accouchée que pour celui et celles qui l'assistaient. Une des servantes du château se proposa de délacer tous les nœuds se trouvant dans le château, tant les rubans retenant les tentures que les ceintures de tablier des domestiques.

— C'est ainsi qu'on peut dénouer plus facilement la mère de l'enfant ! prônait-elle. On me l'a toujours dit...

Elle se fit aussitôt rabrouer par le médecin de Mauriac, qui gardait un calme exemplaire :

— Pff ! Des superstitions imbéciles d'un autre âge ! clama-t-il. Tout se passe bien pour le moment.

Magdeleine n'entendit rien de ces commentaires, envahie qu'elle était par les vagues de souffrances qui la déchiraient de l'intérieur, et elle se força par fierté à ne pas crier à gorge déployée les douleurs qu'elle ressentait. Le docteur en médecine eut en fin de compte raison, car la délivrance lui vint assez rapidement.

— Poussez, ma dame... Poussez encore, nous y sommes presque ! Oui, oui... encore ! Il est là...

Quelques premiers vagissements, puis cet apaisement. Au travers des larmes qui lui brouillaient la vue, Magdeleine devina ce petit corps braillard que l'on arrachait d'elle, alors qu'une matrone nouait le cordon du nouveau-né et que le docteur de Mauriac s'assurait au mépris de toute convenance que tout le placenta avait été évacué des voies naturelles.

— Tout est pour le mieux ! Voilà une affaire rondement menée… Un lavement au vin suffira à éviter toute infection.

Très fier, il envisagea Magdeleine droit dans les yeux.

— Félicitations, ma dame ! Vous venez de donner naissance à une jolie petite fille ! Et elle s'appellera Françoise, comme vous le souhaitiez pour une enfant de sexe féminin…

Dans le couloir où lui aussi attendait, Guillaume de Saint-Exupéry retint une moue contrariée : il espérait tant un garçon ! Enfin… il fallait bien laisser faire la nature ! Sans même rejoindre le lit de sa bru, ce fut d'un pas lent qu'il remonta en ses appartements… Il ne tenait pas à ternir ce jour en annonçant à la jeune maman la mauvaise nouvelle qu'il venait d'apprendre : alors même que sa fille était sur le point d'accoucher, Marguerite d'Estampes venait de décéder au château de Saint-Nectaire…

22

Guy de Saint-Exupéry ne revint de campagne que fin mars-début avril, après que le roi eut décidé de lever le siège de Boulogne à cause de conditions climatiques exécrables, et surtout parce qu'un certain nombre de troupes françaises étaient engagées en Écosse. Aussi, après traité, Boulogne avait-elle été rachetée par le roi après six ans d'occupation anglaise moyennant quatre cent mille écus d'or. Le jeune chevalier n'avait alors eu d'autre urgence que celle de se rendre au plus vite en son château. Contrairement aux craintes de Magdeleine, il ne fut nullement contrit d'être le père d'une fillette et ne se priva pas de serrer contre lui le petit corps de Françoise.

— Tu ne pouvais me faire un plus beau cadeau, ma mie.

— Vrai ?

— Vrai ! Et je suis sûr qu'elle sera aussi belle que toi...

— La beauté ne fait pas tout, tu sais ?

— Peut-être, mais elle y contribue !

L'inquiétude de Magdeleine s'avérait tout autre :

— Vas-tu pouvoir rester plus longtemps à Miremont ? espéra-t-elle. Nous n'avons passé que si peu de temps ensemble, depuis notre mariage...

— Je ne sais, mais certainement plusieurs mois ! Henri II s'inquiète un peu de la propagation de la doctrine de Luther ou de Calvin en nos contrées, et il m'a chargé de lui rendre compte de ces débordements envers notre Église. Ce qui fait que cette mission ne m'éloignera guère de notre nid d'amour ! Cela te convient-il ?

Un simple baiser pour approbation, et Guy préféra ensuite câliner avec des gestes maladroits le petit être gigotant issu de sa semence.

— Françoise... Françoise de Saint-Exupéry ! s'écria-t-il en soulevant le bébé jusqu'à hauteur de ses yeux. Tu auras un grand destin dans notre famille !

La première rencontre de sa fille avec son père s'étant déroulée au mieux, Magdeleine n'eut plus de scrupules pour passer à une urgence d'un tout autre ordre. Laissant Françoise aux mains de Franchou, elle se saisit de la main de son mari pour l'entraîner vers l'escalier.

— Je sais que la moindre des politesses serait que tu ailles saluer ton père, mais j'ai quelques envies bien plus prioritaires, si tu n'y vois pas d'inconvénient ?

— Bien au contraire ! s'empressa d'assurer son mari en dégageant son col pour lui embrasser le cou. Rejoignons vite le cocon de notre chambre d'amour !

* *
*

Même si elle ne se rendait pas quotidiennement à la messe que dispensait en la chapelle du château le prêtre dépendant de l'église de Chalvignac, Magdeleine n'ignorait plus les avances de la doctrine que propageaient ceux que son confesseur appelait adeptes de la religion « prétendument » réformée... Sa foi ne s'en trouvait nullement atteinte, mais la jeune femme, ayant eu l'occasion de lire des textes que l'Église jugeait hérétiques, n'y avait point vu les dangers qu'évoquaient les prêcheurs : elle n'était pas sans savoir les libéralités que s'accordait le clergé, tant au plus haut niveau de la hiérarchie ecclésiastique que des curés de campagne ! Combien n'en profitaient-ils pas pour s'enrichir sur le dos des fidèles, acquérir des biens malgré leur vœu de pauvreté ou s'afficher sans complexe en concubinage notoire avec une de leurs maîtresses ? Combien ne se complaisaient-ils pas à participer à des orgies culinaires... ou souvent plus licencieuses et érotiques ? Malgré tout, fidèle à la piété qu'on lui avait inculquée depuis l'enfance, elle continuait à se montrer bonne chrétienne, sans pour autant se contraindre à l'office journalier auquel consentaient encore son beau-père et un certain nombre des habitants de la forteresse.

— Qu'en penses-tu, mon bel ami ?

Allongé sur le lit, Guy délaça doucement le corsage de sa femme.

— Est-ce bien le moment de se poser de telles questions, ma douce ?

Bien qu'ayant l'envie folle de céder une fois encore aux appétits de son mari, Magdeleine se redressa.

— Oui ! rétorqua-t-elle, le sourcil froncé et le front rebelle. Car si tu es sur le point de prendre des risques en voulant réprimer ces vilains huguenots, j'entends bien t'entendre dire de quoi il retourne !

— Bien ! céda-t-il en se laissant retomber sur le dos sur la couche. Pour ce que je sais, on a bien supplicié quelques meneurs de ces troubles, mais cela n'a pas suffi à décourager les religionnaires et il convient d'y mettre un terme ! Car, en certaines régions d'Auvergne, ces idées se répandent comme une épidémie. Le roi nous intime de juguler la propagation des dogmes de ces hérétiques, et c'est ce que nous allons faire...

Magdeleine n'insista pas. Pour elle, la façon de prier Dieu n'était guère importante, puisqu'il s'agissait du même ! Pourquoi ergoter sur ce qui n'étaient que détails ? Cela ne nécessitait nullement d'envoyer de braves gens sincères à une foi commune au bûcher ! Peut-être avait-elle trop lu d'écrits humanistes, mais elle se convainquait chaque jour qu'il valait mieux laisser les partisans de Luther ou de Calvin honorer le Seigneur de la façon qu'ils jugeaient la plus appropriée : Dieu ne pouvait en prendre ombrage ! Elle garda pour elle ses réflexions et, délicieusement nue, se fondit de tout son corps sur celui de « son » homme en ondulant de manière sensuelle.

— Oublions tout cela, mon bel amant... Notre mariage a été béni par l'évêque, et je ne vois pas mieux que l'harmonie qui nous unit en ce lit pour célébrer l'amour que nous enseignent les Évangiles !

Une initiative qui ne pouvait qu'émoustiller Guy, qui se retourna pour réinventer de ses lèvres et de sa langue les moindres parcelles de cette peau de satin qui s'offrait à sa bouche. Jamais, tout au long de son adolescence, il n'avait rêvé avoir pour épouse une femme si belle et ardente dans l'intimité de leur chambre ! Non, il n'allait certes pas se plaindre de toutes les initiatives coquines dont Magdeleine se plaisait à user dans le secret de leurs couvertures...

* *
*

La vie reprit, plus tranquille au sein du château de Miremont, car Guy avait la possibilité de rejoindre plus fréquemment le fief de son père, au plus grand plaisir de son épouse. Magdeleine se félicitait qu'il n'eût pas à guerroyer, n'étant chargé que de rendre un rapport sur l'avancement des doctrines protestantes dans la province. Ce qui n'empêchait pas son époux de se déplacer avec des gens d'armes, les escarmouches restant assez fréquentes.

— Des accrochages sans importance, ma mie ! affirmait-il souvent. Plus le fait de truands voulant dévaliser marchands et voyageurs que l'action de religionnaires acharnés. La seule vue de cavaliers suffisamment armés suffit à les décourager ! Ce qui n'empêche pas qu'il nous arrive de les poursuivre et de les mettre hors de combat... Et même de les livrer à la justice, ce qui se solde souvent par leur pendaison.

— Le gibet ?

— C'est généralement le sort qui leur est réservé lorsqu'ils ont du sang sur les mains et des morts innocents sur la conscience !

Magdeleine s'en sentit troublée. Si elle comprenait la peine de mort envers des brigands sanguinaires, elle avait plus de mal à approuver la répression envers ces « hérétiques » qui adoraient le même Dieu qu'elle ! Les châtier pour leurs erreurs, peut-être, mais les condamner à la torture ou au bûcher lui semblait une sanction disproportionnée... « À force de les opprimer, ils risquent fort de se rebeller ! Et comme de grands seigneurs sont semble-t-il séduits par leurs prêches, tout cela risque de finir très mal... » Elle ne tenait pourtant pas à s'attarder sur ces sujets et consacrait la majeure partie de son temps auprès de son bébé : la petite Françoise restait l'objet de toutes ses attentions !

* *
*

Après quelques mois, l'envie de renouer avec une existence moins casanière finit par la démanger. Aussi se délesta-t-elle petit à petit de la charge de sa fille à Franchou, au grand plaisir de cette dernière. Et ce fut avec une énergie longuement contenue qu'elle enfourcha de nouveau Pégase, lui-même trépignant de l'impatience de galoper au gré de celle qui était sa maîtresse et complice depuis tant d'années : chaque fois qu'elle l'approchait, son œil se teintait d'une expression de tendresse que nul mot ne pouvait traduire ! Quel bonheur, pour la jeune mère, que de sentir le vent sur ses joues, au rythme puissant de son cheval dont le dos ondulait sous ses fesses, de renouer avec ces paysages qui étaient désormais siens ! Être enfin libre au cœur de la nature, respirer à fond de poumons, s'enivrer de galops, du creux des vallées aux pentes des puys, des crêtes rases aux forêts touffues... Lorsque Guy séjournait à Miremont, il se joignait volontiers à ces promenades, mais lorsqu'il s'absentait il exigeait de Déodat qu'il accompagnât Magdeleine en tout lieu.

— Non seulement il y a parfois des échauffourées locales entre religionnaires et catholiques, mais il ne faut pas oublier que la région n'est pas aussi sûre qu'on peut le penser, surtout dans les endroits les plus isolés : on me rapporte presque journellement les exactions de bandes de routiers qui détroussent, et étripent même, les voyageurs tombant dans leurs embuscades ! Je compte sur toi, Déodat ?

— Bien sûr, messire Guy ! Avec mes pistoles en main et deux arquebuses dans mes fontes, il y a de quoi faire hésiter ces brigands...

* *
*

Désormais devenue familière de la noblesse du pays, Magdeleine se plaisait parfois à rendre visite à ses voisins. Les Noailles au château de Chambres, les Vigier à Trémoulières, les Montclar à Longevergne ou Montbrun, les Montal à

Escoraille ou La Roquebrou, les Pestels de Lévy à Pleaux. C'était chez ces derniers qu'elle aimait souvent s'attarder, au château de Branzac. Claude, le seigneur de ces lieux, avait épousé une fille d'honneur de Catherine de Médicis, Camille Caracciolo, une charmante beauté d'origine italienne, fille d'un prince de Melfi également maréchal de France. D'une culture raffinée, cette dame avait fait décorer les murs austères de ses demeures de magnifiques fresques que Magdeleine ne se lassait pas d'admirer. Dès l'entrée de la grande salle, au-dessus de la porte, trônait une élégante Diane tenant d'une main une lance et s'appuyant de l'autre sur le bois d'un cerf de belle taille.

— Comme vous le savez, dame Camille, nous avons aussi à Miremont de délicates peintures, mais aucune qui soit d'un tel éclat ! Ce qui me donne l'envie d'en faire réaliser d'aussi raffinées que les vôtres... Quel est donc votre secret ?

La maîtresse des lieux répondit avec cet accent napolitain qui charmait les oreilles :

— Il n'y a pas d'autre secret que celui d'user du talent d'artistes émérites ! Et les meilleurs qui soient nous viennent d'Italie... Aussi, quand je me suis mariée avec Claude, il y a quatre ans, j'ai tenu à rendre ces murs plus gais !

— J'en parlerai à mon époux qui ne sait rien me refuser, décida la jeune femme. Si vous avez bien sûr l'obligeance de me trouver quelques-uns de ces magiciens du pinceau ?

— Ce sera volontiers, ma chère voisine ! Ils se feront un honneur que d'exercer leur art pour un nom aussi prestigieux que celui de Saint-Exupéry.

— C'est très aimable de votre part, Camille. Mais j'aimerais revoir toutes les œuvres si délicates dont se pare votre logis.

— Rien n'est plus facile, pendant que mes gens nous prépareront une collation !

Magdeleine put ainsi une nouvelle fois apprécier la délicatesse des scènes représentées, de ce suisse casqué portant une hallebarde, plaqué contre un mur, à cet astrologue à longue barbe et à la figure noire, muni d'un bouclier, qui surveillait la pièce depuis le plafond où il était peint. Ici deux chevaliers en armes, là un docteur barbu et coiffé d'une barrette et en train d'écrire, ailleurs un portrait d'homme en pied richement vêtu, ou une belle jeune femme se regardant dans un miroir où se reflétait une tête de mort.

— J'aime bien cette allégorie, commenta-t-elle. Cruelle peut-être, mais tellement vraie !

— C'est bien pourquoi j'ai fait ajouter en dessous cette inscription : « Dames qui souvent vous mires, Dans ce miroir mirer vous faut, Et si boun sens ne vous deffault, Vostre beauté mesprisères ; Dames qui souvent vous mires. »

De pièce en pièce et d'étage en étage, d'autres œuvres surprenantes accrochaient l'œil du visiteur avec des sujets tantôt légers, tantôt inspirés de la mythologie grecque ou romaine, tantôt porteurs de devises humanistes. Les statues, meubles, tentures et tapisseries ajoutaient au luxe du cadre, et Magdeleine se prit à rêver de transformer Miremont avec autant de goût.

— Vous avez fait merveille, et en quelques années seulement !

— C'est une façon de m'occuper au mieux, surtout lorsque mon époux s'absente sur de longues périodes. C'est pourquoi j'ai entrepris d'orner dans le même esprit l'autre château des Pestels à Polminhac.

Magdeleine soupira : elle aussi supportait mal les séparations trop fréquentes qu'imposait la charge de son chevalier de mari !

* *
*

La jeune femme se partagea dès lors entre sa fille et les décorations de la demeure de Miremont.

— Je veux en faire un lieu d'art et de culture incontournable !

Une initiative qu'approuva d'ailleurs son beau-père :

— Cela ne peut qu'accroître la réputation de notre maison ! disait souvent Guillaume de Saint-Exupéry, d'autant plus que les douleurs de l'âge lui permettaient de moins en moins de quitter son nid d'aigle. Et ce confort à l'italienne est loin de me déplaire...

Selon ses désirs, le salon du donjon, où trônaient autrefois des accumulations de livres sur des étagères sommaires, avait progressivement accueilli des bibliothèques élégantes et vitrées aux panneaux de bois agréablement décorés de délicats motifs. L'aisance du seigneur de Miremont et des Saint-Nectaire faisait que nul ne regardait à la dépense, ce qui lui permit de passer commande de ces meubles onéreux rehaussés de somptueuses sculptures telles qu'on les affectionnait à la cour du roi : des armoires, des coffres, des sièges et fauteuils garnis des étoffes les plus attirantes à l'œil comme au toucher... Ici ou là, elle se plaisait à placer de grandes statues de marbre, ou bien, au fil de son inspiration, des statuettes et figurines du plus bel effet. Elle avait une préférence pour les œuvres d'art ayant pour thème l'Antiquité et se plaisait à agrémenter les moindres recoins de vie de l'immense demeure. Était-ce à cause de son amitié avec l'épouse du sieur Claude de Pestels, mais une bonne part de cette ornementation trahissait une forte influence italienne !

23

Au fil des années, Magdeleine s'était habituée à ce nouvel environnement jusqu'à l'aimer plus que sa région natale. Malgré son tempérament aventureux, elle restait plus volontiers au sein des murs de Miremont que lors de son arrivée, d'autant plus qu'elle avait doté sa fille Françoise de deux sœurs : Rose, née quatre ans après son aînée, et Marguerite, encore quatre ans plus tard. De temps à autre, elle devait faire face à la gestion du fief et aux litiges nés de l'indivision et du voisinage qu'occasionnait une coseigneurie : récemment, il lui avait fallu beaucoup de ténacité pour recouvrer une créance de plus de cent vingt et une livres tournois que devait François de Mauriac, à la suite d'un procès et d'un arrêt du parlement de Paris qui donnait d'ailleurs, après des procédures assez complexes et dispersées, gain de cause à Guy de Saint-Exupéry.

La jeune femme aimait toujours passionnément son mari chevalier, même si ce dernier était trop souvent à son goût appelé au service du roi, que ce fût pour guerroyer ou pour l'assister en sa cour. Un homme restant un homme, elle lui pardonnait même ses frasques envers de belles jeunettes de la région, qu'elles fussent issues de la noblesse, de la bourgeoisie ou seulement filles de paysans.

— Tant qu'il ne rechigne pas à me rejoindre en notre couche, je lui serai toujours la plus tendre des épouses ! confiait-elle parfois à Franchou, qui n'avait jamais été aussi bien dans sa peau que depuis son mariage avec Déodat.

— Peut-être, mais ce n'était pas une raison pour accueillir au château deux de ses bâtards !

— Allons... ces petits n'y sont pour rien, et on ne peut les rejeter à leur misère !

— Je reconnais bien là votre bonté, ma dame.

— Eh ! Tu peux continuer à me tutoyer, nous sommes entre nous !

Magdeleine se trouvait pourtant assez préoccupée par les événements politiques ou religieux qui secouaient la France et la région. Après la fin de la dernière guerre d'Italie, Guy de Saint-Exupéry, récemment nommé bailli des montagnes d'Auvergne à Aurillac à la place de son beau-père Nectaire, logeait de plus en plus souvent à Miremont. À l'instar du roi Henri II qu'il côtoyait souvent lors de ses déplacements, il s'inquiétait lui aussi de la situation :

— C'est de pire en pire ! Les protestants grignotent un peu partout de nouveaux fidèles arrachés au giron de notre Église, et même ici en notre Auvergne.

— Ces religionnaires, même s'ils sont dans l'erreur, ne me semblent pourtant pas diffuser des idées si dangereuses au point de mériter le bûcher... Ne pourrait-on faire preuve de plus de tolérance ?

— Le roi Henri a un temps hésité avant de se montrer de plus en plus intransigeant. Il faut dire que la Réforme ne cesse de gagner du terrain : on dit qu'un Français sur dix a rejoint les thèses de Luther ou de Calvin. Un vrai danger pour notre Église catholique !

Magdeleine soupira : elle savait bien qu'aux alentours, aussi bien à Issoire qu'à Aurillac, de plus en plus de gens se faisaient adeptes de ces idées nouvelles allant à l'encontre de tout ce qu'on lui avait enseigné depuis l'enfance. Pour oublier ces tracas, la jeune femme délaissait souvent Miremont pour renouer avec ces balades à cheval qui la ravissaient toujours. Si elle confiait souvent Pégase vieillissant aux bons soins de Déodat, elle avait plaisir à le monter encore pour de brèves sorties sans difficulté majeure, et surtout éloignées de parcours présentant trop de dénivelés.

— C'est que tu as près de vingt-cinq ans, mon beau ! Il convient de ne pas trop te fatiguer...

La brave bête hochait de la tête en trépignant, toujours heureuse à la perspective d'une promenade en compagnie de sa maîtresse : une si longue complicité les unissait ! Presque une histoire d'amour... En ce bel après-midi de juillet, Guy décida de se joindre à sa femme pour profiter lui aussi du beau temps.

— Et où comptes-tu trottiner, aujourd'hui ?

— Pas très loin, car j'entends bien ménager ma monture... Du côté de Bassignac, peut-être, sur la rive de la Dordogne : Pégase adore piaffer dans l'eau de la rivière !

— Alors allons-y !

Une sortie agréable sous un soleil ardent qu'un petit vent du nord tempérait légèrement. Tout semblait calme. L'herbe bruissait doucement, les insectes bourdonnaient, quelques oiseaux chantaient. Un peu partout dans les parcelles cultivées et sur les coteaux, paysans et paysannes s'échinaient sur leurs faux : ces derniers jours de juillet se montraient propices à la moisson ! Près d'une berge du cours d'eau, dans un endroit calme et presque bucolique, le couple s'assit sur la mousse, laissant les chevaux brouter à l'ombre d'un arbre. Guy, tout comme sa femme, aimait ainsi parfois se détendre, sans les préoccupations de la vie quotidienne. Hors du château et de son animation, libérés du va-et-vient incessant des domestiques et du chahut des enfants, ils goûtaient alors pleinement ces moments hors du temps. Un bien-être béat, main dans la main, sans même ces élans de la passion amoureuse qui, sans s'être éteints, se révélaient moins impérieux au fil des ans.

— Tiens ! s'étonna Magdeleine. Écoute, les cloches de l'église Saint-Pardoux... Ce n'est pourtant pas none ?

Le timbre lancinant, déformé par la distance, battait inlassablement l'air suspendu sur un rythme lent, et Guy haussa les épaules.

— C'est le glas... Sans doute pour annoncer la mort d'un habitant !

Comme pour lui faire écho, plus ténu parce que lointain, parvint le battement d'une autre cloche.

— On dirait que c'est le clocher d'Espagnac... Et maintenant celui de Saint-Privat ! Il doit se passer quelque chose. Rentrons vite...

Remis en selle, ils coupèrent à travers bois pour rejoindre Auriac, dont les cloches se mirent à sonner à leur tour avant qu'ils n'y arrivassent. Déjà, des petits groupes se formaient sur la place, et Guy s'enquit aussitôt :

— Mais qu'est-ce donc que tout ce branle ?

Quelques badauds s'empressèrent de lui répondre :

— Le roi est mort, le roi est mort, messire !

Guy de Miremont pâlit. Il y avait près de vingt ans qu'il côtoyait Henri II, comme chevalier de sa suite d'abord, puis comme un de ses plus proches conseillers. Étant à peu près du même âge que le souverain, une certaine amitié s'était établie entre les deux hommes. Hébété, il répéta sans comprendre :

— Mort ?

— Oui, m'sieur... Et la nouvelle a couru jusqu'à nous d'village en village !

— Mais comment ?

— Y s'dit qu'c'était lors d'un tournoi. Un accident ! Un éclat d'la lance de son adversaire qui se s'rait fiché dans son œil.

— Son adversaire, mais qui ?

— Ça, j'sais pas...

— Si ! s'écria un autre villageois. L'comte de Montgomery...

— Gabriel de Lorges, le capitaine de sa garde écossaise ?

— Ça, j'peux pas vous dire... Mais ça se s'rait passé le 30 juin, et il a agonisé une dizaine de jours avant d'trépasser !

— Et personne n'en a rien su avant ? Pas un seul émissaire pour m'en prévenir ?

— Les médecins espéraient sans doute le sauver... supposa Magdeleine.

— Ça ne fait rien ! pesta Guy, soudainement encoléré. On aurait pu m'en aviser ! D'autant plus que mon Nectaire de beau-père occupe avec le sieur de Bréon la charge de gentilhomme de la chambre du roi ! C'est impardonnable !

Sur ces mots, il asticota son bel étalon en clamant :

— Vite, à Miremont ! Il faut que je rejoigne Paris derechef !

— Aujourd'hui même ? protesta sa femme en portant Pégase à sa hauteur.

— Oui ! confirma-t-il en poussant sa monture au galop. Ça ne peut attendre !

Magdeleine soupira et força l'allure, sans vouloir pour autant rattraper son époux qui disparaissait déjà au bout du chemin dans un nuage de poussière...

* *
*

Si le petit peuple restait indifférent à ces bouleversements politiques qui ne touchaient en rien à sa vie quotidienne, une certaine effervescence s'empara de la noblesse. Il ne se passait pas de jour sans que Miremont n'eût la visite de seigneurs, comtes ou vicomtes venus commenter la situation. En l'absence de Guy, Magdeleine tenait à être présente à ces entretiens, considérant que, plus son beau-père Guillaume vieillissait, plus elle était amenée à gérer les affaires des Saint-Exupéry lorsque son mari se retrouvait éloigné de son fief. Et, bien sûr, toutes les conversations portaient sur la mort du roi :

— Mon cher Lignerac, je n'imagine pas le dauphin François prendre les rênes du pays, répétait sans cesse François de Scorailles, seigneur de Rilhac. Il est bien trop jeune et de santé fragile !

— C'est vrai, reconnut le baron de Pleaux. Mais, à quinze ans, il est majeur et n'a plus besoin d'un Conseil de régence…

— Peut-être, mais je vois plutôt ses oncles, les Guise, diriger le pays à sa place et en son nom !

— C'est aussi mon avis, Jean, approuva Guillaume de Miremont. Le duc de Guise et son frère le cardinal de Lorraine sont tout à fait au courant des affaires du royaume.

— En ce cas, ils vont devoir évincer leur rival, Anne de Montmorency !

Magdeleine savait que son mari restait proche du connétable malgré ses divergences de vues, et elle supposa :

— Ce qui veut dire que Guy peut lui-même être écarté de l'entourage du roi ?

Secrètement, elle le souhaitait : cette situation politique pouvait avoir l'avantage pour elle de voir son époux rejoindre son château familial afin de s'occuper de son bailliage. Son beau-père s'empressa de nuancer son espoir :

— Pas si sûr ! Le ressentiment des Guise contre Montmorency est d'ordre personnel, alors que mon fils n'est nullement en conflit avec eux et qu'il s'est fait auprès d'Henri II une bonne réputation à la Cour.

— En effet, apprécia Jean de Montclar, le seigneur de Montbrun. Il pourrait bien échapper à cette révolution de palais !

* *
*

Un autre jour, à Ally, au château de La Vigne où François de Scorailles résidait habituellement, la conversation roula vite sur les troubles religieux qui enflaient dans la région. Guillaume de Saint-Exupéry ayant des difficultés à se déplacer, Magdeleine s'était rendue à cette invitation pour représenter Miremont. Le seigneur du lieu avait encore preste allure alors qu'il frisait les soixante-dix ans, et il avait reçu ses invités dans le charmant petit cabinet qu'il s'était fait aménager dans une pièce haute de la tour principale de sa demeure. Après des conversations sans grand intérêt, ce fut avec verve qu'il s'emporta :

— Ce gamin de roi souffle sur les braises de la discorde ! Alors que bien des réformés sont des nobles de grande qualité dévoués au royaume !

— Je crois plutôt que tout cela le dépasse et qu'il s'en remet en tout et pour tout aux Guise ! remarqua songeusement le sieur de Sartiges, seigneur de Champagnac.

— Il n'empêche que la répression faite aux protestants est de plus en plus rude, et qu'elle suscite des mouvements de révolte...

— Il n'y a qu'à voir à Issoire ou Aurillac, les humeurs s'y échauffent sérieusement !

— Nous en sommes tous conscients, admit François de Scorailles. Depuis plus de dix ans, la religion nouvelle attire toujours plus d'adeptes, tant du bas peuple que de la noblesse ou de la bourgeoisie ! Et ce malgré des condamnations exemplaires allant jusqu'au bûcher...

Magdeleine soupira.

— Je croyais pourtant que Catherine de Médicis, la mère du roi, était plutôt partisane d'une certaine conciliation, comme le prouve son amitié avec Michel de L'Hospital, lequel prône une cohabitation pacifique avec les religionnaires ?

— C'était peut-être vrai, lui répondit l'aîné du maître de maison, également prénommé François. Elle s'est montrée d'abord assez tolérante envers les huguenots, mais les Guise ne cessent de vouloir mener une répression plus rude contre les partisans de la nouvelle religion.

La jeune femme se remémora ce qu'elle avait lu dernièrement de l'humaniste et remarqua amèrement :

— L'Hospital a pourtant écrit, si je me souviens bien : « Le couteau ne vaut pas contre l'esprit. Ôtons ces noms de "luthériens", "huguenots", "papistes", ne changeons pas le nom de "chrétiens" ! » Et je suis assez d'accord avec lui...

Jean de Sartiges sourit.

— Je vois que la dame de Miremont aime à s'instruire auprès des grandes âmes !

— Je n'oublie pas que cet auteur est né en Auvergne, répliqua-t-elle avec un peu d'humour. À Aigueperse, je crois...

— J'en conviens... Mais je crains que son influence ne soit bien vaine pour éviter les débordements des deux camps !

Une sombre perspective qui ne fut pas sans contrarier Magdeleine, qui préféra reporter son attention sur les fresques plus sereines qui ornaient ce cabinet ne comportant qu'une petite fenêtre que François de Scorailles père aimait à qualifier du nom italien de *studiolo*. Elle laissa son regard courir sur la voûte ornée de rinceaux, phytomorphes et *tondi*[1], mais surtout sur les murs où s'étalaient de somp-

1. Le *tondo* (*tondi* au pluriel) est une œuvre peinte ou parfois sculptée sur un support de forme ronde.

tueuses peintures évoquant la chasse. Une fois la discussion terminée, et alors que le seigneur du lieu conviait ses invités à sa table, elle se permit de le complimenter sur la beauté de ces représentations. Levant le nez au plafond, elle supposa :

— Ne serait-ce pas une scène des *Métamorphoses* d'Ovide ? Pyrame et Thisbé, il me semble...

— Je ne vous savais pas une telle érudition ! s'étonna François de Scorailles. C'est bien cela... et, même si l'âge fait qu'on ne le remarque plus, l'artiste s'est attaché à doter Pyrame des traits de mon visage ! Enfin, celui que j'avais à l'époque...

— Et peut-être est-ce aussi votre épouse sous le visage de Thisbé ?

Le vieil homme eut une mimique amusée.

— Non, non... Je ne devrais peut-être pas le dire, mais c'était le visage de ma maîtresse de l'époque !

— Ah ?

— Oui, chuchota-t-il. Agneste Charles, qui m'a même donné un fils, que j'ai fait légitimer, d'ailleurs...

Magdeleine n'insista pas. Ne s'attachait-elle pas encore à élever, à Miremont, deux petits bâtards de son cher Guy, ce qui ne l'empêchait nullement d'aimer son mari comme au premier jour ?

24

Aux yeux de tous, les années passaient sans laisser aucune trace sur la beauté de Magdeleine : on trouvait même que sa maturité lui donnait plus de charme encore. À l'approche de la quarantaine, elle semblait aussi resplendissante qu'à vingt ans ! Son mari s'en félicitait et, même si lui-même multipliait les aventures amoureuses au fil de ses déplacements, il avait une entière confiance en sa femme et la retrouvait chaque fois avec la même passion qu'aux premiers jours : les quelques anicroches au serment de fidélité qu'il se permettait ne ternissaient en rien l'attirance mutuelle qu'ils éprouvaient l'un pour l'autre ! Depuis longtemps, Magdeleine savait bien à quels écarts conduisait la vie d'un valeureux guerrier, et elle passait volontiers l'éponge sur ces passades… Guy serait toujours son beau chevalier !

Il y avait tout de même eu quelques ombres pour troubler le cours des jours. La mort de Guillaume de Miremont, tout d'abord, puis celle de François II, après guère plus d'un an de pseudo-règne… Ce nouveau décès royal avait ajouté de l'incertitude à la tournure des événements, et elle s'en était inquiétée auprès de son mari :

— Qu'est-ce que cela va changer, Guy ?

— Que le frère de François, Charles IX, devient le nouveau roi, bien sûr ! Mais comme il n'a que dix ans, c'est sa mère Catherine qui va encore régner comme régente… Avec un royaume de plus en plus déchiré entre catholiques et protestants, je crois qu'elle aura bien du mal à conclure un accord entre les deux partis !

— Et alors ?

— Alors, si je dois guerroyer à nouveau, je crains que ce ne soit pas contre des Anglais, des Italiens, des Espagnols, mais bien contre de bons Français dont certains sont peut-être des amis… Cette histoire de religions est en train de diviser notre peuple tout autant que de diviser la noblesse : le prince de Condé est soupçonné, comme proche de Navarre, d'avoir des sympathies pour les protestants !

— Qu'est-ce que cela veut dire ?

— Ma mie… Il serait trop long de tout t'expliquer ce qui se passe à la Cour. Mais, sans le décès de François II, Condé aurait sans doute été condamné à mort… À mon avis, Catherine de Médicis ne l'a fait libérer que pour s'opposer à la puissance des Guise, lesquels ne cessent d'essayer de lui manger le pouvoir !

— Et toi, dans tout ça ?

— Moi ? Je serai toujours au service de mon roi, tant qu'il se montrera juste !

* *
*

L'année suivante, Magdeleine avait eu la douleur d'enterrer son père Nectaire quelques mois après les funérailles de Guillaume de Saint-Exupéry. Bien qu'elle en fût éloignée depuis longtemps, elle en ressentit une profonde tristesse : son père ne s'était-il pas montré plus qu'aimant, dans son enfance, en cédant à ses caprices de jeunesse ? Elle se consola seulement en pensant que le Seigneur lui avait accordé une longue vie malgré le choix des armes qu'il avait fait, le plaçant à jamais dans la lignée de ses ancêtres combattants. Au plus profond d'elle-même, elle restait encore une vraie Saint-Nectaire !

— Mère ?

Elle se retourna et considéra sa fille aînée d'un œil tendre : Françoise avait déjà presque une douzaine d'années, et elle semblait déjà vouée à devenir aussi belle que sa mère !

— Oui, ma fille ?

— Quand est-ce que père revient ?

Magdeleine afficha un sourire contrit.

— Je ne peux te le dire, ma chérie. Quand il n'est pas auprès de notre jeune roi, il est de son devoir de se battre pour réprimer les exactions auxquelles se livrent, jusque près de chez nous, les plus furieux adeptes de la religion réformée !

— Ce n'est pas juste !

— Allons, Françoise... Si tu veux être digne du nom que tu portes, il te faut accepter que ton père se montre un guerrier valeureux et courageux ! Arrête de t'inquiéter, et va plutôt jouer avec tes deux sœurs !

— Elles sont si petites que leurs jeux m'ennuient, m'man...

Magdeleine se pencha sur l'oreille de sa fille pour murmurer :

— Sans t'éloigner, tu devrais peut-être sortir des murs du château, non ? C'est ce que je faisais lorsque j'étais petite...

— Mais on me l'a interdit !

— Sans doute, mais...

Cette tendre conversation fut interrompue par Franchou, qui se précipita pour annoncer :

— Ma dame ! Ma dame... Votre frère Antoine vient de se présenter aux portes du château !

— Mon frère ? s'étonna Magdeleine. Il y a des années que je ne l'ai point vu ! Fais-le donc entrer dans le grand salon.

Elle ne s'attendait pas à une telle visite : elle avait si peu d'affinités avec ce frère aîné qu'elle avait toujours trouvé sévère et guindé, traits de caractère qui n'avaient fait qu'empirer depuis qu'il était entré dans les ordres. Antoine de Saint-Nectaire se présenta d'ailleurs devant sa sœur d'une façon plutôt cavalière qui ne convenait guère à un homme d'Église :

— Alors, petite Mado ! Tu ne te sens pas trop seule, sans ton Miremont de mari ?

— Je préférerais qu'il soit là, certes, mais je suis fière de le savoir au service du royaume... Mais quel bon vent amène jusqu'ici mon abbé de frère ?

— Comme abbé, justement, j'ai pris mes dispositions pour mettre l'abbaye en commende, et j'ai nommé à ma place Martin Fournier de Beaune-Semblançay comme abbé commendataire...

— Mais... et toi ?

Antoine redressa le torse et arbora un sourire suffisant.

— Dans un mutuel intérêt, je viens d'échanger avec lui l'abbaye Saint-Géraud d'Aurillac contre l'évêché du Puy ! J'ai jugé opportun, en m'y rendant, de faire le détour par Miremont pour y solliciter de ma sœur une escorte de quelques hommes d'armes, les routes étant peu sûres à cause de ces maudits huguenots. Bien que je sois apte à manier l'épée et la pistole, les deux gardes qui m'accompagnent ne me semblent pas suffisants pour assurer ma sécurité...

— Félicitations, « monseigneur »... Que pourrais-je refuser à un futur évêque, sans doute ? Je vais te faire allouer une chambre dans la tour qu'on appelle d'Albars. Tu pourras y ôter cette cuirasse qui te fait plus ressembler à un soudard qu'à un respectable prélat !

— Bien ! Je vais donc commander qu'on m'y monte mes bagages.

Lorsqu'il redescendit dans le grand salon où l'attendaient Magdeleine et Franchou, Antoine de Saint-Nectaire complimenta :

— Je ne me souviens pas avoir remarqué un tel faste à ce château : la décoration y est somptueuse, et les fresques magnifiques bien que d'inspiration plutôt païenne ! Elles sont neuves, n'est-ce pas ?

— J'ai en effet décidé de rendre cette rude forteresse plus douce et agréable à l'œil, grâce aux services de peintres italiens parmi les plus réputés !

— En tout cas, c'est une réussite !

— Mme votre sœur a un goût des plus sûr, monseigneur Antoine, approuva Franchou.

L'ecclésiastique éclata de rire.

— Ma bonne Franchou ? Gamin, je n'aurais jamais cru voir un jour notre chambrière dans le rôle de dame de compagnie... et de ma sœur, en plus !

Magdeleine usa aussitôt d'un ton plus sec pour affirmer :

— Je ne pouvais faire meilleur choix, même si ma décision a été accueillie assez fraîchement ! Et cette chambrière, comme tu dis, évolue désormais sans complexe parmi les grands de ce monde. Elle sait lire à la perfection, tenir s'il en est besoin une conversation érudite, et peut-être même écrire mieux que certain évêque que je connais bien...

Antoine préféra changer de conversation et évoqua alors l'insécurité et les troubles qui agitaient sporadiquement la région :

— En fait, je quitte Aurillac alors que la ville est plus que jamais en proie à des violences à cause de ces hérétiques. J'aurais souhaité y rester plus longtemps pour aider à mater ces rébellions, mais je ne peux me soustraire à l'honneur qui m'est fait ! L'évêché du Puy m'attend...

— Ici, nous n'avons eu à déplorer aucun débordement, même si quelques familles ont versé dans les doctrines calvinistes ou luthériennes sans que cela ne soulève la moindre vague. Il n'en a donc pas été de même à Aurillac ?

— J'ai revêtu la robe d'abbé de cette ville l'année dernière à la suite de la mort de notre oncle Charles et, ainsi que lui, j'ai tenu d'une main ferme comme seigneur haut justicier l'administration de l'abbaye. La situation est alors restée tranquille. C'est après avoir poursuivi la sécularisation de cette abbaye que les choses se sont gâtées : les protestants en ont profité pour accroître les tumultes, et les exhortations enragées de leurs prédicateurs ont provoqué des débordements intolérables... C'est pourquoi j'ai demandé avant mon départ de la ville à Charles de Brezons, lieutenant général pour le roi du gouvernement d'Auvergne, de venir maintenir l'ordre à Aurillac : je sais qu'il sera intraitable envers les religionnaires !

Ce fut Franchou qui, oubliant pour une fois la retenue que se devait d'avoir une dame de compagnie, se permit de soupirer.

— Espérons que ces excès ne s'étendront pas jusque chez nous !

— Rien n'est moins sûr !

— On m'a dit que le Velay était lui aussi fortement infesté par ces huguenots, reprit Magdeleine. Ton épiscopat risque de ne pas être plus tranquille !

— Je le sais... Et ce sera ma première préoccupation dès mon arrivée au Puy ! Car je quitte Aurillac alors que s'y livrent déjà exactions et combats. Si j'ai quelques regrets à m'éloigner d'une ville en proie à de tels débordements, j'ai hâte aussi de rejoindre Le Puy pour faire du mieux que je le peux pour que cela ne se produise pas au sein de mon évêché !

— Lorsque tu seras vraiment évêque, alors ?

— Ce sera bientôt officialisé par l'archevêque. Au plus quelques semaines !

* *
*

Du haut du donjon de Miremont, Magdeleine poussa un soupir de soulagement en voyant s'éloigner la petite troupe qu'elle avait mise au service d'Antoine de Saint-Nectaire pour l'escorter jusqu'au Puy. Non qu'elle détestât son frère, mais sa carrière ecclésiastique n'avait rien changé : toujours aussi froid, aussi strict, et usant volontiers d'un ton sec et cassant.

— Il aura beau revêtir la robe d'évêque et porter crosse et mitre, il sera loin d'afficher la bonté et la générosité que se devrait d'afficher un bon chrétien, prélat de surcroît !

— Vous dites, madame ?

— Eh, Franchou... maintenant qu'il est parti, tu peux me tutoyer de nouveau !

— Cela me gêne parfois, dame Magdeleine...

— Quant à moi, cela me plaît bien, un peu comme lorsque j'étais petite fille.

— Et que je n'étais que pauvre chambrière au château de Saint-Nectaire !

— Et alors ? Tu as toujours été avec moi tendre et attentionnée. Au point que je me demande si j'aurais accepté ce mariage si tu avais refusé de me suivre comme dame de compagnie... et surtout comme indéfectible amie.

Émues, les deux femmes s'enlacèrent, et Franchou avoua :

— Cela ne m'aurait été dur que si tu n'avais pris aussi Déodat au service de Miremont !

Elles se turent toutes deux, envahies par une mutuelle émotion, puis Magdeleine frissonna.

— Regagnons donc la proximité d'une bonne cheminée ronflante. Ce petit vent est aussi frisquet que désagréable !

Dans le salon agréablement meublé et orné, les deux femmes s'installèrent chacune dans un fauteuil de style italien, au plus près de la cheminée ronflante dont le manteau était orné d'une belle fresque évoquant la déesse Vénus. Franchou remarqua :

— Je crois que ton évêque de frère n'a pas tout dit, Magdeleine.

— Qu'entends-tu par là ?

— Tu sais, ma belle, les nouvelles courent souvent plus vite parmi les petites gens que chez les grands seigneurs ! Et Antoine a oublié de préciser que son sieur de Brezons traîne derrière lui une exécrable réputation et qu'il a déjà commencé à exercer une atroce répression à Aurillac même.

— Ne peux-tu m'en dire plus ?

— Ce serait à vérifier, mais le bruit s'est répandu qu'à peine arrivé, à la tête d'une compagnie de méchants routiers, plusieurs honnêtes personnes y ont été égorgées sous de futiles prétextes, que des logis et commerces de protestants ont été pillés, et leurs femmes et filles violées !

— C'est atroce ! Alors que la régente en appelle à la tolérance envers ceux de la religion dite réformée ?

— Et encore, notre Auvergne reste plutôt calme, si l'on en croit ce qui se passe en d'autres contrées du royaume.

— C'est vrai. Espérons que ces querelles se calmeront d'elles-mêmes : après tout, ces huguenots sont aussi des chrétiens, même si c'est d'une autre manière.

— Oui, espérons...

25

Durant quelques mois, la région n'eut à déplorer que quelques échauffements sporadiques qui, même réprimés, n'eurent que peu de répercussions locales. Le peuple était pourtant de plus en plus divisé, et une méfiance mutuelle s'installait entre catholiques et protestants. Au sein du lit conjugal, Magdeleine se blottit entre les bras de son mari.

— Enfin, cette paix relative me permet de te voir plus assidu en nos murs ! Pourvu que ça dure...

Guy de Saint-Exupéry pivota sur un coude en rejetant draps et couvertures pour admirer une fois de plus le corps sublime de son épouse. Tout en la caressant d'une main étrangement légère pour un homme de guerre habitué à manier l'épée, il se pencha pour chercher les lèvres de la belle femme.

— Je l'espère aussi, puisque aucune guerre ne nécessite pour l'instant que je reparte au combat et que ma présence est superflue auprès du jeune roi. Mais cela durera-t-il ? Je n'en sais rien.

En écartant impudiquement les cuisses, Magdeleine attira plus étroitement contre elle le corps musclé de Guy.

— Raison de plus pour profiter de cette trêve qui nous est accordée ! souffla-t-elle en s'emparant à son tour de sa bouche.

Il s'arracha au tendre baiser en riant.

— Comment ? Nos douces joutes nocturnes ne t'auraient-elles pas assez comblée ?

Mutine, elle répondit :

— Il me semble qu'un bon tournoi nécessite plusieurs assauts, non ?

— Ma lance est prête, gente dame.

— Tâchez de ne point la briser comme ce malheureux Montgomery, alors...

— N'ayez crainte, ma mie, ma cible n'est pas la visière de ce pauvre Henri II, je vise nettement plus bas !

Elle roucoula, se tortilla et roula sur lui :

— En selle, donc !

Dès lors, Guy de Miremont se partagea entre ses obligations de seigneur, sa charge de bailli, ses filles et sa femme. Il s'éloignait rarement à plus de six lieues de son fief, dormant parfois en d'autres châteaux de prévôts, gouverneurs, vicomtes et sénéchaux royaux, ou demeures de ses vassaux. Bien sûr, Magdeleine se doutait qu'il ne se privait pas durant ses périples de lutiner quelques demoiselles accortes et peu farouches, mais elle fermait les yeux : qu'importait, tant qu'il se montrait plus amoureux d'elle que jamais dès qu'il remettait les pieds au château ? Elle connaissait bien les faiblesses des hommes en ce domaine ! Mais cela ne l'empêchait nullement de se trouver heureuse, entre ses filles dont elle s'occupait au mieux et la joie de ne plus se retrouver des mois durant seule en sa couche. Une seule ombre à ce tableau préoccupait son âme de chrétienne sans que cela fût dû aux frictions religieuses : des hivers anormalement glaciaux, des printemps pourris par d'incessantes pluies suivis d'étés au soleil ravageur ne cessaient de détruire les récoltes. Le peuple déjà plus qu'appauvri par les impôts en était réduit en ces rudes régions aux disettes et à la famine, et la jeune dame de Miremont intervenait fréquemment auprès de son époux afin que, pour ce qui concernait les revenus des Saint-Exupéry, il se montrât charitable en n'exigeant pas l'intégralité des redevances que se devaient d'acquitter les paysans.

— Nous vivons ici dans l'aisance et nos coffres sont pleins. Notre fortune est faite et considérable ! Ne pourrais-tu avoir quelque indulgence sur les dîmes et fermer les yeux sur la rentrée des cens, la taille, les banalités, les péages et droits de marché ?

Guy se contentait de soupirer.

— Cela serait très mal perçu par nos voisins, lesquels seraient vite confrontés au fait que leurs manants demanderaient même faveur…

— Voyons, mon ami : on ne peut tirer le moindre jus d'un fruit sec ! Et chaque laboureur qui meurt, ce sont deux bras de moins sur lesquels compter dans l'avenir pour les contributions à percevoir lorsque le climat se montrera plus clément.

— Bien, bien ! Que pourrais-je te refuser ? D'autant plus qu'étant à la Cour, les libéralités royales garnissent plus nos coffres que les revenus de la seigneurie !

Si Magdeleine se réjouissait de l'influence qu'elle avait sur son mari, d'autres inquiétudes vinrent bientôt bouleverser le cours de son existence, lorsque des rumeurs se mirent à galoper d'un village à l'autre. Le premier fut Déodat à en avertir ses maîtres :

— Comme je vous le dis : la peste serait de retour vers Aurillac !

— Comment ? s'horrifia Franchou avant même que Magdeleine ou Guy ne réagissent. Et tu ne m'en as rien dit ?

— C'est que je viens juste de l'apprendre en revenant de Jussac, où vous m'aviez envoyé porter un pli à noble François de Nozières-Montal, messire.

La nouvelle n'eut pas l'air de troubler Guy de Saint-Exupéry.

— Il faut se méfier de ce genre de racontars, répondit-il placidement. Il ne se passe pas de saison où l'on n'annonce cette « male mort » pour que la panique s'installe... Tu devrais le savoir, Déodat ?

— C'est vrai, messire Guy. Et je ne vous en aurais rien dit si ce n'était que, depuis une quinzaine, la rumeur enfle dans la région au lieu de s'éteindre ! Vous n'en avez jamais ouï dire ?

— Si, bien sûr, mais il ne faut point s'affoler ! S'il existe bien quelques infections, rien ne laisse à penser que ce soit là la peste. Tout au contraire, sinon la contagion se serait diffusée comme la flamme sur une traînée de poudre !

— C'est ce que je pensais, mais j'ai préféré vous en avertir sur les conseils de M. de Nozières.

— Tu as bien fait, mon brave Déodat.

Durant cette conversation, Magdeleine avait pâli. Ce qu'elle avait entendu dire de la « mort noire » depuis l'enfance l'avait toujours horrifiée : une maladie invisible qui se répandait à la vitesse de l'éclair, frappant hommes et femmes, adultes et enfants, et qui n'épargnait ni riches ni pauvres. Des morts par milliers que l'on enterrait à l'écart des villes dans des fosses communes recouvertes de chaux, des habitants fuyant les zones infestées qui propageaient la pandémie malgré les mesures prises par les consuls, d'autres isolés de force dans leurs maisons marquées d'une croix blanche, des malades confinés hors des murs et terrés dans des huttes sommaires, l'impuissance des médecins et chirurgiens. Des gens qui se calfeutraient chez eux de peur d'être infectés, mais qu'un horrible et douloureux trépas arrivait malgré tout à rattraper... Un mal aveugle qui emportait parfois la moitié des habitants de villes où les survivants étaient ensuite souvent réduits à la famine !

* *
*

Il ne fallut que quelques semaines pour s'apercevoir que le danger avait été surestimé. S'il y eut bien ici ou là quelques dizaines de décès liés à cette émergence de la maladie, l'épidémie s'étouffa d'elle-même sans causer la panique redoutée. Si tout le monde s'en sentit soulagé, ce ne fut pas le cas des vieux qui clamaient à qui voulait bien l'entendre :

— Si le mal dont on évite de dire le nom a pointé le bout de son nez, il reviendra, croyez-en les anciens !

Mais d'autres ombres se profilaient à l'horizon. Quelques jours suffirent, début mars, pour que la nouvelle du massacre de Vassy[1] se répandît dans tout le royaume, suscitant une vive émotion, même parmi les catholiques.

— Mais ce n'est pas vrai ! tonna Guy de Saint-Exupéry lorsqu'il l'apprit. Je ne comprends pas... Qu'est-ce qui lui a pris ?

— Qui ? s'inquiéta Françoise en levant les yeux de sa broderie sur canevas.

— Je suppose que ton père veut parler du duc de Guise, répondit Magdeleine.

— Oui, confirma Guy. François de Lorraine, que l'on peut considérer comme le meneur des catholiques. J'ai souvent combattu à ses côtés, et il était l'un des meilleurs chefs de guerre d'Henri II : on l'appelait entre nous le Balafré. Bien qu'écarté de la Cour et du pouvoir par la régente, il garde grande puissance et réputation dans le royaume. Mais il a commis là une grosse erreur, à mon avis !

— Qu'est-ce à dire ? s'enquit son épouse.

— À en croire ce que j'ai entendu, François passait avec une escorte sur ses terres de Vassy, en Champagne, en compagnie de sa femme Anne, de son fils Henri et de son frère le cardinal de Lorraine. Bien qu'un édit permette depuis le

1. Aujourd'hui Wassy, Haute-Marne.

début de l'année aux protestants de pratiquer leur culte dans les faubourgs et les campagnes, il a considéré que l'assemblée tenue dans une grange se trouvait à l'intérieur de la ville et il a voulu mettre un terme à cette réunion religieuse. Les choses ont mal tourné et l'assaut de cette bâtisse a dégénéré en carnage : environ cinquante morts, dont des femmes et des enfants, et trois fois plus de blessés. Je crains que cette regrettable affaire ne mette le feu aux poudres à travers tout le pays !

La jeune Françoise soupira : jamais elle ne comprendrait les affrontements stupides auxquels se livraient les hommes de son temps !

* *
*

Les pressentiments de Guy de Saint-Exupéry n'étaient pas vains... Deux semaines plus tard, François de Guise, allié à l'amiral Gaspard II de Coligny et son frère François d'Andelot de Coligny, marcha sur Paris pour rejoindre les forces du prince de Condé, Louis de Bourbon, mais ce dernier hésita à entamer une guerre fratricide. Fin mars, on comprit en Auvergne que le duc de Guise et ses affiliés avaient ramené sous leur protection à Paris le jeune roi et sa mère : un véritable coup de force qui contraignit la reine mère, jusqu'alors favorable à une certaine tolérance, à peu à peu se résigner à la guerre contre les huguenots. Les rumeurs plus ou moins confuses sur les actions en cours décidèrent vite Guy à revêtir son armure.

— Désolé, ma mie, mais mon serment de chevalier me pousse à reprendre les armes !

— Mais pourquoi ?

— Je suis bien obligé, n'étant pas de religion réformée, de me mettre au service de notre souverain. Il y va de mon honneur !

Magdeleine demeura un moment silencieuse : les protestants qu'elle côtoyait parfois, tant dans la noblesse que parmi le petit peuple, lui semblaient malgré les divergences de foi agréablement fréquentables, et nullement les agitateurs féroces que prêtres et curés dépeignaient ! Sans montrer les sentiments contradictoires qui la brassaient, elle s'accrocha au cou de son mari.

— Fais ce que tu dois faire, mon homme ! Et fais ton possible pour me revenir au plus vite.

— Je te le promets, ma douce Magdeleine.

* *
*

La solitude affective qu'imposait cette séparation n'était pourtant pas sans conséquence sur le moral de la jeune femme. Le désir était encore là, bien qu'inassouvi, et souvent la nuit un manque brûlant lui torturait le ventre et les entrailles. Elle en avait parfois un peu honte : « Est-ce Satan qui me livre à la tentation de chair ? » Ce n'était pas pour autant qu'elle s'en confessait au prêtre venu de Chalvignac qui se rendait régulièrement au château pour les messes dans la chapelle, prêcher ou confesser : « Peut-être, comme beaucoup, ne se prive-t-il pas lui-même d'outrepasser cela même qu'il nous prône ? » Heureusement, il lui restait la joie de s'occuper plus que jamais de ses filles, qui grandissaient à vue d'œil. Aussi s'entêtait-elle à former la plus grande au maniement de l'épée, mais l'escrime ne se révélait pas l'exercice favori de la gamine. Françoise prenait cela comme un jeu, mais sans plus : elle préférait nettement les arts, le dessin et la peinture, et s'essayait maladroitement à imiter les nombreuses fresques qui ornementaient désormais les murs du château !

Magdeleine se tenait néanmoins au courant des événements qui bouleversaient le royaume, soit en se rendant chez les seigneurs voisins, soit lorsque l'un de ces derniers s'invitait en visite à Miremont.

— Ah ! Heureuse de vous recevoir, messire de Sédières...

— C'est un plaisir pour moi, gente dame, d'autant plus que j'aime à revoir les sublimes peintures dont vous avez agrémenté ces vieux murs !

— Mon cher Dominique... Vous avez bien doté d'une rénovation complète votre château dont l'architecture, comme ici, prenait ses racines aux siècles précédents ?

— C'est vrai, répondit le vieux seigneur. Il y a plus de trente ans que j'ai entrepris de faire réaliser ces travaux par les meilleurs artistes et maçons afin de transformer cette place forte en demeure d'agrément, raison pour laquelle j'en ai fait raser l'enceinte et combler les fossés... Tout devrait être terminé d'ici cinq ans !

— Je ne sais si c'était une bonne idée, par les temps qui courent, d'abattre les défenses de cette forteresse, répliqua Magdeleine. Mais je dois admettre que vos tourelles coiffées en poivrière, votre grande terrasse au plus haut niveau, vos larges fenêtres moulurées et vos arcades surbaissées à colonnes corinthiennes sont du plus bel effet !

— C'est durant ma participation aux guerres d'Italie que m'est venue l'envie de m'inspirer de ce que j'ai vu là-bas !

— Mais je suppose que ce n'est pas ce qui vous amène ?

— J'en conviens... et j'apporte des nouvelles peu réjouissantes. Il se trouve que les combats n'ont pas cessé. Comme vous le savez, les hérétiques se sont emparés de nombre de villes sous le commandement du prince de Condé, dont Orléans, Lyon, Rouen ou Poitiers...

— Oui ! Non seulement ces informations nous sont rapidement parvenues, mais encore mon époux les a évoquées dans les trop rares et brefs courriers de sa main qui me sont parvenus...

— Une bataille bien plus proche de nous permet d'en être les premiers prévenus. Elle vient de se terminer par une cinglante défaite des protestants qui tentaient de rallier Condé à Orléans.

— Proche, vous dites ?

— Oui, à Vergt, près de la rivière de la Dordogne, au sud de Périgueux. À moins d'une vingtaine de lieues à vol d'oiseau. Coucy, lieutenant général en Guyenne, et Blaise de Montluc ont mis en déroute les troupes ennemies. C'était il y a seulement deux jours, le 9 octobre...

— Cela compense un peu le soutien financier des Anglais aux huguenots négocié par eux le mois dernier en échange du Havre !

— Il nous faut rester optimistes. Le siège de Rouen semble tourner à l'avantage de nos troupes...

Magdeleine exhala un long soupir.

— Quand donc se terminera cette guerre aussi stupide que fratricide ?

— Ça, Dieu seul le sait... conclut Dominique de Sédières.

— Comme si Dieu avait souhaité un tel affrontement entre deux clans qui se réclament de lui !

26

Faisant fi de la prudence qu'imposait un pays en proie à des désordres tels qu'elle s'en trouvait bouleversée, Magdeleine s'octroyait encore des escapades endiablées sur les pentes nues des dômes de la région. Pégase coulant ses vieux jours à l'écurie de Miremont sous les soins de Déodat, la jeune femme montait désormais l'étalon qu'elle avait acheté pour le remplacer et qu'elle avait baptisé Celeris, se fiant à la mythologie qui en faisait le fils du légendaire Pégase. Une bête magnifique, aussi blanche que Pégase était noir. Déodat l'avait choisi spécialement pour les qualités de sa race.

— Il est issu de chevaux élevés en Lusitanie, avait-il assuré. Ce ne sont pas les plus rapides, mais les plus endurants et les plus vifs et dociles que je connaisse. Avec un bon dressage, ils tournent, virevoltent ou cabriolent au moindre signe de leurs maîtres. Ce qui ne les empêche pas d'être fidèles et doux, agiles et courageux ! De plus, il n'est pas rare de les voir vivre jusqu'à plus de quarante ans.

Il n'avait pas menti. Depuis leur première rencontre, une véritable osmose s'était établie entre la jeune femme et l'animal. Presque une histoire d'amour ! Ces sorties étaient souvent le prétexte pour se rendre chez les seigneurs de la province, d'un côté ou de l'autre de la Dordogne, pour y discuter des derniers événements qui bouleversaient le pays. Et, apparemment, la situation évoluait de mois en mois au détriment des protestants. Magdeleine avait ainsi appris la reprise de Rouen par les catholiques fin octobre, à la suite de laquelle le roi de Navarre avait essuyé une blessure dont il était mort un mois après.

— Le plus insolite, lui avait confié un châtelain des environs, c'est qu'Antoine de Bourbon, en inspectant ses troupes, soulageait sa vessie contre les remparts lorsqu'il a été touché par une arquebusade ! La blessure ne semblait pas très grave, mais elle a fini par avoir raison de sa vie.

D'après ce qu'elle avait compris, l'armée royale s'était ensuite portée au-devant de Condé, lequel avait été fait prisonnier en décembre à la bataille de Dreux. Durant ce même affrontement, les catholiques avaient également subi des pertes : Anne de Montmorency capturé par les protestants, et le maréchal de Saint-André tué d'un coup de pistolet.

* *
*

Ce matin-là, alors que la neige était tombée en abondance et que le givre luisait aux branches et feuilles des arbres, elle avait traversé la Dordogne avant de suivre son chemin au sein de reliefs toujours plus tortueux et montagneux. Elle arriva ainsi au château de Ventadour, qui dressait ses tours depuis un impressionnant éperon rocheux surplombant la vallée de la Soudeillette. Magdeleine s'attendait à n'y trouver qu'un officier de garnison et un intendant, aussi fut-elle surprise d'y rencontrer l'épouse du seigneur du lieu.

— Vous êtes donc ici de nouveau, Catherine ?

— Oui, répondit Catherine de Montmorency. Mon époux est une fois de plus sur les routes du royaume, avec tout ce qui se passe...

— Le mien aussi, soupira la jeune femme. Cela fera bientôt un an qu'il est reparti guerroyer, et il ne m'a fait parvenir que quelques lettres ! Il n'aime pas trop écrire...

— Mon Gilbert non plus, tout Lévy-Ventadour soit-il ! Heureusement, ma propre famille n'est pas aussi avare de missives, et je me tiens assez au courant de tout...

En entrant dans le salon où la conduisait la châtelaine, Magdeleine remarqua :

— Comment se fait-il que vous soyez en nos rudes contrées durant l'hiver ? Vous avez plus coutume de passer la mauvaise saison en votre demeure de La Voulte, près du Rhône.

— C'est vrai... Mon mari et moi-même n'avons que peu l'envie de continuer à résider en cette forteresse austère ! C'est bien pourquoi je m'attelle à choisir ce qu'il conviendra d'emporter lorsque nous quitterons définitivement ce vieux château. Mais je suppose que vous vouliez m'entretenir de cette foutue guerre, depuis que mon père le connétable a été fait prisonnier à Dreux ?

— Oui, bien sûr !

— Une triste nouvelle, n'est-ce pas ?

Magdeleine acquiesça de la tête, avant d'accepter de partager la table de Catherine de Montmorency. Et ce fut devant un honnête repas qu'elle put se tenir au courant des dernières nouvelles, avant de conclure :

— Quelle pitié que ces atrocités entre fidèles du seul vrai Dieu !

— Vous avez bien raison, ma chère Magdeleine. J'ai moi-même tellement de proches et d'amis, d'un camp comme de l'autre, que je trouve ces regrettables guerres aussi injustes que vaines et stupides.

— Une opinion que je partage entièrement, croyez-le bien.

* *
*

Une fois de plus, Franchou oubliait les bonnes manières qu'elle avait acquises pour retrouver son rôle de chambrière en réprimandant vivement Rose et Marguerite qui se chamaillaient en jouant dans le grand salon :

— Allez-vous arrêter, les filles ? Il y a des choses fragiles et de grande valeur ici, et vous risquez de tout casser ! Feriez mieux de courir dehors ou vous amuser à l'écurie, comme le faisait votre mère à votre âge... Vous êtes vraiment de petites pestes !

Ces réprimandes avaient l'art d'égayer Magdeleine, qui ne se privait pas de se décharger de ses filles sur sa « dame de compagnie », la laissant souvent s'en occuper. Franchou se montrait tellement plus habile qu'elle pour se faire respecter des gamines ! Heureusement que Françoise, l'aînée, devenait adolescente et nettement plus sage et sérieuse que ses jeunes sœurs... Alors que la petite Marguerite courait à quatre pattes sous la table, un valet surgit tout à coup dans la pièce, encore essoufflé par sa montée des marches.

— Dame Magdeleine, dame Magdeleine ! C'est messire Guy...

Elle pâlit : lui annonçait-on qu'il avait reçu une blessure au combat, voire pire ?

— Quoi, messire Guy ?

— Il... il est là, ma dame... Il vient de franchir le pont-levis !

— Comment ? s'enthousiasma-t-elle en s'élançant vers l'escalier tournant. Il aurait pu m'en avertir en m'envoyant un messager !

Guy de Saint-Exupéry était à peine descendu de son destrier que Magdeleine se précipitait vers lui en bousculant les hommes de son escorte. Elle lui sauta dans les bras et frotta la peau de son visage contre les joues mal rasées du chevalier.

— Guy ! Mon Guy... Quelle surprise ! Comment se fait-il que tu ne nous aies pas prévenus ?

— J'ai estimé pouvoir être plus rapide que le courrier le plus véloce.

— Mais... comment se fait-il que...

— Les combats sont suspendus, et je suis persuadé que la guerre est sur le point de cesser !

— Tu le crois vraiment ?

— Le duc de Guise a été assassiné pendant le siège d'Orléans d'un coup de pistolet dont il est mort six jours après ! Comme Condé et Montmorency sont emprisonnés et que François de Guise et Antoine de Bourbon ne sont plus de ce monde, Catherine de Médicis se retrouve en position de rétablir cette paix entre catholiques et protestants qu'elle a toujours souhaitée. Je n'ai pas attendu ce jour pour enfin rejoindre Miremont et ma charmante femme !

Il conclut sa phrase d'un baiser, puis le couple se dirigea vers le donjon seigneurial, entouré de tous les habitants du château, des garçons d'écurie aux valets et chambrières, des hommes de la garnison de la forteresse aux cuisiniers et serviteurs du lieu.

* *
*

Guy ne se trompait pas. Deux semaines à peine après son retour, la régente proclamait la paix d'Amboise, traité qui mettait fin à la guerre et confirmait la liberté de conscience, accordait l'amnistie royale aux partisans de Condé, ainsi qu'une relative tolérance du culte protestant dans les villes et terres seigneuriales. Quel bonheur pour Magdeleine de renouer avec une vie plus normale, plus paisible ! Avec un mari enfin présent la plupart du temps dans l'enceinte de Miremont. Avec le plaisir de voir grandir Françoise, Rose et Marguerite. Avec le soulagement à constater que, tant bien que mal, une fragile paix continuait à régner sur le pays... Oui, mois après mois, chacun s'habituait à une existence plus douce.

— Tout va pour le mieux, se plaisait à répéter Guy. À treize ans, le roi Charles a été déclaré majeur, mais il laisse la gouvernance à sa mère, ce qui laisse espérer des temps plus sereins !

Une bienfaisante routine s'installa tant au sein des murs du château que dans la région, à peine troublée par des soubresauts de violence vite éteints. Plus de deux ans s'écoulèrent, que Magdeleine et Guy traversèrent en complète harmonie. Les seigneurs s'invitaient les uns les autres, mais leurs conversations ne faisaient que courir à l'infini sur ce voyage entrepris depuis janvier 1564 par la Cour : Catherine de Médicis entendait bien faire découvrir l'entièreté du royaume à son jeune fils de roi et présenter ce dernier à tout le peuple de France. Que de commentaires dans le pays autour de ce périple ! Avec plus ou moins de retard, tout finissait par se savoir des moindres détails de cette épopée...

— À mon avis, ces déplacements sont surtout source de pagaille ! Le problème n'est pas tant le roi et sa mère, mais surtout la Cour qui les accompagne : plusieurs milliers de personnes !

— Chaque étape est en effet une course au logement ! Et cela coûte une fortune aux villes traversées.

— Savez-vous, cher vicomte, que notre souverain Charles IX ne s'est guère éternisé à Lyon à cause de la peste qui y sévit depuis avril ? Et qu'il s'est porté sur la ville voisine de Crémieu qui, par sa proximité, devait être tout autant infestée que la capitale des Gaules !

— Peut-être, monsieur le baron. Il passe une nuit ici, un mois ailleurs, se montre à qui veut bien le voir et s'entretient avec tous les nobles qu'il rencontre. Mais ce n'est heureusement pas la peste qui l'a alité près de dix jours au sud de Valence, mais une simple fatigue sans doute due au voyage.

— Il est vrai que ce jeunot de roi est réputé pour avoir une santé assez fragile !

* *
*

L'intérêt pour cet interminable tour de France finit vite par se tarir : tout cela était si loin des préoccupations des gens, qu'ils fussent du peuple ou nobles de province ! Le seul souhait de tous restait de voir la paix se prolonger le plus longtemps possible, ce dont on doutait parfois tant il y avait dans les deux partis de fanatiques. En leur demeure, Guy de Saint-Exupéry, sa femme et ses trois filles appréciaient une vie de famille tranquille. Jusqu'en ce début d'année 1566 où le seigneur de Miremont, ancien bailli des montagnes d'Auvergne et gentilhomme familier de la maison royale, ne put faire autrement que de rejoindre la Cour au moment où Charles IX et sa mère s'apprêtaient à entrer dans la province.

— Le roi doit quitter sous peu Moulins, où il réside depuis avant Noël dernier. Il est dans ses intentions de poursuivre sa route jusqu'à Clermont avant de remonter vers le nord dans le Bourbonnais puis d'entreprendre son retour à Paris.

— Tu vas donc te retrouver dans la cohue des courtisans ?

— J'estime être assez proche du roi pour faire partie des privilégiés qui n'auront pas à chercher un gîte à des lieues à la ronde !

— C'est vrai. Et puis mon frère François, depuis le siège de Perpignan, s'est tant illustré par les armes en Champagne, en Écosse, en Flandre et ailleurs qu'il a été nommé durant trois ans lieutenant général du gouvernement de Metz, et honoré du titre de chevalier de Saint-Michel. Il figure parmi les intimes de Charles et de la régente et saura bien t'octroyer un toit décent !

— Je ne manquerai pas de faire appel à lui, si toutefois je le trouve dans la foule accompagnant ce cortège.

— Je te fais confiance pour te débrouiller au mieux, mon homme !

* *
*

Si les déplacements de la Cour de ville en village provoquaient un peu partout des manifestations de liesse, ils se traduisirent vite à Miremont en événement tragique. Moins d'une semaine après le départ du seigneur du lieu, un groupe de cavaliers se présenta à l'aube devant l'enceinte du château. Ces gens d'armes escortaient en se tenant à distance un homme hâve et émacié tenant difficilement en selle, mais que le capitaine de guet reconnut aussitôt comme étant Guy de Saint-Exupéry. Il se précipita pour faire ouvrir les portes en criant :

— Messire ! Messire Guy... Mais que vous est-il arriv...

L'un des écuyers lui fit barrage de son cheval et prévint :

— N'approchez pas ! Le sire de Miremont est souffrant et sans doute contagieux : peut-être un cas de peste. C'est lui qui a insisté pour qu'on le ramène en son fief... Nous avons fait route la journée d'hier et toute la nuit depuis Saint-Saturnin.

La peste ? Ce seul mot fit frémir tous les soldats à portée d'oreilles, et le malade se redressa un peu avant de prononcer d'une voix cassée :

— Qu'on ne m'approche pas, surtout, et qu'on me dresse une couche dans la chapelle. Avec un bon feu dans la cheminée… Qu'on prévienne aussi ma femme, mais qu'elle reste bien en ses appartements avec mes filles !

Ayant dit, Guy se courba sur l'encolure de sa monture et se dirigea seul vers le petit édifice religieux qui se trouvait près du rempart est, éloigné de plusieurs dizaines de pas du château. Hormis Géraud, le fidèle écuyer du seigneur des lieux depuis des années, tous les autres cavaliers préférèrent tourner bride afin de fuir au plus vite les murs de Miremont, tandis que la sinistre nouvelle courait déjà des offices aux courtines de la fière forteresse.

27

Fougueuse comme elle était, Magdeleine n'avait que faire de l'obligation qui lui avait été faite de se calfeutrer en sa chambre. Dès qu'elle sut ce qu'il en était de cette visite matinale, elle se précipita pieds nus et en tenue légère vers la petite chapelle seigneuriale, le cheveu fou, des larmes dans les yeux et le cœur emballé. « Non, ce n'est pas possible ! Pas la peste ! Non, pas possible... » Elle pénétra en trombe dans l'édifice, et la voix de Guy la cloua sur place :

— Pas un pas de plus ! ordonna-t-il d'un ton plus ferme qu'il ne s'en croyait capable. J'avais formellement interdit que tu me rejoignes sur ce lit d'infortune !

Elle le contempla alors qu'il se laissait retomber sur l'informe paillasse installée à la hâte près de l'autel. Faisant mine de ne pas remarquer ses yeux fiévreux enfoncés dans leur orbite, ses joues creuses, la sueur qui lui perlait au front, elle se contenta d'un pauvre sourire avant de s'approcher de lui, de s'agenouiller afin de lui prendre la main. Il se dégagea aussitôt.

— Non ! Surtout pas... Je crains comme tous que je ne sois atteint de la peste, et il me faut rester isolé pour ne pas la semer autour de moi ! Dieu ait pitié de mon âme... Sors, ma mie. Sors vite et laisse-moi, je t'en supplie ! Si je dois mourir maintenant, je ne veux pas emporter ma famille dans la tombe…

Sans un mot, vidée de toute peur, elle se coucha contre lui.

— La mort ne m'effraie pas, affirma-t-elle calmement. Et si Dieu veut bien m'entendre, qu'il me rappelle avec toi près de lui : nous sommes unis pour le meilleur comme pour le pire, non ?

Trop faible déjà pour la repousser, Guy protesta :

— Tu oublies nos petites…

— Elles sont déjà grandes, et Franchou est là pour s'en occuper.

Ses paupières d'homme rude s'embuèrent.

— Je ne veux pas que tu meures toi aussi ! Pars… laisse-moi, je t'en prie…

— Trop tard ! répliqua-t-elle en cherchant ses lèvres. Si mal il y a, je le veux partager avec toi. Et puis rien ne prouve que ce soit la peste : il y a plus de deux ans qu'elle n'a plus réapparu dans la région !

Il soupira.

— Dans la région, peut-être. Mais elle sévit encore en certains endroits comme Avignon. Et c'est de cette ville que revenait un de mes écuyers qui est décédé du mal il y a trois jours, nous forçant à nous isoler. J'ai constaté hier matin les premières marques de l'infection : une grosseur violacée à l'aisselle et… et je n'ai pas voulu contaminer à mon tour les gens de la Cour. C'est pourquoi j'ai voulu finir ma vie à Miremont.

Magdeleine cacha son angoisse et tenta de le rassurer :

— J'ai lu des traités sur les pestes écrits sous la plume des médecins les plus émérites. Et celle qui se manifeste par des bubons n'est pas forcément mortelle, même si elle nécessite une longue convalescence.

En proie malgré sa fièvre à une série de frissons, il insista :

— Je te le répète, ma tendre aimée. Éloigne-toi de moi. Retourne dans tes appartements !

Elle se redressa, farouche.

— Pas question ! Si tu as raison, je ne ferais que transporter le mal autour de moi auprès de ceux que nous aimons ! J'ai choisi librement de partager ton sort, quel qu'il soit, et dans cette chapelle nous sommes sous la protection de Dieu...

— Si le toit d'une église ou d'une chapelle pouvait conjurer la « mort noire », il y a longtemps que ça se saurait... conclut Guy en fermant les yeux pour bien montrer qu'il souhaitait mettre fin à cette conversation en essayant de dormir un peu.

* *
*

Magdeleine resta allongée près de son mari, les yeux grands ouverts fixant la voûte de pierre. Malgré l'assurance qu'elle affichait, elle se sentait envahie par un immense désarroi. Comme si tout un pan de sa vie venait de s'écrouler. Bizarrement, elle ne ressentait aucune peur, mais plutôt un sentiment de révolte : que le destin pouvait être injuste et cruel ! Au-dehors de la chapelle, la terrible nouvelle avait provoqué stupeur et affolement général, mais Déodat avait pris les choses en main en renouant avec son autorité militaire.

— Du calme, vous tous ! Et écoutez-moi bien ! Rien ne sert de courir de droite et de gauche comme moutons en panique. Si messire Guy est vraiment atteint du mal, il a pris toutes les précautions pour n'approcher aucun de nous. Il s'est mis à l'écart sous le toit de Dieu. Inutile de suivre l'exemple insensé de dame Magdeleine : c'était là pure folie ! Aussi je ne veux voir personne à proximité de la chapelle, et je suis prêt à y monter la garde avec une arquebuse s'il le faut ! C'est bien compris ?

Dans la semi-pénombre, Magdeleine n'avait pas bougé, insensible aux cris de Déodat et aux rumeurs qui agitaient les habitants de la forteresse. Près d'elle, Guy gémissait faiblement, secoué parfois de spasmes. De temps à autre, elle lui essuyait le front ruisselant de sueur d'un linge propre, avant de croiser les mains et de prier ardemment le Seigneur, non pour elle, mais pour son cher mari... Elle entendit soudain un bruit de pas, puis quelqu'un qui entrebâillait la grille de fer forgé.

— Déodat ? chuchota-t-elle. Reste prudent, surtout...

Il répondit avec un petit rire qui sonnait faux.

— Prudent ? Tu es bien mal placée pour me dire ça, ma pauvre. Quelle déraison que de te jeter ainsi dans les bras du diable ! Qu'est-ce qui t'a pris ?

— Quelle meilleure façon de prouver à Dieu l'amour que je porte à celui qu'il m'a donné pour époux ? répondit-elle calmement depuis sa couche.

— Je vous ai apporté de chaudes couvertures, de l'eau, du vin, et de quoi manger un peu. Vous faudra-t-il autre chose ?

— Non, mon cher Déodat. Sinon qu'on me laisse à notre malheur.

— Ne dis pas cela, ma belle ! Franchou et moi-même te considérons un peu depuis toujours comme notre fille, même si nous ne sommes pas de noble extraction. Et il me désole que tu veuilles côtoyer la mort plutôt que la vie auprès de nous tous !

— Je ne suis pas morte, mon bon Déodat, et je m'en remets à Dieu pour qu'il nous octroie sa miséricorde.

L'ancien écuyer du père de la jeune femme bougonna alors :

— Dieu, Dieu, c'est bien beau... Mais j'ai assez guerroyé sur les champs de bataille pour bien savoir que Dieu se désintéresse assez du sort de ses fidèles !

— Mais c'est un blasphème, Déodat !

— Non, une constatation...

* *
*

Des heures sombres, des heures interminables… Des heures qui s'effilochaient aux épines de la désespérance : contrairement à ce que Magdeleine avait si vivement espéré, l'état de santé de son mari se délabrait plus rapidement qu'elle ne l'avait pensé. Bien que Déodat leur eût fait parvenir un matelas de laine plus confortable que la paillasse installée en urgence, bien qu'il eût livré des plats que le cuisinier du château affirmait revigorants, elle n'avait que peu dormi et n'avait pas réussi à faire avaler la moindre bouchée à Guy, qui présentait désormais toutes les prémices d'un trépas aussi pénible qu'inéluctable. À tel point que la courageuse châtelaine sentait ses dernières énergies la fuir par tous les pores de son âme. Comment ne pas voir l'invisible maladie laminer heure après heure les dernières forces de Guy qui, dans une semi-inconscience, ne répondait même plus à ses tendres injonctions ? Guy en proie à des fièvres et des maux de tête, Guy qui, après de longs gémissements, ne bougeait plus que pour se tordre parfois en prise à de douloureux vomissements. Magdeleine avait en vain demandé à Déodat de recruter un chirurgien pour inciser les bubons, ou un médecin ayant déjà combattu ce genre d'épidémie, mais le seul mot de « peste » décourageait les plus téméraires… Après seulement trois jours, elle ne put que constater l'avancée du mal : Guy, en état de semi-conscience, ne cessait de geindre et ne pouvait faire un mouvement sans crier des douleurs aiguës fusant de la zone sous son bras où gonflaient des ganglions qui devenaient noirâtres. Il s'agitait tellement en soubresauts que Magdeleine finit par se convaincre que tout espoir était désormais vain. Péniblement, une incandescence de désespoir lui embrasant les entrailles, elle se traîna vers la porte et appela à travers la grille :

— Déodat…

Sa voix était presque inaudible, mais le brave homme s'approcha aussitôt.

— Oui, ma belle Magdeleine. Ne me dis pas que tu es aussi atteinte par le mal ?

— Oui... Non... Je ne sais pas !

Avec des sanglots, elle poursuivit :

— Mais je crois que c'est la fin pour mon bien-aimé Guy... Il faudrait faire appeler le curé pour qu'il parte en paix de ce monde injuste !

— Le curé de Chalvignac ? Je ne sais s'il voudra bien porter les derniers secours de la religion à un pestif...

— Je sais que tu sauras bien le convaincre, l'interrompit-elle. De gré ou de force !

— J'en fais mon affaire, ma belle.

* *
*

En fait, le ministre du culte, genoux tremblants et mine déconfite, ne s'approcha guère du pauvre lit posé devant l'autel, et il procéda aux ultimes rites depuis la grille de la chapelle. Magdeleine en ressentit un véritable dégoût pour sa couardise et elle aboya :

— Mon époux a depuis longtemps fait consigner ses volontés testamentaires, comme tout homme d'armes exposé à la mort au combat ! Je ne veux de vous que lui conférer l'extrême-onction et la paix de son âme...

Le petit homme en soutane resta le dos plaqué contre la porte et répliqua d'une voix chevrotante :

— Il serait impensable que je mette ma vie en danger en approchant le digne et malheureux seigneur de ce lieu, d'autant plus qu'il s'agit là d'un cas unique dans la région. Je dois penser à tous les fidèles sains de ma paroisse que je pourrais contaminer en touchant ce mourant.

— Assez parlé, curé ! hurla alors Magdeleine, hérissée par ces atermoiements. Assez, et procédez à ce que vous imposent les lois de notre Seigneur !

Si l'homme d'Église fit l'impasse sur le fait d'entrer en contact avec le malade pour lui esquisser sur le front un signe de croix d'un index enduit d'huile sacrée, il bafouilla rapidement quelques formules rituelles, puis jeta, en se tenant du plus loin qu'il le pût, une aspersion d'eau bénite sur l'agonisant en larges balayages de son goupillon. Sur ce dernier geste, il s'empressa de sortir de la chapelle, ce qui suscita une moue de mépris à Magdeleine.

— Quel lâche !

Sans plus tarder, elle se rendit au chevet de Guy et entra sous les couvertures comme si elle voulait le réchauffer et lui communiquer la vie qu'elle avait encore en elle. Illusoire chimère… Son mari respirait de plus en plus laborieusement, avec de fréquentes quintes qui l'amenaient au bord de l'asphyxie. Puis il sembla se débattre dans un délire insondable en poussant de petits cris et en gigotant de mouvements aussi maladroits qu'incontrôlés. Magdeleine, impuissante et résignée à l'inéluctable, se colla alors contre le corps de « son » chevalier pour l'accompagner au mieux durant ses derniers instants. Deux heures plus tard, alors que le jour s'apprêtait à basculer dans la nuit, le malheureux fut saisi d'un fort tremblement, se raidit de tous ses muscles, puis se relâcha dans un ultime râle avant de s'immobiliser. Sa femme se rendit aussitôt compte que tout était fini, et ce fut avec des pleurs silencieux qu'elle se laissa tomber à genoux sur les dalles froides, devant l'autel, mais sans nulle envie de s'adonner à la prière : pourquoi Dieu n'avait-il pas entendu ses supplications ?

* *
*

Elle était seule, mais se forçait à n'émettre que des sanglots rentrés, comme si le silence lui-même eût pu troubler l'atroce déchirure qui lui fendait l'âme et le corps. Et dire qu'elle ne pouvait même pas assister à l'enterrement de son mari ! Sur sa demande, Déodat avait recruté à prix d'or deux volontaires pour relever le corps de Guy et le placer dans ce cercueil sommaire qu'elle ne pourrait suivre. Les deux hommes, revêtus de longues robes et au visage recouvert d'une cagoule, n'avaient mis qu'une minute pour envelopper la dépouille d'un drap blanc, la placer entre les planches brutes, puis ressortir au plus vite de la chapelle sous le regard aveugle de Magdeleine : hors de question pour elle de suivre les funérailles de son cher époux ! Sa volonté à être auprès de lui lors de son dernier souffle la condamnait à l'isolement, alors même qu'à seulement une centaine de mètres de la chapelle les gens de Miremont, à distance respectable, regardaient la triste inhumation, la mine grave et les yeux brouillés de larmes. Quant au curé, loin des deux hommes portant le cercueil, il s'acquitta à la hâte des rites et formules consacrées avant de fuir au plus vite le château pour s'enfermer en sa cure de Chalvignac. La jeune femme, enfermée dans sa solitude, se laissa tomber sur la couche vide, toute conscience anéantie. « À quoi bon vivre, désormais ? Pourquoi Dieu ne nous a-t-il pas rappelés ensemble jusqu'à lui ? » Et pourquoi s'efforçait-elle de ne pas entendre cette petite voix intérieure qui ne cessait de lui répondre : « Pour tes filles, Magdeleine... Pour tes filles ! Elles ont encore besoin de toi... » Elle se redressa, fixa le christ en croix qui trônait au-dessus du petit autel, puis s'exclama avec une dose d'amertume dans la voix :

— Elles avaient aussi besoin de leur père !

Une petite voix discrète venue de la grille l'arracha à ses tourments :

— Magdeleine ?

Elle sursauta.

— Franchou ? Que fais-tu là ? Personne ne doit s'approcher de moi, à part Déodat, qui prend toutes les précautions nécessaires...

— Déodat ? Mais il est avec moi pour ce que nous avons à te dire.

— Oui, confirma le mari de Franchou. Ma femme m'a persuadé que l'appartement vide de l'aile gauche du château serait tout aussi isolé, mais bien plus confortable que la chapelle pour que tu t'y confines.

— Je veux finir mes jours là où Guy a rendu le dernier soupir ! s'obstina-t-elle.

— Tu auras tout le temps d'y revenir si tu ressens les atteintes du mal ! rétorqua le maître d'écurie. Ce qui est loin d'être le cas ! Je sais que la peste à bubons n'est pas aussi contagieuse que d'autres pestes. Certains disent même qu'elle n'est transmise que par les puces ! Si tu n'as pas été piquée par l'une d'elles qui serait infectée, tu as sans doute des chances de reprendre bientôt ta place auprès de tes filles et de tenir les rênes de Miremont.

— Tu crois ?

— Si pendant une à deux semaines tu n'as aucune marque du mal, j'en suis certain ! Alors, tu veux bien que j'envoie Franchou faire préparer ces deux pièces ?

Magdeleine reprit laborieusement une grande inspiration, s'essuya les yeux, puis concéda, subitement infiniment lasse :

— Je veux bien... merci, Déodat. Merci aussi, ma Franchou ! Que ferais-je sans vous ?

28

Comme Déodat l'avait pressenti, Magdeleine sortit indemne de sa quarantaine. Malgré sa tristesse, elle surmonta assez vite sa peine pour diriger les affaires de Miremont, des terres, seigneuries et coseigneuries détenues en fief par les Saint-Exupéry. Pour se consacrer un peu plus aussi à l'éducation de ses filles. À faire encore de fréquentes visites aux nobles de la région ou chevaucher Celeris au fil de longues galopades. Cette activité incessante lui était essentielle pour oublier un tant soit peu la souffrance qui ne la quittait pas. Déjà, même si elle arrivait à surmonter son deuil, elle savait qu'elle regretterait son unique amour jusqu'à la fin de ses jours. Franchou, bien qu'âgée d'une dizaine d'années de plus qu'elle, la couvait depuis l'enfance et se rendait bien compte des émois divers qui agitaient secrètement la jeune veuve.

— Ma douce Magdeleine… Tu es plus belle et désirable que jamais, et il y a déjà un an que ton valeureux chevalier d'époux n'est malheureusement plus de ce monde. N'as-tu pas dans l'idée de te remarier ? Je suis certaine que plus d'un seigneur ne rêve que de te passer bague au doigt.

— Jamais ! Mes mains ne porteront pas d'autre alliance que celle de mon défunt Guy…

L'ancienne chambrière lâcha un long soupir.

— Je crois que tu ne te rends pas compte de ce que tu représentes aux yeux de tous ! Une femme dans la plénitude de sa beauté, blonde en ce pays de brunes, cultivée plus que la plupart des nobles dames d'Auvergne, une femme qui monte merveilleusement à cheval et manie l'épée avec une dextérité qu'envieraient bien des hommes. De l'avis de tous, tu es aussi intrépide, franche et loyale... Qui donc résisterait à ces atouts et qualités, avec en prime le prestige d'entrer au sein des valeureuses familles fortunées de Saint-Nectaire et de Miremont ? Tu devrais y réfléchir plus sérieusement, tu sais...

— C'est tout réfléchi, ma bonne Franchou ! D'autant plus que j'ai autre chose à penser qu'aux amourettes : les troubles religieux s'étendent, les villes et châteaux sont assiégés ou rançonnés, les champs ravagés par le passage des troupes, les fermes incendiées, les récoltes pillées, tout cela ne peut que nuire aux revenus de Miremont... et c'est moi qui en ai désormais la charge !

Ses craintes n'étaient pas vaines, et il s'avéra bientôt que la situation dans le royaume s'envenimait : le prince de Condé en butte aux ambitions du jeune frère du roi, Henri, avait quitté la Cour, le massacre par les émeutiers protestants qui avait fait à Nîmes plus de quatre-vingts victimes le jour de la Saint-Michel. Dans le même temps, la guerre reprenait en réponse à la tentative d'enlèvement de la famille royale par Condé et ses soutiens : l'échec de ce complot eut immédiatement pour conséquence de nouveaux affrontements durant lesquels les huguenots s'emparèrent des villes où leur mouvement était déjà puissant, tandis que d'autres localités du Midi se soulevaient. Si l'Auvergne ne fut que sporadiquement agitée par quelques accrochages et escarmouches, l'événement qui souleva quelque émoi fut la nouvelle de la mort du connétable de Montmorency lors du siège de Saint-Denis. Après la chute de Blois et Chartres dans les mains des religionnaires, le manque de moyens financiers apporta une brève trêve de quelques mois, puis les hostilités reprirent de plus belle.

— Quand donc en finirons-nous avec ces antagonismes que rien ne justifie ?

— Je ne sais, ma pauvre Franchou... Mais les choses ne s'améliorent guère !

* *
*

Une nouvelle trêve fut conclue en août, et à la surprise de tous relativement respectée. Une vie plus normale s'installa dans le pays comme en Auvergne. Au château de Miremont, les rencontres se firent de plus en plus fréquentes : les nobles ayant guerroyé dans un camp comme dans l'autre étaient revenus sur leurs terres et se rendaient volontiers chez l'un ou chez l'autre en appréciant la paix retrouvée. Magdeleine ne fut pas longue à remarquer que l'assiduité de certains n'était pas tout à fait désintéressée.

— Ma Franchou... ils me lassent tous, à rôder autour de moi comme une meute de loups à l'approche d'une proie ! N'ont-ils pas compris que je n'envisage aucunement un quelconque remariage ?

Franchou se sentit envahir par cet instinct presque maternel qu'elle avait développé durant toute l'enfance de sa maîtresse.

— Ma petite Magdeleine, quoi de plus normal que des hommes bien nés soient attirés par une belle veuve encore jeune et qu'ils rêvent de s'unir à toi ?

Magdeleine, la gorge nouée, releva la tête pour affirmer fortement :

— Jamais je ne m'intéresserai à un de ces godelureaux qui me tournent autour comme des vautours sur une charogne ! Je ne suis point encore morte et saurai bien les mettre au pas...

Il était vrai que Miremont voyait sans cesse arriver en ses murs des cohortes de gentilshommes en quête d'une union prestigieuse.

— Rien d'étonnant, assurait souvent Déodat, approuvé par Franchou. Tu es si sublime, et plus pimpante encore qu'en tes vertes années !

— La beauté ne fait pas tout ! La fortune des Saint-Nectaire et des Saint-Exupéry y est sans doute aussi pour quelque chose ?

— Allons, Magdeleine, reprit Franchou. Le château a accueilli en ses murs plus d'un riche seigneur veuf ou célibataire, de plus bien faits de leur personne ! De bons partis, à n'en point douter...

— Combien de fois faudra-t-il vous dire à tous deux que c'est hors de question ? Et si mariage il doit y avoir à Miremont, ce sera celui de mon aînée Françoise : elle a plus de vingt ans, maintenant !

— Et y a-t-il déjà un prétendant sérieux sur la liste ?

— J'avoue que je n'y ai pas encore songé ! Et elle non plus, je crois...

Franchou insista :

— À croire que tu n'es pas consciente d'avoir plus de charme et de sensualité que les magnifiques statues que tu as fait sculpter par ces artistes italiens et qui ornent chaque palier des escaliers du château ! Et, comme tu es de chair et non de marbre, il ne faut point t'étonner d'être l'objet de tant d'ardeurs...

— Même si tu as raison, je ne céderai pas aux sirènes de ces séducteurs. Je serai à jamais l'épouse de Guy de Saint-Exupéry et de nul autre !

Déodat suggéra pourtant :

— Rien ne t'empêche pour autant de te laisser rejoindre de temps à autre en ton lit par un de ces prétendants, pourvu que cela demeure discret, non ?

L'argument sembla secouer Magdeleine, qui répliqua pourtant :

— Allez-vous cesser, tous les deux ? Pour ma part, je me considère encore en deuil. Et pour ce qui est des gaudrioles que vous évoquez, je n'en ressens nul besoin pour l'instant... Et, si je cède un jour à ces élans qu'impose la nature, j'entends bien que cela reste sans suite, car jamais je n'aurai autre époux que celui que la peste m'a ôté !

* *
*

Bien sûr, Magdeleine, veuve, plus désirable que les plus belles femmes de la région et désormais maîtresse de la riche seigneurie de Miremont, attisait bien des convoitises de la part de nobles gentilshommes portant souvent un nom prestigieux, mais aucun ne semblait en mesure d'aiguiser l'attention de la fière châtelaine... Ce qui ne les empêchait pas de s'acharner à lui livrer une cour assidue.

— Savez-vous, gente dame, à quel point votre sublime corps hante mes jours et mes nuits ?

— Messire de Saint-Agne... Ce serait me faire affront que de me prendre pour un fantôme ! Il me semble que je suis encore bien de chair et ne souhaite nullement être ce spectre qui trouble votre sommeil...

— Il ne le trouble pas, ma dame, mais le berce des plus douces illusions !

— Qui ne resteront qu'illusions, mon cher, car ma main n'est pas à prendre.

* *
*

— Ma dame, ma dame ! Le sieur de Rochefort tient à vous entretenir en particulier...

— Encore ? J'ai beau le rembarrer avec tous les égards dus à son rang, il est le plus agaçant des visiteurs de Miremont ! Et il vient une fois de plus mettre à mes pieds son corps, son âme et ses armes, pour le bonheur de partager ma couche jusqu'à la fin de ses jours... Mais il se leurre : même pas pour une nuit !

— Il est pourtant bel homme, remarqua Franchou.

— Grand bien lui fasse ! Mais, quoiqu'il veuille bien fanfaronner, il ne sera pas dit qu'il puisse me séduire !

Prenant très au sérieux son rôle de dame de compagnie, Franchou attira Magdeleine contre elle, comme lorsqu'elle était encore enfant.

— Ce n'est pas parce que tu es veuve qu'il te faut te racornir sur ton malheur : tu es plus désirable que jamais, et sans doute plus encore que lorsque notre regretté Guy t'avait passé bague au doigt !

— Je la porte toujours, ma bonne Franchou. Et je ne suis pas près de la quitter.

— Il n'empêche que se retrouver seule en son lit n'est guère réjouissant pour une femme dans la fleur de l'âge ! As-tu seulement remarqué l'adoration que te porte le sieur de Roffignac ? Ou encore le jeune Gilles de Montal ?

— Quoi ? Le petit baron pédant de La Roquebrou ? Celui-ci, il m'exaspère particulièrement ! Depuis que son père est mort des suites de ses blessures au siège de Poitiers, il se montre d'une suffisance et d'une arrogance insupportables !

— Il brûle pourtant d'amour pour toi.

Magdeleine se mit à rire.

— C'était peut-être vrai, mais ce ne l'est sans doute plus...

— Comment cela ?

— Il n'y a pas deux jours, je l'ai congédié en présence de plusieurs seigneurs en lui disant que je n'avais aucune envie de prendre pour maître un roquet de ma meute !

— La Roquebrou et roquet, voilà qui était bien trouvé ! Et comment a-t-il pris la chose ?

— Vexé et furieux d'avoir ainsi été humilié aux yeux de tous... Je crains désormais n'avoir pas plus farouche ennemi que lui : vraiment hargneux et teigneux comme un roquet !

La corne de la tour de guet se fit soudain entendre, et Magdeleine s'irrita :

— Encore un de ces soupirants qui vient me faire une cour qu'il va me falloir subir avec patience. Je ne peux me froisser avec toute la noblesse ainsi que je l'ai fait avec ce Gilles de Montal de La Roquebrou !

Elle se trompait, car un laquais se présenta bientôt.

— Ma dame, ma dame ! C'est une escorte de trois écuyers qui vient annoncer l'arrivée prochaine du maréchal de camp François de Saint-Nect...

— Mon frère ? s'écria la châtelaine. Voilà qui est extraordinaire ! En plus de vingt ans, il ne m'a été donné de le revoir que deux ou trois fois...

— Plusieurs hauts seigneurs l'accompagnent, et il faut les loger correctement !

— C'est vrai, Jacquin... Va donc en informer l'intendant. Franchou va s'occuper de tout pour les accueillir.

— Ils devraient parvenir au château dès demain, ma dame.

— C'est bien, Jacquin. File donc prévenir tout le monde. Il ne sera pas dit qu'on ne sait pas recevoir, à Miremont !

* *
*

À l'intérieur de la vénérable enceinte, François passa le pont-levis entouré d'une solide escorte. À peine eut-il mis bottes à terre qu'il échangea avec sa sœur une étroite accolade.

— Qu'il me fait plaisir de te serrer entre mes bras, tout comme j'ai aimé renouer avec notre Auvergne !

— Il est vrai, mon frère, que le climat de Metz doit être bien différent.

— Oh ! J'ai eu l'occasion, avec ces troubles, de porter mes armes en bien d'autres régions du royaume, car il y a longtemps que je ne suis plus lieutenant général de cette citadelle, mais maréchal de camp de Charles IX...

— J'ai eu l'écho de tes exploits guerriers. Mais qui est donc ce gentilhomme que tu nous amènes ?

— Un valeureux combattant qui a fait ses preuves : Henri de Bourbon est vicomte de Lavedan, baron de Malause, baron de Chaudes-Aigues. Il a eu pour parrain le roi Henri II de Navarre, et pour tutrice sa femme Jeanne d'Albret, nièce de François Ier et depuis son veuvage reine à son tour. Un ami fidèle du jeune Henri de Navarre !

— Ah ? Un huguenot, alors ?

— Naturellement, mais au service du roi, tout comme Coligny...

Magdeleine le détailla d'un œil critique. Henri de Bourbon-Malause, comme François de Saint-Nectaire, se présentait à Miremont non en tenue militaire mais somptueusement habillé de vêtements coupés dans les tissus les plus précieux. Un beau jeune homme dans la force de l'âge, dont les traits réguliers n'évoquaient en rien la brutalité guerrière d'un soldat expérimenté : « Un peu comme mon regretté Guy... » pensa-t-elle. Elle lui adressa un sourire de bienvenue.

— Après tout, peu importe la religion. Comme ne cesse de le professer Michel de L'Hospital, ce grand partisan de la tolérance, papistes et protestants se réclament tous du même Dieu !

Son prestigieux visiteur approuva d'un hochement de tête.

— Vous avez raison, gente et noble dame ! Et si j'accomplis mon devoir sur les champs de bataille, il n'en reste pas moins que les atrocités des deux camps sont plus une histoire de politique que de religion...

— Mais assez parlé, que je vous fasse découvrir ma demeure de Miremont et la chambre que je vous y ai réservée.

29

Magdeleine restait malgré tout intriguée par l'arrivée de cet équipage imprévu : rien ne justifiait un tel faste pour un simple déplacement de courtoisie ! Elle s'en ouvrit à Franchou qui haussa les épaules.

— Sans doute par égard à ce gentilhomme élevé dans une cour de princes ? Les Bourbon descendent de Saint Louis en lignée masculine !

La maîtresse de Miremont se mit à rire.

— Je vois que des années à lire t'ont inculqué une culture que t'envieraient nombre de nobles dames... Plutôt flatteur pour une ancienne chambrière !

Les soupçons de Magdeleine n'étaient pas vains. Alors que leur illustre hôte prenait possession de ses appartements, François s'annonça de nouveau auprès de sa sœur. Jetant un regard noir à Franchou, il déclara abruptement :

— Nous avons à parler, toi et moi...

— Je m'en doutais, figure-toi ! Mais ma dame de compagnie peut tout entendre : elle le faisait déjà lorsque je savais à peine parler... et toi guère plus.

— Bien, bien... Comme tu le sais, mon compagnon Henri de Bourbon-Malause, bien que d'ascendance bâtarde, est de royale lignée. Le futur roi de Navarre lui voue à dix-sept ans une confiance absolue. Le plus bel avenir lui est ouvert !

— J'entends bien… et alors ?

— Si tu ne le sais encore, une nouvelle trêve vient d'être signée à Saint-Germain, ce qui accorde un certain répit à la guerre, et des transactions sont en cours depuis quelques mois en vue du mariage d'Henri de Navarre avec Marguerite de France, la fille de Catherine de Médicis.

— Comment ? Mais elle est catholique ! Une telle union au sommet du royaume est impensable, surtout par les temps qui courent…

— Au contraire ! Quel plus bel exemple pour réconcilier les deux partis ? C'est en tout cas l'opinion qui prévaut dans l'entourage du roi, malgré la réticence des plus acharnés à anéantir l'hérésie calviniste.

— Admettons… Mais quel rapport avec cette visite à Miremont ?

François de Saint-Nectaire se cala plus confortablement dans son fauteuil italien et considéra sa sœur d'un air presque narquois.

— Henri, que l'on appelle plus sobrement vicomte de Lavedan, est toujours à vingt-six ans sans épouse, et il envisage sérieusement le mariage… Je lui ai longuement parlé de ma nièce Françoise qui est, disons-le, un riche parti. Il ne serait pas opposé à l'idée de la rencontrer !

— Françoise ? s'indigna Magdeleine. Avec un huguenot ? C'est tout bonnement impossible !

— La mère du roi l'envisage pourtant fortement pour unir sa fille Margot à Henri de Navarre !

— L'Église ne le tolérera pas ! Quel prêtre osera affronter l'excommunication pour bénir une telle union ?

— La raison pourrait peut-être l'emporter sur les fanatismes, fussent-ils religieux ? Et puis combien de nobles et seigneurs, petits ou grands, n'ont-ils pas changé de religion face à l'intolérance de Rome et du roi ?

— Tu as peut-être raison : les exactions commises ne peuvent qu'indigner, que l'on soit d'un bord ou de l'autre ! Mais, pour Françoise, j'y vois un autre obstacle...

— Ah ! Et lequel ?

— Encore faudrait-il qu'elle soit d'accord, et lui aussi, alors qu'elle ne connaît nullement ce gentilhomme ! Et je ne suis pas du genre à lui imposer une alliance contre son gré au nom de l'intérêt de notre famille. À tel point que je ne m'opposerais même pas à sa volonté si elle s'entichait d'un simple laboureur...

— Tu plaisantes, j'espère ?

— Pas du tout ! J'ai eu tout le temps de mesurer le bonheur que j'ai eu d'avoir conclu un mariage d'amour, quand tant d'autres femmes de haut rang se racornissent des années auprès d'un époux non souhaité !

— Bien, bien... Nous verrons dès le repas de ce soir s'ils ont ou non une quelconque attirance.

— C'est le mieux à faire, François. Ensuite, il sera toujours temps d'aviser...

* *
*

À sa grande stupéfaction, Magdeleine s'aperçut aussitôt de la rougeur soudaine qui monta aux joues de sa fille aînée lorsqu'elle croisa le regard de ce visiteur étranger à si belle mise. Dans le même temps, elle saisit l'étincelle de surprise qui illumina les pupilles d'Henri quand lui fut présentée Françoise : une jeune femme d'une vingtaine d'années qui n'avait rien à envier à la beauté de sa mère ! La taille fine, la poitrine fière, la chevelure aussi brune que Magdeleine était blonde. « Les cheveux de son père... » Et, surtout, un visage harmonieux toujours souriant, et ce nez légèrement retroussé qui lui donnait un air un peu effronté… mais tellement séducteur ! Le vicomte de Lavedan considéra longuement l'aînée des Saint-Exupéry, ses deux sœurs Rose et Marguerite, puis leur mère avant de s'exclamer :

— Diantre ! Quelle réunion des grâces les plus parfaites et délicates ! La joliesse se transmettrait-elle de génération en génération, chez les Saint-Exupéry ?

Magdeleine se mit à rire.

— Je ne sais si cela tient aux Saint-Exupéry ou aux Saint-Nectaire, mais il est vrai que je suis très fière de mes filles !

— Qui n'ont rien à envier à celle qui leur a donné le jour ! Vous êtes toutes quatre d'une magnificence si sublime qu'à moins de rêver je me crois tombé dans un nid de déesses !

— Assez de flatteries, messire de Lavedan ! Et passons donc à table…

— Volontiers ! À condition, si elle me le permet, de prendre place auprès de damoiselle Françoise.

Écarlate, la jeune femme accepta d'un battement de cils et s'installa à côté du visiteur. François et Magdeleine échangèrent un clin d'œil discret : cette première rencontre se présentait de la meilleure façon qui fût !

* *
*

Comme sa mère vingt-deux ans plus tôt, Françoise avait longtemps redouté qu'on lui imposât un époux non voulu et se félicitait de la cour empressée que lui faisait ce beau seigneur qui ne lui déplaisait nullement. Bien au contraire ! Non seulement Henri était de famille royale, non seulement il n'était guère plus âgé qu'elle, mais encore il était doté d'un physique agréable, d'une conversation raffinée et d'une culture qu'elle appréciait particulièrement. Si l'on ajoutait la réputation de bravoure qu'on lui attribuait, il avait tout du mari idéal ! D'ailleurs, la jeune femme en arrivait à douter qu'un être si plaisant pût se montrer un guerrier aussi fougueux qu'on voulait bien le dire ! Ne connaissait-il pas de mémoire les plus beaux sonnets de Ronsard ? Ne cessait-il pas de s'extasier devant les meubles italiens dont la maîtresse de Miremont avait agrémenté la rude forteresse ? Il passait d'ailleurs de longues heures à contempler les fresques que Magdeleine s'était plu à faire réaliser par de talentueux peintres vénitiens...

— Qui pourrait soupçonner que cette rude demeure puisse cacher de telles merveilles ? Ma chère Françoise, vous vivez vraiment au sein des arts...

— Ne pourrions-nous nous échapper de ces murs ? minauda-t-elle alors. Au profit d'une balade à cheval aux alentours de Miremont afin de vous faire découvrir notre belle et sauvage région...

— Comment vous refuser une si agréable proposition, belle Françoise ?

Il découvrait Françoise de Saint-Exupéry si franche, si nature, si émoustillante aussi qu'il lui arrivait de rêver d'elle au fur et à mesure qu'il prolongeait son séjour à Miremont, alors que François était depuis des jours reparti sur les routes du royaume. Un sentiment qui l'enflammait, mais qui s'accompagnait d'un profond sentiment de malaise : comment envisager une telle union, avec leur divergence de vues sur la religion ?

Puis il y eut ce matin frais durant lequel ils trottinaient au cœur des bois touffus qui bordaient le cours du ruisseau d'Aigueperse. Alors qu'après une rude montée ils arrivaient en vue du hameau de Cussac, ils s'arrêtèrent soudain pour reprendre leur souffle. Henri en profita pour s'approcher de la jument que montait Françoise en amazone. Se saisissant avec douceur de la main de la cavalière, il osa poser la question qui lui brûlait les lèvres :

— Ma chère amie... Malgré les jeunes personnes qu'on s'est évertué à me présenter, j'ai toujours rejeté l'idée de passer alliance avec l'une d'entre elles. Mais avec vous, à moins que cette demande ne vous choque, je me sens prêt à cette folie !

Françoise porta la main à sa poitrine. Elle attendait depuis des jours semblable déclaration ! La voix presque inaudible, elle émit d'un timbre un peu cassé :

— Pourquoi, folie ? Depuis que je vous ai vu pour la première fois, j'espérais ces doux mots de votre bouche.

— Que ne l'as-tu dit plus tôt ? s'étonna-t-il avec ardeur. Je n'attendais qu'un signe de toi !

Le tutoyant à son tour, elle sourit, très digne sur sa monture.

— Tu devrais le savoir... Dans la noblesse dont nous sommes issus, ce n'est pas à la femme de faire le premier pas !

Il se pencha vers elle au-dessus de l'encolure de son coursier et approcha ses lèvres de sa bouche.

— Et pour ce baiser de toi que j'espère depuis mon arrivée à Miremont, est-ce à moi aussi de le quémander ?

Elle se permit un éclat de rire sincère dans le même temps que la chaleur d'une émotion torride montait en elle.

— Pas besoin de le mendier, Henri, je te le réservais depuis longtemps !

Bouches soudain collées, leur étreinte se prolongea en échange de salive ardente et jeux de langues endiablés, et ce fut l'impatience de leurs montures qui mit fin à cette première manifestation de leur passion naissante. Le jeune homme reprit son cheval en main et fronça les sourcils.

— Il reste un problème, ma douce : oublierais-tu que je suis de la religion que les papistes disent « réformée » ?

À sa grande surprise, Françoise s'écria sans honte :

— La belle affaire ! Si notre bonheur est à ce prix, je suis prête à me faire huguenote !

— Comment ? Mais qu'en penserait ta mère ?

— Oh ! Bien que catholique dans l'âme, elle se trouve choquée des violences faites aux réformés, alors que Dieu prône paix et bonté ! Si elle prie encore la Vierge et les saints, elle ne se rend plus que rarement à la messe...

Admirablement conforté par ces propos, Henri de Bourbon-Malause s'enthousiasma jusqu'à quémander un autre baiser à sa belle compagne, ce qu'elle ne refusa pas.

* *
*

Durant quelques mois, le jeune vicomte passa plus de temps à Miremont qu'en ses fiefs. Tolérante qu'elle était depuis longtemps envers les seigneurs ayant opté pour la religion réformée, Magdeleine ne montra pas de véritable opposition à voir sa fille choisir le protestantisme.

— Que souhaiter d'autre que ton bonheur, ma petite Françoise ? Et qu'importe si notre curé veut ou non bénir lui aussi cette union ! Les plaisirs du lit, conjugaux ou non, ne s'embarrassent guère de ce genre de questions.

— Oh, maman ! Vous êtes bien la dernière de la bouche de qui je m'attendais à entendre ce genre de mots !

— Tu ne me connais pas encore assez, ma fille !

— Merci, mère... Merci de ne pas me considérer comme renégate à Dieu !

— Que je sache, c'est le même pour catholiques et protestants ?

Lorsque Françoise rapporta ces propos à Henri de Malause, elle ne put s'empêcher de répéter les derniers mots de sa mère :

— Après tout, nous avons le même Dieu, sauf que nous l'honorons de différente façon... La tolérance devrait être la règle pour tous, non ?

— Sauf pour les manants et ribauds qui ne pensent que par les prêches de leur curé, il est de notoriété que les grands du royaume se divisent plus pour des raisons de pouvoir que par conviction religieuse !

— Vous le croyez vraiment ?

— Puisque je te le dis ! Ma tutrice, la reine de Navarre, souhaite vivement marier son fils, mon ami de cœur Henri, à la fille de Catherine de Médicis, la fantasque Marguerite. Mais celle-ci ne veut pas abdiquer le catholicisme, ce qui rend les choses plus compliquées : il faudrait une dispense pontificale pour que cette union soit célébrée d'officielle façon...

Françoise lui sourit tendrement.

— Pour ma part, je ne serais pas aussi fine gueule : pour notre bonheur mutuel, je veux bien troquer notre curé contre un de vos pasteurs ! L'amour vaut bien que l'on se passe d'une messe, non ?

Le vicomte éclata d'un grand rire.

— Ah, ah ! Une bonne expression que je ne manquerai pas de répéter à Henri de Navarre, qui aime autant les bons mots que la gaudriole ! Mais laissons cela, Françoise : votre réponse fait de moi le plus heureux des hommes... et je n'ai d'autre hâte que celle de partager tous deux le même lit après bénédiction de notre mariage.

Sa promise baissa les yeux pour cacher sa confusion avant de murmurer :

— Si j'en crois Franchou, la dame de compagnie de ma mère, cette dernière n'a pas attendu le jour de son union avec mon père Guy pour se donner à lui. Mais je saurai, d'ici que nous nous passions bague au doigt, dompter les émois qui me chamboulent le ventre...

Il l'attira de ses bras puissants, la serra à l'étouffer, puis s'empara de ses lèvres avant d'avouer :

— Les mêmes tempêtes me brassent de l'intérieur, mais je te jure déjà fidélité comme je le ferai le jour de notre mariage.

30

Pour s'adresser à sa mère, Françoise aborda la conversation avec moins d'assurance qu'elle l'avait prétendu à Henri. Après le repas, elle profita de se retrouver seule avec elle pour l'interpeller d'une voix timide :

— Mère... Il faut que je vous entretienne d'une chose grave.

Magdeleine retint un sourire : elle avait depuis le début remarqué l'idylle entre les jeunes gens.

— Oui ?

— Ce n'est pas facile à dire... parce que... que le vicomte de Lavedan est de foi huguenote et... et que...

Ayant pitié de son embarras, la châtelaine attira sa fille contre elle et termina à sa place :

— ... et que vous avez déjà dans l'idée de vous marier, hein ? Et alors ? Depuis le temps que je souhaite te voir épouser un des nombreux adorateurs que tu as eus ! Et si vous vous êtes trouvé des sentiments réciproques, je ne peux que m'en réjouir : pourquoi m'y opposerais-je ? Henri de Bourbon est issu de la famille royale de Navarre, et une telle union de prestige ne peut qu'accroître la réputation de Miremont !

— Mais… justement ! À cause de ses liens avec Jeanne d'Albret et Henri III de Navarre, il ne peut renier sa foi huguenote et…

— … et tu n'oses m'avouer qu'il est dans ton intention de franchir toi-même le pas en embrassant la religion réformée, n'est-ce pas ?

Françoise acquiesça d'un hochement de menton, et sa mère poursuivit :

— Pour ma part, je n'y vois pas d'objection majeure, d'autant plus que j'entretiens des rapports fort courtois avec de nobles protestants ! Et puis je dois admettre que je conçois volontiers qu'on puisse avoir envie de se rapprocher de la sobriété du culte calviniste, tant je suis consciente des abus de notre Église…

— C'est bien vrai, mère ?

— Puisque je te le dis…

* *
*

Durant trois mois, jamais il n'y eut autant d'animation au sein de la forteresse. Henri de Bourbon-Malause fit deux voyages jusqu'en Béarn, et des écuyers porteurs de courriers ne cessaient de se présenter à Miremont, d'où l'on envoyait autant de missives qu'on en recevait : un tel mariage ne pouvait se préparer à la va-vite ! Le futur époux de Françoise avait tenu à informer sa tutrice Jeanne d'Albret et son jeune ami Henri de Navarre, avec pour seul regret celui de savoir que ces derniers ne pourraient se déplacer pour la cérémonie.

— La reine de Navarre et son fils sont à La Rochelle et ne peuvent s'en absenter. Jeanne a pris la tête du mouvement protestant et elle continue à entretenir des relations avec les princes étrangers alliés.

— Nous n'avons nullement besoin de têtes couronnées pour établir notre bonheur !

— Peut-être... Pour consolation, nous aurons beaucoup de nobles personnages pour célébrer notre union, tant catholiques que huguenots !

Il en allait de la réputation de Miremont, et Magdeleine se devait de faire les choses en grand : l'événement justifiait une fête exceptionnelle et un faste à nul autre pareil ! Dans le même temps, par courriers interposés, les clauses imputables au mariage entre les deux nobles familles s'établissaient sans problème. Le contrat fut alors signé devant notaires fin mai, et Françoise comme Henri n'avaient d'autre impatience que de voir arriver le jour de la cérémonie.

Ignorante encore des rites relevant du culte protestant, la jeune femme tint à s'en informer au mieux auprès d'un pasteur d'Aurillac. Elle apprit ainsi l'essentiel : deux sacrements au lieu de sept : le baptême et la Cène, laquelle remplaçait l'eucharistie. Quant au mariage, s'il faisait l'objet d'une célébration, il n'était pas non plus un sacrement : il se basait uniquement sur le consentement des deux époux à vouloir une vie commune en se devant mutuellement assistance, fidélité et amour, avec un rituel réduit au strict minimum.

— Mais comment nos invités catholiques vont-ils prendre la chose ? s'inquiéta-t-elle auprès de son amoureux.

— Oh ! Ce n'est certes pas la première fois qu'ils participeront à ce genre de cérémonies... Et tous ces beaux seigneurs, papistes comme huguenots, penseront plus aux festivités et aux ripailles de ce jour qu'à leurs convictions en matière de foi !

Elle pouffa, plus sereine tout à coup.

— S'ils ont des problèmes de foie, ce sera alors plus sûrement dû à leur gloutonnerie qu'à leurs convictions religieuses ?

— Je vois que tu m'as bien compris, ma mie.

* *
*

Adepte de la tolérance que prônait depuis longtemps Michel de L'Hospital, Magdeleine prit soin de ne pas s'investir dans la conversion de sa fille, feignant d'ignorer les efforts que cette dernière faisait pour s'imprégner d'une doctrine dans laquelle elle n'avait pas été élevée. Il n'était pourtant plus temps d'y réfléchir, car le moment des festivités approchait à grands pas. Miremont devint une véritable ruche, avec un va-et-vient incessant de chariots et de marchands qui venaient honorer les nombreuses commandes qu'avait passées la châtelaine du lieu. Une même effervescence se propageait partout au sein du château. Il allait falloir préparer l'accueil de personnes de haut rang dans les murs de Miremont et aménager au mieux le confort qui leur était dû. Trouver aussi, dans la région proche, des seigneuries amies pouvant héberger la suite de tous ces gens ! Heureusement, les convictions religieuses s'effaçaient devant un tel événement, et les préparatifs se révélèrent plus aisés que Magdeleine ne l'avait craint.

* *
*

Arriva enfin ce 8 juin que Françoise et Henri de Bourbon-Malause attendaient depuis des semaines. Un jour mémorable dont les murs de Miremont se souviendraient longtemps ! Une foule hétéroclite avait envahi tout l'espace, aussi bien à l'intérieur de l'enceinte qu'autour des remparts : des hommes et des femmes plus ou moins en guenilles côtoyaient des paysans endimanchés, un peu en retrait de notables citadins ou provinciaux à la vêture soignée. Mais l'essentiel des regards se portait avec curiosité vers l'élite regroupée dans la cour du château où évoluait la noblesse de sang : si les catholiques les plus intransigeants avaient décliné l'invitation, ceux qui évoluaient au milieu des protestants semblaient parfaitement à l'aise et n'hésitaient pas à partager la liesse commune. Tout un monde que nul ne songeait à décrier, tant ce mariage était symbole de prestige pour Miremont et toute la région…

Pour la cérémonie, la petite chapelle un peu à l'écart de la vénérable forteresse avait pour l'occasion été aménagée en temple, au grand scandale du curé de Chalvignac. Toutes les images saintes, les sculptures et les références à la Vierge en avaient été enlevées afin de se conformer au culte réformé. Il n'en avait pas fallu plus pour que la très catholique famille du coseigneur de Miremont François de Mauriac désertât pour l'occasion les quelques murs qu'elle occupait au sein du château… Les réjouissances avaient attiré tellement de monde que tout l'espace à l'intérieur de l'enceinte était encombré de tentes et que certaines d'entre elles avaient même été érigées hors les murs !

Si Françoise était l'objet de l'attention de tous, sa mère ne manquait pas d'admirateurs, elle aussi : bien qu'elle eût depuis longtemps signifié à tous que jamais elle ne se remarierait, certains voulaient encore croire pouvoir la faire changer d'avis. Magdeleine considérait cette insistance d'un œil narquois, bien qu'elle la flattât. Elle supportait avec patience cette cour assidue et ne s'en irrita que devant l'impolitesse et la goujaterie du seigneur de Montal, qu'elle avait déjà à maintes reprises éconduit et qui osa envers elle des gestes et des paroles des plus inconvenants. Au point qu'elle s'encoléra jusqu'à demander :

— François, Jacques… Veuillez faire reconduire hors de ma vue et les murs notre foutriquet de voisin, et le jeter aux fossés s'il rechigne à se remettre en selle pour rejoindre ses pénates à La Roquebrou !

Ses frères ne se le firent pas dire deux fois et, s'emparant chacun d'un bras du jeune homme, ils le portèrent plus qu'ils le traînèrent jusqu'à l'extérieur des remparts. Impuissant et humilié, Gilles de Montal écuma en hurlant :

— Tu me le paieras, Magdeleine ! Un jour, j'aurai ta peau et je danserai sur ta dépouille, sale ribaude !

Jacques de Saint-Nectaire le fit taire d'un rude coup de poing au visage, et François prévint en lâchant le jeune noble dans la fange :

— Et ne remets plus les pieds ici, sinon ce seront pistoles et épées qui t'y attendront !

Ce fut la seule fausse note de cette journée de liesse...

* *
*

Lorsque les cloches sonnèrent enfin, toute cette foule s'approcha de l'oratoire, les invités de marque d'abord, les notables ensuite, suivis par la multitude des gens simples. Françoise de Saint-Exupéry et Henri de Bourbon-Malause traversèrent alors dignement cette cohue joyeuse pour se présenter, au seuil du petit édifice, devant le pasteur dont la stricte tenue faisait contraste avec le luxe ambiant. Avant la bénédiction nuptiale, le couple et ses témoins apposèrent leurs signatures sur un épais registre, avant de se déclarer mutuellement leur consentement à cette union et d'échanger leurs alliances. Ils lurent alors chacun un passage de la Bible et entonnèrent un de ces psaumes que Françoise avait eu tellement de mal à apprendre. Le pasteur les bénit alors, procéda à une imposition des mains, puis leur remit un exemplaire de la Bible.

— C'est tout ? chuchota la jeune mariée à l'oreille de son époux.

— Oui, oui ! La simplicité est de règle, chez nous... Les religionnaires vont maintenant nous accompagner en chantant des cantiques que bouderont les catholiques, mais tout le monde va se retrouver autour des tables pour faire ripaille, danser et s'amuser en notre honneur !

Magdeleine, suivie de Marguerite et de Rose, s'approcha alors du couple et posa les mains sur l'épaule de sa fille et celle de son gendre.

— Je vous souhaite à tous deux le même bonheur que j'ai eu avec le père de Françoise, en espérant seulement qu'elle se trouvera moins souvent que moi seule en son logis...

Henri sourit.

— Je vous promets, noble dame de Miremont, d'être le plus assidu des maris dans la mesure où mes engagements militaires me le permettront !

— C'est bien ainsi que je l'entendais.

* *
*

Les festivités durèrent trois jours entiers dans une effervescence endiablée et un faste inouï pour la région... Il en allait de l'éclat de Miremont ! Sans cesse, les panetiers en cortège apportaient des plats succulents, les échansons les vins et boissons les plus réputés, et les banquets succédaient aux banquets. Jongleurs et acrobates étonnaient les convives, et chacun et chacune s'adonnait aux danses les plus en vogue aux sons des instruments des musiciens. Magdeleine avait pourtant hâte de retrouver une atmosphère plus calme.

— Ma chère Franchou, je dois avouer que de tels excès ne sont plus de mon âge !

— Et moi donc ! N'oublie pas que j'ai plus de dix ans de plus que toi, et que toute jeune je te faisais sauter sur mes genoux...

— Je ne risque pas de l'oublier, ma bonne Franchou ! Et c'est bien pourquoi je n'ai voulu nulle autre que toi comme amie et dame de compagnie.

Franchou ne répliqua rien et se contenta d'écraser les larmes d'émotion qu'avait provoquées ce tendre aveu.

— Enfin, dès demain, nous serons plus tranquilles, ajouta Magdeleine dans un sourire.

31

À part quelques échos rapportés çà et là, on eût pu croire que les tensions s'étaient apaisées depuis l'édit de Saint-Germain. Un calme rassurant s'était installé dans la région, même si les rancœurs demeuraient vives après les atrocités commises deux ans auparavant à Aurillac par les protestants, durant la période où ils étaient restés maîtres de la ville.

— Rien n'est oublié, et cette paix me paraît bien fragile, messire d'Auzolles.

— D'autant plus que les catholiques n'ont rien à envier aux huguenots pour ce qui est de la cruauté de leurs troupes !

Magdeleine avait heureusement des choses à penser plus réjouissantes, et elle se consacrait entièrement à sa fille Françoise, qui attendait déjà son premier enfant. La jeune femme ne cachait pas son bonheur de donner un héritier ou une héritière à deux familles de renom et se félicitait de ce que son mari pût résider presque quotidiennement à Miremont. Henri de Bourbon-Malause entretenait d'ailleurs les meilleurs rapports avec sa belle-mère malgré leurs opinions religieuses divergentes, ce qui leur valait de longues mais courtoises discussions.

— En toute objectivité, dame Magdeleine, nos différences sont assez ténues en matière de croyance ! Ce qui nous oppose réside surtout dans la manière...

— Ce n'est pas une véritable opposition, Henri, car je considère que le luxe affiché par nos prélats et le pape n'est guère compatible avec l'enseignement du Christ.

Elle se rendait bien compte à quel point, au sein de l'Église catholique, ecclésiastiques et croyants agissaient souvent en semaine à rebours de ce qu'ils prêchaient le dimanche... La foi des huguenots était-elle plus sincère ? Moins hypocrite ? Elle ne pouvait s'empêcher d'en douter !

* *
*

La vie resta paisible et plutôt agréable jusqu'à ce printemps 1572 où un premier malheur frappa la maison des Miremont. Oh, il y avait bien eu les rires et la joie lorsque Françoise avait enfanté d'un beau bébé prénommé Élie, mais presque aussitôt la tristesse et les larmes de le voir mourir au berceau dans ses tout premiers jours. Magdeleine avait encaissé le choc pour tenter de réconforter son aînée.

— Comme tu le sais, ce sont des choses qui arrivent plus souvent qu'on croit, et c'est fort dommage... Mais l'angoisse la plus forte, comme pourrait te le confirmer ton mari, reste celle de voir la mère perdre la vie en voulant la donner ! Le fait que l'accouchement se soit déroulé au mieux me laisse espérer que les prochains se passeront aussi bien, mais avec une issue moins tragique ! Tu me donneras de beaux petits-enfants, ma fille !

— Je l'espère, mère, pour le nom des Saint-Exupéry et des Bourbon-Malause...

* *
*

Le calme et une certaine routine s'installèrent durant des semaines, jusqu'à cette fin août porteuse de l'écho d'informations dramatiques que l'on eut tout d'abord du mal à croire :

— Es-tu sûr de ce que tu dis ? s'horrifia Magdeleine alors que Déodat s'était permis de frapper à sa porte avant même qu'elle ne fût éveillée. Ou ne seraient-ce encore que de fallacieuses assertions ?

— Non, non, dame Magdeleine. Les nouvelles ont fusé si vite d'un bout à l'autre du royaume que tout le monde est déjà au courant de ce qui s'est passé à Paris il n'y a pas deux jours ! Un massacre de protestants qui dépasse tout ce qu'on a connu, alors que le mariage d'Henri de Navarre et de Marguerite, la sœur du roi, était censé rapprocher les deux camps !

— C'est bien triste, mais ce n'est pas la première fois que se produisent de tels débordements.

— Non, non, c'est bien pire ! D'après ce que l'on sait déjà, Charles IX a fait assassiner Coligny et les principaux chefs huguenots de Paris, et il s'est ensuivi un massacre généralisé des tenants de la Réforme. La population catholique aurait participé au carnage, sans pitié pour les vieillards, les femmes ou les enfants, mutilant les cadavres, démembrant et dépeçant des malheureux encore vivants, et entassant morts et blessés dans des chariots pour les jeter à la Seine ! On parle de plusieurs milliers de morts en une seule nuit...

Magdeleine se redressa sur sa couche, soudain très pâle.

— Sur ordre du roi, tu dis ?

— C'est ce qui se raconte, mais il semble que la populace ait dépassé ce qu'il souhaitait en se livrant à une véritable boucherie !

— Quel malheur pour notre pauvre royaume...

— Et ce n'est pas tout : si l'on en croit ce qui se dit, les catholiques se liguent partout en France pour agir de semblable façon et exterminer dans l'œuf l'hérésie protestante en tuant toute personne suspectée être de foi huguenote !

— Mon Dieu ! Si tout cela est vrai, c'est plus qu'atroce !

* *
*

Négligeant toute décence, Magdeleine pénétra dans la chambre occupée par le jeune couple sans même frapper. Éveillé en sursaut, le premier réflexe d'Henri fut de saisir l'épée qui, habitude de soldat, restait toujours à portée de main sur le côté de sa couche.

— N'ayez crainte, ce n'est que moi ! le rassura la châtelaine.

Françoise, brutalement tirée du sommeil, remonta le drap sur sa poitrine nue et interrogea aussitôt :

— Mère ? Mais que se passe-t-il ?

Sans répondre, Magdeleine fit quelques pas pour tirer la tenture de la fenêtre et laisser filtrer les premières lueurs de l'aube.

— Déodat vient de m'apprendre une énorme tuerie de protestants à Paris ! Un massacre qui se propage depuis un peu partout dans le pays, et nous ne sommes pas à l'abri. C'est de nouveau la guerre, mes pauvres enfants...

— Je suis prêt à reprendre les armes ! rugit Henri de Bourbon-Malause. Les huguenots ne se laisseront jamais égorger comme des moutons !

— Ce ne sera pas si évident ! précisa Magdeleine. Le duc de Guise et ses affiliés ont tué Coligny, qui avait déjà été blessé deux jours avant.

— Coligny ? gémit Henri.

— Oui… Achevé dans son lit, défenestré, émasculé et décapité, puis pendu par les pieds au gibet de Montfaucon ! La boucherie a aussi touché beaucoup de nobles protestants, comme Pardaillan, Armand de Clermont de Piles, Quellenec, et des dizaines d'autres qui ont été dénudés, traînés dans les rues et jetés à la Seine ! Élevée dans la religion catholique, je n'en suis pas fière du tout, mais je crains que votre parti réformé ait été décapité de ses principaux chefs en l'espace d'une nuit d'horreur, et ce n'est pas fini… On parle de milliers de victimes !

Le mari de Françoise, sans souci de pudeur, sauta vivement de son lit pour s'habiller au plus vite.

— Je n'accepterai jamais la défaite, et je vais me rallier dans l'instant à Henri de Navarre pour mettre mon épée au service de la cause ! Cette félonie demande vengeance, et je serai sans pitié pour ces assassins !

Magdeleine pâlit. Jamais elle n'avait vu son gendre en proie à une telle haine ! Elle tenta de relativiser les choses :

— N'oubliez pas, Henri, que, malgré votre mariage avec ma fille, Miremont reste acquis à la religion catholique, même si je ne cautionne nullement les exactions de ceux que vous appelez papistes, et dont je fais encore partie…

— J'en ai conscience, dame Magdeleine, et je ne peux que vous remercier de votre tolérance. Mais il est de mon devoir de soutenir le camp qui est le mien.

Françoise, oubliant de s'envelopper du drap qui la couvrait, sortit de son lit pour se jeter nue dans les bras de son époux.

— Ce qui veut dire que tu vas me laisser ici pour risquer ta vie contre les armées du roi ?

— J'en suis désolée, ma tendre et chère, mais il y va de mon honneur !

La jeune femme se contenta d'un soupir, puis, se souvenant être issue de générations d'ancêtres ayant gagné leur noblesse au combat, elle se résigna en admettant :

— Tu as raison… Et je ne te demande qu'une seule chose : reviens-moi sauf !

— C'est ce que tout guerrier essaie de faire au sein de la bataille ! Et j'espère bien retrouver Miremont au plus vite, pour te faire mère d'un héritier bien vif qui perpétuera le nom des Bourbon !

* *
*

Par mesure de précaution et en l'absence de son gendre, Magdeleine avait dû se résoudre à doubler le nombre d'hommes d'armes affectés à la défense de la forteresse, mais après quelques jours la tension sembla redescendre : dans un premier temps, l'Auvergne s'avérait relativement épargnée des effroyables carnages qui se produisaient en d'autres régions du royaume. Pourtant, à la grande joie de Françoise, le vicomte de Lavedan ne mit qu'un peu plus de deux semaines avant de rejoindre Miremont. Personne ne s'attendait à un retour aussi rapide, et on fut étonné de le voir descendre de cheval seul, sans escorte et cuirassé comme pour aller au combat. La jeune épouse se précipita vers lui avec des larmes d'émotion avant de se serrer contre le métal froid de son plastron.

— Que je suis heureuse ! Je m'étais résolue à me racornir loin de toi durant des mois…

— Mais non, me voici, ma mie ! Et ma mission me retiendra dans la région longtemps encore…

— Quelle mission ? s'inquiéta Magdeleine.

— Il fallait s'attendre à ce que cette tragédie parisienne et les carnages qui ont suivi mettent fin à la trêve conclue il y a deux ans ! C'est de nouveau la guerre, et le conflit sera terrible. J'ai reçu un émissaire d'Henri, qui est roi de Navarre depuis le décès de sa mère en juin, mais qui est assigné à résidence à la Cour depuis son mariage avec Marguerite de Valois, la veille de la Saint-Barthélemy. Il me charge de prendre la tête des troupes protestantes d'Auvergne et d'y poursuivre la lutte contre les papistes. Et c'est ce que je vais faire !

La mère de Françoise chercha les yeux de son gendre.

— Cela voudrait-il dire que Miremont deviendrait un fief huguenot ?

— Non, non... Je ne saurais vous l'imposer, dame Magdeleine, et par respect pour vous je porterai mes armes hors de cette forteresse !

Magdeleine sembla hésiter avant de prendre le vicomte par le bras.

— Suivez-moi, je crois que nous avons à parler, tous les deux...

Une fois arrivée dans le luxueux cabinet meublé à la mode italienne, elle toisa longuement Henri de Lavedan.

— Vous savez que je vous considère un peu comme le fils que je n'ai jamais eu ? Et il faut que je vous confesse que les horreurs qu'on m'a rapportées m'ont fait réfléchir et me posent des problèmes de conscience...

— Que dois-je comprendre ?

— Que je me crois de plus en plus proche de franchir le pas qu'a fait ma fille Françoise avant moi.

— Comment ? Vous convertir au protestantisme en reniant l'Église papiste ?

— J'hésite encore, mais j'estime au fond de moi que ma décision est prise. Il y a longtemps que je me penche sur des écrits que Rome juge hérétiques : hormis Luther et Calvin, j'ai lu Victor Brodeau, Claude Baduel, Guillaume Farel et quelques autres... Et j'avoue que la conception huguenote de la parole de Dieu, ainsi que la façon de la célébrer, me semble plus pure et juste que tout ce que l'Église m'a enseigné depuis l'enfance.

— C'est vrai ?

— Puisque je vous le dis ! Je ne me reconnais plus dans les prêches de haine des curés et dans leurs exhortations au meurtre des calvinistes... Aussi, à mon sens, il me semble que Miremont ferait en Haute-Auvergne une position imprenable si elle soutenait la cause des réformés.

Encore un peu incrédule, Henri de Bourbon-Malause mit un genou à terre avant de s'emparer d'une main de sa belle-mère.

— Ah, ma dame ! Ce que vous venez de dire m'emplit le cœur de joie ! Cette place forte serait le point central de la résistance des religionnaires contre les bouchers papistes.

Magdeleine lui posa une main sur l'épaule.

— J'ai longtemps tergiversé, mais mon choix est fait. Et tant pis si tous les Saint-Nectaire de ma famille me renient, j'estime qu'il me faut rester en accord avec ma conscience !

— Françoise et moi-même ne pouvons que nous en réjouir...

32

Depuis ce jour, que d'agitation à Miremont ! Ni Magdeleine ni son gendre ne doutaient que les hostilités allaient reprendre, avec d'autant plus d'intensité que le fossé semblait définitivement ouvert entre protestants et catholiques. Comment oublier, et surtout pardonner, de telles exactions, même cautionnées par Charles IX ?

— Il se dit que le roi, horrifié par le fait que l'on ait outrepassé ses ordres lors de cette tragique nuit, aurait dès le lendemain ordonné l'arrêt des massacres... Est-ce bien vrai, Henri ?

— Je le crois, Françoise. Mais ses appels au calme, un peu tardifs certes, n'ont pas été entendus, ce qui explique la folie meurtrière qui s'est répandue à travers le royaume. La conséquence en est que les huguenots, comme on nous nomme, n'ont plus aucune confiance en lui, et moi non plus ! Nous n'avons d'autre choix que de nous regrouper pour lutter, et c'est ce qu'attend de moi en Auvergne le roi Henri de Navarre, qui me tient toujours en grande amitié...

— Il est vrai que sa défunte mère a été ta tutrice et son père ton parrain !

— Je ne les en remercierais jamais assez, s'ils étaient encore vivants...

Ce genre de conversation ne pouvait que trouver un écho aux oreilles de Magdeleine, qui se montrait plus inquiète que son entourage quant à la suite des événements. Aussi saisit-elle la première occasion pour s'entretenir de nouveau avec son gendre :

— C'est bien beau d'être un Bourbon, mon cher vicomte, c'est bien beau de rendre ma fille heureuse, mais pensez-vous vraiment que Miremont soit en sécurité ? Il n'est un secret pour personne que les conflits vont s'intensifier, et je crois qu'il nous faut nous y préparer.

— C'est bien ce que je fais, dame Magdeleine, en ralliant dans la contrée les forces militaires susceptibles de défendre notre cause !

La maîtresse des lieux se redressa et arpenta la salle jusqu'à se porter devant une des fenêtres de la tour.

— Autant que je puisse le constater, je ne vois rien ici qui prouve vos dires. Les quelques soldats de garde de ma maison ne résisteraient guère à une véritable armée ! Et c'est d'autant plus regrettable que Miremont reste une place réputée imprenable... à condition d'abriter une garnison suffisante !

Henri baissa la tête pour admettre :

— Il est vrai que dans la région il n'y a pas de forteresse calviniste aussi bien remparée et redoutable que celle-ci !

— Je ne vous le fais pas dire, jeune homme. Encore faut-il penser à garnir ses murs et enceintes de soldats ! Ce qui est loin d'être le cas...

— C'est que, noble dame, il était loin de moi l'idée de vous imposer les nuisances que peuvent apporter des troupes de guerriers confinés en ces murailles !

— La belle affaire ! s'emporta Magdeleine. Je préfère voir le château bien pourvu de solides défenseurs plutôt que de voir des assaillants pénétrer sans coup férir jusqu'à nos chambres et s'en prendre à moi et à mes filles... Ne souhaiteriez-vous pas savoir votre épouse Françoise, mon aînée, en sécurité ici ? N'avez-vous pas évoqué vouloir faire de Miremont une place forte des armées protestantes ?

— Si, si, mais...

— Faites-le, alors ! Je sens que le feu de la guerre couve sous les cendres d'une trêve trompeuse... À tel point que je vais me faire confectionner quelques pièces d'armure à Milan : une cotte de mailles et un plastron de métal lustré, une braconnière, un gorgerin et un morion. Sans oublier armes de poing, épée, dague et pistolet !

— Vous plaisantez, dame Magdeleine ? se récria Henri de Bourbon.

— Nullement ! Et même si je ne m'y suis plus entraînée depuis longtemps, je pense avoir encore la main pour assumer un duel avec plus d'un bon bretteur !

* *
*

Durant des mois, la vieille demeure des Saint-Exupéry ressembla à une véritable fourmilière. À l'intérieur de l'enceinte, des dizaines de tentes avaient été dressées, toutes occupées par des hommes d'armes et déterminés à défendre leur cause, et les écuries avaient été prolongées le long des murailles pour faire face à l'affluence. Henri de Lavedan, par ses entrevues incessantes, avait vite été considéré par tous comme chef incontesté des religionnaires de la région. Il ne cessait d'accroître ses troupes au sein des murs de l'antique forteresse et Miremont sembla vite à tous le château le mieux remparé pour résister aux assauts prévisibles des papistes.

— Il ne faut pas nous faire d'illusions, clamait-il souvent. Si nous nous préparons au pire, les catholiques font de même ! Nous aurons besoin de munitions, et surtout de réserves de bouche non périssables en quantités suffisantes pour soutenir un possible siège...

— C'est essentiel, en effet, approuvait Magdeleine de Saint-Exupéry. Mais il nous faut convaincre d'autres seigneurs de notre bord à prendre les armes contre la tyrannie des armées papistes !

Henri ne cessait de s'étonner de l'ardeur que mettait la châtelaine à soutenir ses actions, et ce d'autant plus qu'elle n'avait rejoint la foi calviniste qu'assez récemment. La mère de Françoise, en armure confectionnée à son corps et montant à cheval comme un homme, ne ratait pas une occasion de l'accompagner d'un château à l'autre pour obtenir le soutien de seigneurs adeptes de la foi protestante ou tentés par elle. Et elle ne se déplaçait que rarement sans remporter l'adhésion de ses interlocuteurs.

— Mais comment faites-vous pour vous adjoindre l'appui d'autant de gentilshommes qui n'avaient pas au départ de véritables affinités avec les idées de la Réforme ?

— Je ne sais, mon gendre... Peut-être est-ce que, depuis mon âge de femme, beaucoup d'entre eux m'ont fait une cour plus qu'assidue et que j'ai encore une petite place en leur cœur ?

— Cela n'explique pas tout, Magdeleine. Quel est donc votre secret ?

— Il n'y en a pas ! répliqua ce jour-là la mère de Françoise. Ils m'aiment sans espoir de retour de ma part, mais continuent à m'idolâtrer... Qu'y puis-je ?

— Continuez donc ! Plus nous serons nombreux, mieux nous serons assurés de défendre nos positions... et d'en conquérir d'autres aux dépens des papistes !

* *
*

En moins d'un an, le château se dota ainsi d'une véritable garnison et devint, aux yeux des catholiques, l'un des principaux noyaux de l'hérésie calviniste de la région. Si Henri de Malause avait pu rassembler soldats et mercenaires, Magdeleine s'était vite vue entourée de cinquante à soixante gentilshommes de bonne famille qui n'avaient d'yeux que pour elle, qu'ils eussent vingt ans, plus, ou frisant la cinquantaine... La châtelaine leur avait réservé le bâtiment tenu en coseigneurie par la noble et catholique famille de Mauriac, dont dépendait Miremont : les murs de ce corps de logis en étaient déserts depuis le mariage huguenot de Françoise et d'Henri ! Magdeleine avait l'art de jouer de son charme et de sa vivacité pour diriger ses adorateurs d'une main aussi ferme que douce. Renouant avec ses jeunes années à Saint-Nectaire, après quelques exercices auprès de Déodat, elle avait constaté avec satisfaction qu'elle n'avait rien perdu de son adresse à l'épée. Dès lors, elle n'hésitait plus à montrer l'exemple en entraînant ce groupe rapproché dans des exercices militaires qu'elle maîtrisait parfaitement, plus par instinct que par véritable expérience, ce qui lui amenait les commentaires les plus élogieux :

— Quelle femme !

— Un vrai foudre de guerre... avec un caractère et une fougue qui n'enlèvent rien à sa beauté et à sa grâce !

— C'est vrai. Qui n'en tomberait pas amoureux ?

— Elle mène les hommes aussi bien que son gendre Lavedan ! Tu crois vraiment qu'elle serait aussi vaillante dans un vrai combat ?

— J'en suis sûr : avec l'entrain qu'elle montre, je la vois mal regarder une bataille de loin.

* *
*

Ce jour-là, Magdeleine tirait l'épée contre Déodat, lequel ne se privait pas d'affiner les bottes qu'il lui avait enseignées. Les gentilshommes de la troupe de Miremont ne se lassaient pas d'admirer la virtuosité de la belle femme et formaient un cercle autour des deux bretteurs. Le cliquetis métallique des assauts fut alors interrompu par l'arrivée de Franchou.

— Magdeleine, le mari de Françoise aimerait que tu le rejoignes dans le grand cabinet.

En sueur, l'épéiste se redressa.

— Mon Bourbon de gendre ? Et que me veut-il ?

— Je ne sais, ma dame... Mais le sieur de Turenne vient d'arriver en compagnie de deux autres seigneurs.

— Bien. Va donc lui dire que j'arrive, le temps de me présenter dans une tenue plus décente !

Henri de La Tour d'Auvergne, vicomte de Turenne, était un jeune homme de moins de vingt ans d'assez fière allure, le cheveu fou, portant courte barbe et moustache soignée. Il était accompagné de deux nobles plus âgés que Magdeleine reconnut comme étant les seigneurs de Champagnac et de Montbrun. Henri de Bourbon-Malause entama la conversation en annonçant :

— Si vous ne connaissez le sieur de Turenne, dont la vicomté est pourtant si proche de chez nous, c'est parce qu'orphelin à deux ans il a été élevé à la Cour dès l'âge de dix ans. Filleul d'Henri II et attaché au frère du roi François d'Alençon, il est comme moi devenu ami d'Henri de Navarre. Nous ne sommes pas du même bord, surtout depuis qu'Henri de Navarre m'a récemment nommé son chambellan, mais cela n'empêche pas l'amitié. Le vicomte revient du siège de La Rochelle, qui a finalement été levé au début du mois de juillet. Rejoignant ses terres, il nous apporte des nouvelles qui ne présagent rien de bon. N'est-ce pas, mon bon Henri ?

— C'est vrai… Mais si le siège de La Rochelle a cessé, c'est principalement parce que le frère du roi, le duc d'Anjou, a été élu roi de Pologne et qu'il était pressé de mettre cette couronne sur sa tête ! Il a accordé aux Rochelais des conditions de paix si honorables qu'elles ne pouvaient être refusées…

— Ceci me semble fort éloigné des problèmes qui nous préoccupent ! objecta Jean de Sartiges, le seigneur de Champagnac.

— Pas autant que vous pourriez le croire, messire… Car même si notre Auvergne est encore préservée de révoltes notables, il n'en est pas moins vrai que nombre d'escarmouches et d'accrochages se multiplient aux alentours ! Nul doute que tout va s'envenimer et que de nouveaux affrontements sont à craindre.

Henri de Bourbon fronça les sourcils et toisa son visiteur :

— C'est très courtois de nous en avertir, monsieur de Turenne. Mais, bien que nous nous connaissions depuis longtemps, je n'arrive pas à vraiment savoir de quelle opinion vous êtes, alors que vous portez les armes au profit des catholiques ?

Le vicomte sembla se troubler et hésita avant de répondre :

— J'avoue que depuis des années mon cœur penche plutôt pour les idées de la Réforme mais, étant filleul du roi Henri II, je me sens un peu déchiré entre mes convictions et la crainte de me retrouver dans le mauvais camp : j'ai vécu mon enfance à la cour de Catherine de Médicis et de Charles IX. Bien que je me sente beaucoup plus proche d'Henri, désormais roi de Navarre depuis le décès de sa mère Jeanne d'Albret, ma position reste délicate et je ne peux pour le moment affronter directement l'élite qui nous gouverne…

— Le cul entre deux chaises, alors ? En restant en embuscade jusqu'au jour où vous pourrez suivre votre conscience, c'est bien cela ?

— Je vois que vous m'avez bien compris, messire de Lavedan.

Si Magdeleine n'était pas intervenue dans la conversation, sa détermination n'en était pas moins intacte : elle se doutait bien que les troubles sporadiques qui agitaient la contrée pouvaient vite se transformer en véritables combats, comme aux pires temps des récents affrontements entre catholiques et protestants !

— Les horreurs de la Saint-Barthélemy m'ont ouvert les yeux : contrairement au vicomte de Turenne, je sais vraiment de quel camp je suis, désormais... Et je saurai défendre mes convictions !

33

Le royaume tout entier fut vite la proie d'une effervescence que l'autorité royale, victime de ses propres dissensions, était loin de contrôler... Le mari de Françoise, régulièrement informé des derniers événements, ne cachait plus son inquiétude et s'en ouvrait volontiers à sa belle-mère :

— Henri de Guise ne cesse d'opposer son intransigeance à toute décision royale, et il pousse le peuple à la révolte.

— Ici même, on m'a rapporté qu'à Aurillac, Montmorin de Saint-Hérem ferait loger des soldats dans les maisons de braves gens soupçonnés d'être religionnaires, avec toutes les brimades et conséquences qui en découlent, vols et viols y compris !

— Quant à moi, j'ai appris que des nobles catholiques se seraient alliés à des protestants avec projet de faire évader les princes François d'Alençon et Henri de Navarre, qui sont toujours sous tutelle de la Cour ! Ils se nomment eux-mêmes les Malcontents et voudraient retirer le pouvoir des mains de Catherine de Médicis...

— Un coup de force, alors ?

— Oui, mais une première tentative a été déjouée, ce qui a eu pour conséquence de voir redoubler la surveillance sur le duc d'Alençon et le roi de Navarre… et a relancé les troubles en province, et Henri de Navarre vient de demander secrètement à ses lieutenants de reprendre le combat avant qu'il ne soit trop tard !

— Ce qui veut dire que vous êtes prêt à relayer ses ordres en Auvergne et à guerroyer en son nom contre les papistes ?

— Il ne faut pas laisser les fiefs catholiques d'Auvergne se remparer et s'organiser en armées ! Mieux vaut attaquer les premiers avant qu'il ne soit trop tard… si les seigneurs huguenots de la région sont assez vaillants pour me suivre !

— Rassurez-vous, mon gendre. Mon épée sera la première à se rallier à vous !

— Vous, ma dame ?

— Voyons, Henri… Auriez-vous cru que je ne m'entraînais auprès de nos hommes d'armes uniquement pour m'amuser ? Non, non, je tiens à tenir mon rôle comme un homme !

— Mais est-ce bien prudent, dame Magdeleine ?

— Je ne vois pas en quoi ce serait plus dangereux pour moi que pour vous ou chacun des soldats de nos troupes !

— Mais… vous êtes une femme !

— Quelle différence, si je peux me battre aussi bien qu'un homme ? Je tiens autant que vous à venger l'ignominie des atrocités de la Saint-Barthélemy !

— Bien, bien, nous en reparlerons…

— C'est tout vu, Henri.

* *
*

La détermination de Magdeleine n'était pas feinte, comme elle tint à le prouver dès les premiers mouvements de troupes. Loin de se tenir en retrait, elle voulait à tout prix être en première ligne, à la tête des hommes, et foncer vers l'ennemi en devançant même son gendre, lequel était censé mener l'attaque : après Pégase et Celeris, elle avait dressé durant deux ans, avec amour et sans cravache, un bel étalon qu'elle avait baptisé Zéphyr et qu'elle montait en totale osmose : Zéphyr, aussi vif que costaud, semblait répondre aux moindres injonctions de Magdeleine avant même qu'elle ne les ordonnât ! Un peu comme si la seule pensée importait plus que la tension des rênes...

— Jamais un homme ne me sera plus fidèle et amoureux que ce cheval ! clamait-elle souvent. Lui et moi, nous ne faisons qu'un. Sans doute parce que je l'aime autant qu'il m'aime, et surtout qu'il le sait !

Henri de Bourbon avait eu plusieurs entretiens avec le vicomte Antoine de Gourdon, qui avait pris la tête des religionnaires du Quercy et du Limousin, et qui tenait Saint-Céré et Beaulieu. Ensemble, ils échafaudèrent leurs plans, se réservant chacun leur propre terrain d'action. S'il y avait eu diverses attaques locales, ce fut en janvier que le mouvement prit une certaine ampleur, avec la prise de la forteresse d'Espaly et de violents combats qui se terminèrent par un traité le 12 mars. Le bouillant mari de Françoise n'attendit pas le terme de ce siège pour envisager d'attaquer la cité de Pleaux, à guère plus d'une lieue de Miremont.

Magdeleine s'étonna :

— Mais pourquoi Pleaux ?

— Parce que vous en tenez le fief du Doignon, ce qui fait que j'en suis le seigneur après vous...

— Dites plutôt que notre voisin François Robert de Lignerac, pour l'heure bailli des montagnes d'Auvergne, commande le parti catholique ! Et qu'il a établi son quartier général en son château de Pleaux-Soubeyre...

— Je vois que vous êtes au courant de tout ! Mais je ne vais pas semer la guerre aussi vite : il nous faut battre la campagne pour repérer nos points faibles, leurs points forts, et *vice versa*... Qu'en pensez-vous ?

— Que je suis prête à combattre auprès de vous et de vos hommes, ainsi que je vous l'ai toujours dit !

— Vous n'avez donc pas renoncé à commettre une telle folie ?

— Je ne vois pas en quoi ce serait moins folie pour un homme que pour une femme... et je tiens à le prouver !

— Bien, bien... Mais il faut me promettre de vous tenir en arrière des troupes.

— Il est hors de question que je promette de rester en retrait ! Je ne veux pas être une simple spectatrice des événements...

* *
*

En tête du groupe armé et aux côtés de son gendre, Magdeleine se sentait rajeunir de chevauchée en chevauchée. Aucune escarmouche pour le moment, ces sorties n'étant destinées qu'à bien montrer les forces présentes à Miremont. Certains bourgs accueillaient ces visiteurs avec exubérance, d'autres se démarquaient par le prêche d'un curé devant l'église. Ici des applaudissements plus ou moins discrets, ailleurs quelques insultes ou imprécations à peine voilées, mais le plus souvent une certaine indifférence... Jusqu'en cette fin mars où François Robert de Lignerac, l'un des coseigneurs de la petite ville de Pleaux, en ferma les portes à l'approche de la troupe menée par Henri de Lavedan et Magdeleine.

— Qu'est-ce donc là, messire de Lignerac ? s'indigna le chef des huguenots.

Du haut de la tour de guet, Lignerac lui répondit :

— Vous êtes déjà venu par deux fois vous pavaner dans nos rues, et cela suffit ! Nous n'admettrons plus au sein de ces remparts des religionnaires en armes…

— Vous oubliez, messire, que je suis également par ma belle-mère, la dame de Miremont ici présente, coseigneur de Pleaux où s'élève le château du Doignon qui fait partie de mes possessions !

— Je vous répète que vous n'entrerez pas en ces murs avec tous ces gens !

Henri s'inclina poliment en affirmant :

— C'est ce que nous verrons…

Sur ces mots, il fit opérer un demi-tour à sa monture et reprit la tête de ses hommes pour s'éloigner calmement de la cité.

De retour à Miremont, sa décision était prise.

— Lignerac veut me provoquer ? Grand bien lui fasse, je n'attendais que cela : nous entrerons donc à Pleaux par la force !

— Les fidèles gentilshommes qui sont venus me soutenir seront honorés de se joindre à la troupe ! assura aussitôt Magdeleine.

— C'est vrai qu'ils vous vouent une adoration sans faille ! Les auriez-vous ensorcelés ?

Elle se mit à rire.

— L'effet d'une sorte d'amour courtois tel que le chantaient autrefois ménestrels et troubadours…

— Amour courtois seulement ? sous-entendit Henri.

— Bien sûr ! Qu'allez-vous imaginer ? Et quand bien même, s'il en était autrement, je ne le chanterais pas sur les toits.

— Nous nous présenterons devant Pleaux demain sur le soir ! C'est le meilleur moment pour mettre l'adversaire sur ses gardes et l'épuiser avant l'attaque... sans qu'il sache si elle se produira dans l'heure, le lendemain ou plus tard encore.

* *
*

Si Magdeleine ne se réjouissait pas de la bataille qui s'annonçait à cause des malheurs toujours inhérents à la guerre, elle ressentait une intense excitation à l'approche du combat. Dans la cohue des hommes de pied, des cavaliers et des chariots qui se massaient autour de la petite ville, elle ressentait une exaltation qu'elle n'avait plus connue depuis longtemps : un peu comme si elle redécouvrait l'audace et la fougue innées de son enfance et de son adolescence ! Quel fracas, quel désordre, quelle effervescence, alors que les soldats élevaient le camp devant les murailles de la cité, mais malgré tout à distance pour se préserver des tirs d'arquebuse... Pour la première fois, la dame de Miremont prenait conscience des mœurs si différentes de la soldatesque : une armée bruyante, rigolarde, paillarde, qu'elle découvrait plus rustre qu'elle ne l'avait cru.

— Ce sont eux, les défenseurs de notre foi ? s'étonna-t-elle en présence de son gendre.

— Ce n'est pas mieux du côté catholique ! répliqua Henri de Lavedan. Mais ils sont courageux et obéissants, et c'est tout ce que l'on demande à un soldat...

Magdeleine n'insista pas, mais se promit de ne jamais cautionner les mêmes atrocités auxquelles s'étaient livrés les catholiques.

— Vous avez raison, Henri, mais il n'empêche que cela me choque.

— Il n'est pas une bataille qui ne se termine par quelques horreurs, dame Magdeleine... Même si c'est regrettable !

Durant un jour et une nuit, on se contenta de s'observer, et seuls de rares coups de feu troublèrent l'attente d'un assaut que chacun devinait proche. Et ce fut le deuxième soir que le vicomte de Lavedan lança l'offensive. Malgré l'interdiction qui lui en avait été faite par son gendre, Magdeleine tint à se tenir à ses côtés, en première ligne, pour se lancer au-devant des murailles sous le bruit des détonations et jets de pierres. Les défenseurs de la place usaient même de flèches et d'arcs comme durant la guerre de Cent Ans ! Dans une clameur sauvage, hommes de pied et cavaliers se ruèrent face aux murs de la cité, dont les défenses trop faibles ne purent tenir longtemps. Mais pénétrer dans le bourg ne voulait pas dire victoire, et il fallut ferrailler dur au sein de ruelles étroites où chaque porche abritait un soldat prêt à risquer sa vie pour empêcher l'assaillant de conquérir la ville. Juchée sur Zéphyr, Magdeleine de Saint-Nectaire, ardente comme jamais, tint à toujours être en tête, usant pour la première fois de son épée pour faire couler le sang, tuer ces soldats anonymes au cœur des rangs ennemis, semer mort et panique dans les forces adverses... Il faisait déjà nuit lorsque la résistance des défenseurs de Pleaux faiblit : peu à peu, autour de François de Lignerac, les rescapés de la bataille refluèrent avant de quitter la cité sous les hurlements de victoire des huguenots.

— Voilà qui est fait ! s'exclama Henri de Bourbon-Malause en ôtant le morion de son crâne. Ville prise, et bien plus aisément que je ne l'aurais pensé... J'ai admiré la façon dont vous avez participé à cette prise, dame Magdeleine. Mais quelle imprudence de vous contenter d'une demi-armure et de partir au combat sans casque !

— Je me sens plus libre ainsi ! répliqua-t-elle.

Elle considéra un instant la lame de son épée tachée de sang avant de la remiser en son fourreau, puis son visage s'assombrit un peu : était-ce vraiment se battre pour respecter la volonté de Dieu que de s'écharper ainsi en son nom ? Comme s'il avait lu dans ses pensées, Henri de Lavedan soupira.

— La guerre n'est jamais une partie de plaisir, dans quelque camp qu'on se batte…

Comme pour lui donner raison, plus loin au sein du bourg éclatèrent quelques pistolades, des cris et des vociférations, puis déjà les lueurs de plusieurs demeures en flammes.

Magdeleine préféra dormir dans une des tentes érigées hors la ville. Le sommeil lui fut pourtant long à venir malgré les fatigues du jour : s'endurcirait-elle jamais assez pour rester aveugle aux flammes qui embrasaient déjà quelques toitures, pour rester sourde aux rires avinés des soldats qui pillaient les maisons, aux pleurs des femmes, aux lamentations des hommes suppliciés, aux cris déchirants des filles violées ? Les religionnaires les plus féroces n'avaient aucune pitié pour les papistes les plus acharnés et entendaient bien leur faire payer les atrocités commises depuis des années contre ceux que les catholiques qualifiaient avec dédain d'hérétiques.

34

Durant les quelques jours qui suivirent, loin du confort de son château, Magdeleine et son gendre délaissèrent leur tente pour occuper une maison bourgeoise de la ville. Les occupants en avaient été chassés par la soldatesque, ce qui avait suscité une certaine gêne à la maîtresse de Miremont.

— Mais comment peut-on prendre ici la place de gens qu'on a jetés à la rue et à la vindicte de brutes épaisses ?

— Les armées papistes ne se comportent pas mieux en nos fiefs ! Et, même si entre nobles que la foi oppose on continue souvent à se respecter, il ne faut pas demander à la piétaille d'en faire autant...

Magdeleine était loin d'en être convaincue, mais se devait d'admettre que les lois de la guerre étaient loin d'être en accord avec l'éducation qu'elle avait reçue : toutes les batailles qu'on lui avait vantées se résumaient à une victoire ou une défaite, plus ou moins glorieuses, mais elle n'avait jamais mesuré jusqu'à ce jour les horreurs et les souffrances que cela représentait pour les populations. Désormais, sur le terrain, elle se rendait compte de la triste réalité des choses... Elle songeait d'ailleurs à quitter Pleaux pour retrouver le calme de Miremont lorsque son gendre affirma :

— Je vais laisser une partie de mes hommes pour tenir et occuper la ville, mais il ne faut pas nous endormir sur nos lauriers et je pense qu'il est temps de nous en prendre à Mauriac !

— Mauriac ? N'est-ce pas un trop gros morceau ?

— Qui n'ose rien n'a rien ! Et il ne faut pas rester sur un succès sans tenter d'en remporter un second... François de Lignerac s'est empressé de fuir loin d'ici, mais je me doute bien que c'est pour rassembler des troupes et venir se venger de l'affront que nous lui avons fait subir ! Je viens de faire enfermer les bourgeois de Pleaux, et ils ne seront libérés que contre rançon.

— Ce qui va encore envenimer les choses, ne croyez-vous pas ?

— La guerre, c'est la guerre, et c'est... de bonne guerre, si j'ose dire !

* *
*

Magdeleine ne fit qu'une brève halte en son château de Miremont, le temps de rassurer Françoise sur le sort de cette équipée, et surtout ses deux autres filles, Rose et Marguerite :

— Ne sortez surtout pas ! Ici, vous serez en sécurité.

— Mais pourquoi ne restez-vous pas ici avec nous, mère ? osa grommeler Rose, qui atteignait déjà l'âge de femme et tenait à le montrer.

— Parce qu'il est de mon honneur et celui de notre nom de me battre pour défendre notre cause.

— Mais... se battre, c'est bien le rôle des hommes, non ? s'interrogea Marguerite.

Elle sourit.

— C'est en général vrai, ma petite. Mais comme j'ai appris depuis l'enfance à monter à cheval, à manier l'épée et à tirer au pistolet comme à l'arquebuse, j'estime de mon devoir d'apporter ma contribution aux batailles à venir !

— Mais n'est-ce pas dangereux, mère ?

— Marguerite et Rose, mettez-vous bien dans la tête que le seul fait de naître et de vivre est la chose la plus dangereuse au monde...

La dame de Miremont, bien que troublée qu'elle fût de découvrir les atrocités des combats, n'hésita pas à participer, en premières lignes et les cheveux au vent, à diverses incursions dans la région, lesquelles avaient le don d'irriter plus que jamais Gilles de Montal qui n'avait jamais digéré le mépris de Magdeleine. Ne l'avait-elle pas humilié en le traitant de « roquet », alors que malgré la différence d'âge il était l'un des premiers à lui avoir déclaré sa flamme ? Son adoration pour l'héritière des Saint-Nectaire s'était alors transformée en véritable haine, une haine décuplée au fur et à mesure qu'elle s'illustrait avec son gendre en infligeant ici ou là de cinglantes défaites aux forces catholiques !

Françoise, qui hésitait entre peur et enthousiasme, s'inquiéta pourtant lorsque Henri de Bourbon-Malause lui confia son intention de prendre la ville proche de Mauriac, bastion des papistes :

— N'est-ce pas folie ? Tout le monde a pu voir que, depuis la fin de l'année dernière, les habitants de Mauriac ont creusé des fossés le long des enceintes, ont exhaussé leurs murailles, ont muré leurs quatre portes et instauré des tours de garde renforcés... Je crains que ce ne soit qu'imprudence de votre part que de s'en prendre à un si gros morceau !

Henri se déplaça pour attirer tendrement sa femme contre lui.

— Au contraire, ma mie… Le chevalier de Montal a nommé comme capitaines les sieurs Soursac et Besaudun à la défense de la ville, et il est tellement confiant en ces travaux qu'il ne se méfie pas. Autant en profiter alors qu'il pense certainement que nous attaquerons ailleurs !

— C'est vrai, approuva Magdeleine, plus ardente que jamais. La victoire ne sourit qu'à ceux qui osent, et il nous faut oser !

* *
*

L'assaut sur Mauriac ne fut pas aussi aisé que la belle-mère du vicomte de Lavedan l'avait pensé : vers mi-avril, les troupes huguenotes établirent le siège de la cité, mais, faute de canons, ne purent investir la ville malgré trois assauts meurtriers. Contre l'avis de son gendre, Magdeleine n'avait ménagé ni sa fougue ni son audace pour se porter aux premiers rangs, allant même jusqu'à descendre de cheval pour combattre en croisant le fer contre des hommes aguerris. Dès le soir en sa tente, Henri lui en avait fait le reproche :

— À quoi bon mettre votre vie en péril ? Tenez-vous tant à rendre vos filles orphelines ? D'autant plus que ces premières attaques face à la tour Saint-Mary n'étaient qu'une manœuvre de diversion. J'ai des alliés dans la place, et cette nuit nous escaladerons la muraille du côté du Barry-Neuf.

— J'espère que vous ne me mettrez pas à l'écart de ce fait d'armes, mon beau-fils.

Henri soupira en affichant une mine contrite.

— Comment vous en empêcher ? Mais à vous voir guerroyer ainsi, je n'ai qu'une crainte : celle de devoir un jour annoncer à mon épouse les blessures ou la mort de sa mère, ce qui me peinerait d'ailleurs autant qu'elle !

— C'est bien vrai, cela ?

— Je vous l'assure, dame Magdeleine.

* *
*

Malgré une défense héroïque, la ville fut investie dans la nuit. Après avoir franchi les fossés, les assaillants surprirent les défenseurs en grimpant le long du rempart là où il était le plus faible, avant de se répandre dans la rue Neuve et de bousculer l'ennemi. Ce fut aussitôt la débandade : les membres des troupes et milices armées n'eurent vite d'autre choix que celui de fuir ou d'être tués... Si la belle châtelaine ne craignait pas d'affronter soldats et soudards en combats singuliers gagnés au fil de l'épée, elle n'avait nulle intention de participer à ces pillages qui la révoltaient. Les hommes de pied étaient souvent sanguinaires et volontiers cruels, ce qu'ils excusaient en prétendant vouloir venger semblables excès commis par les forces catholiques. Pourtant, en marchant seule et de nuit dans les rues de la ville conquise, Magdeleine, la main sur la poignée de son épée, ne pouvait s'empêcher de frémir en entendant cris et pleurs, supplications et imprécations : portés par le vent de la victoire, les hommes investissaient les maisons des habitants terrorisés, s'y servaient en victuailles et surtout en vin, s'enivraient en chantant et lutinaient les femmes et filles à leur goût, allant souvent jusqu'à les forcer sur leur propre lit sous les yeux de leur mari ou de leurs parents... Le vicomte avait interdit ces pratiques trop courantes parmi les soldats, mais il savait bien qu'il n'était guère écouté. C'était à peine si les protestants de la ville se trouvaient épargnés par ces violences !

Çà et là, des hommes en armes couraient en riant, le pichet à la main. Certains défonçaient les portes qu'on ne leur ouvrait pas, d'autres, les bras chargés, filaient mettre à l'abri les objets de valeur volés dans les maisons bourgeoises. En passant devant l'église Notre-Dame-des-Miracles, Magdeleine ne put qu'entendre les bruits du saccage auquel se livraient les religionnaires les plus acharnés : il leur fallait briser l'autel, abattre les statues de saints, brûler les tableaux, uriner dans les ciboires… Si elle avait sincèrement renié la religion catholique, la châtelaine de Miremont était loin d'approuver ces déprédations qu'elle jugeait inutiles : « Cela ne fait qu'accroître les haines mutuelles ! » Elle sursauta lorsqu'un homme d'armes l'aborda :

— Dame Magdeleine ?

— Oui ?

— Le sieur de Lavedan m'a chargé de vous trouver dans la ville, et voilà qui est fait…

— Que se passe-t-il ?

— On a jeté en prison le consul Pagès, qui a pris une part active à la défense de sa ville, et Henri de Lavedan a installé son commandement en son logis. Vous y trouverez une chambre plus confortable que les tentes de campagne ! Je vais vous y conduire…

— Merci, mon brave. Je vous suis de ce pas !

Le lendemain fut un jour de liesse pour le camp des réformés. Si les saccages continuèrent du matin jusqu'au soir sans qu'il y trouvât à redire, le vicomte Henri de Lavedan se mit en colère lorsqu'il apprit plusieurs regrettables débordements.

— Je veux qu'on m'amène derechef les coupables de cette ignominie ! rugit-il.

Alertée par ses cris, Magdeleine s'inquiéta :

— Qu'y a-t-il encore ?

— Il y a que parmi mes hommes on compte des abrutis qui n'ont rien trouvé de mieux que trancher la main droite du curé Bouissou ! C'est un acte intolérable qui mérite un châtiment exemplaire ! On m'a déjà rapporté plusieurs meurtres, dont celui d'un chambrier du monastère, mais là, ça dépasse les bornes...

— Vous avez raison, mon gendre. Pour ma part, j'ai honte de ce genre de soudards !

— Je tolère déjà rapines et autres débordements, mais ça, non !

— À quoi bon tout détruire dans une ville si l'on veut s'en rendre maîtres ? Qui peut avoir envie de régner sur des ruines ?

— J'entends bien, Magdeleine... J'ai tout de même donné l'ordre de détruire le toit des deux églises pour en récupérer les cloches, mais pour le clocher de celle du monastère, je crains qu'il ne faille pour ce faire mettre le feu à l'aiguille qui la surmonte !

— Les cloches ? Mais pour quoi faire ?

— Les transporter jusqu'à Miremont afin de les fondre... On devrait en tirer assez pour réaliser deux canons !

— Mais personne ne pourra le faire ?

— Bof... J'ai participé à plusieurs sièges durant lesquels de bons forgerons sont venus à bout d'une telle tâche !

— Bien, bien... Mais allons-nous rester longtemps à Mauriac ?

Henri de Bourbon-Malause se mit à rire.

— Pour ma part, non ! J'entends bien continuer la lutte sans me contenter de la prise de cette ville... Je vais y laisser comme à Pleaux cinquante à soixante hommes, afin que de notre côté nous puissions asticoter ailleurs les forces de Montal et de ses affiliés !

— Voilà qui me plaît mieux. Je préfère en découdre sur les champs de bataille, entre gens de guerre, plutôt que d'être témoin des misères qu'engendre l'occupation d'une ville !

— Ah ! Vous m'étonnerez toujours, dame Magdeleine... et je suis fier d'être entré par mon mariage dans la famille d'une telle amazone que vous !

— Amazone, moi ? Vil flatteur que vous êtes !

* *
*

Contrairement à ce qu'elle prétendait, la dame de Miremont, comme on l'appelait avec crainte ou admiration dans la région, s'illustra de la façon la plus guerrière. Depuis son fief et sans attendre les décisions de son gendre, de plus en plus d'humeur chevaleresque elle n'hésitait plus à prendre la tête de ses hommes dans des coups de main sur les forces ennemies. Elle pouvait se targuer d'être suivie comme son ombre par quelques dizaines de gentilshommes prêts à donner leur vie au service de leur héroïne : était-ce pour le prestige de servir une si belle femme ou l'espoir secret de la séduire un jour ? Ils faisaient preuve en s'attachant à son galop d'une bravoure sans égale ! Par deux fois, à la tête de ces quelques fidèles, elle parvint à défaire l'une après l'autre deux compagnies fortement armées, sans perdre presque un seul homme ! Il n'en fallait pas plus pour que ces faits d'armes accouchassent d'une légende : sans qu'elle l'eût voulu, les exploits de Magdeleine de Saint-Nectaire commençaient à se raconter, le soir, autour de la cheminée des chaumières... Pour les uns un démon de Satan, pour les autres un archange portant le glaive de Dieu ! Avec toujours plus d'audace, elle avait pris l'habitude de montrer l'exemple en chevauchant à la tête de ses hommes, sans heaume ni morion, et sa chevelure blonde au vent, pour engager le fer avec une hargne qui l'étonnait elle-même.

Chacune de ses courses sauvages se soldait par une victoire, et Henri de Bourbon finit par lever les yeux au ciel.

— Mais comment faites-vous, ma dame, pour conduire une si maigre compagnie d'une cinquantaine d'hommes à autant de succès, et pratiquement sans pertes ? Il n'est pas une armée au monde qui ne voudrait s'adjoindre de tels combattants !

— Savez-vous garder un secret, Lavedan ?

— Soyez-en sûre, dame Magdeleine !

— Je ne sais si je devrais vous le confier, parce que mère de votre femme, mais j'estime pouvoir vous le dire bec à bec et en compagnons d'armes, à condition que vous en restiez discret : si j'ai longtemps respecté mon veuvage, si j'ai refoulé durant des années tous ceux qui souhaitaient me coucher dans leur lit, il n'en est pas moins vrai que la privation d'un mari à un âge où la nature féminine a encore des exigences m'a longtemps été difficile à supporter. Mais depuis que je suis devenue grâce à vous calviniste sincère, je n'ai plus le devoir de confession…

— Devinerais-je déjà à quoi vous voulez en venir ?

— Peut-être, Henri. Nous avions besoin de gentilshommes pour se battre à nos côtés, et beaucoup d'entre eux espéraient depuis longtemps un battement de cils de ma part !

— Seulement pour vos beaux yeux ? J'en doute !

— C'est vrai qu'ils attendaient tous de tendres attentions de ma part et qu'ils sont souvent déçus. Mais… parfois…

— Parfois ?

— Parfois, lorsque la frustration est trop forte, il m'arrive de céder à la tentation en attirant en mes draps l'un de mes adorateurs, je l'avoue. Mais chaque fois en lui précisant que ce n'était que pour une nuit, et pas deux !

— Sauf votre respect, dame Magdeleine, il y a là le risque de passer pour une ribaude, de luxe certes, mais ribaude quand même ?

— Tant que cela reste entre ces gentilshommes et moi, que m'importe ? Nous en sommes tacitement complices…

Mais n'allez pas croire pour autant, Henri, que je m'adonne quotidiennement à ce genre d'exercices... Sans aucun doute moins souvent que vous vous êtes vous-même montré infidèle envers ma Françoise, lors de vos absences pour faits de guerre...

Henri de Bourbon-Malause ne lui laissa pas le plaisir de rosir sous l'allusion, mais son sourire un peu narquois signifiait bien qu'il saurait langue garder... à condition que sa belle-mère en fît autant sur ses supposées frasques !

35

Laissant Mauriac aux mains d'une soixantaine d'hommes, Henri de Lavedan et Magdeleine se consacrèrent aussitôt à de nouvelles expéditions militaires. À la tête de leurs troupes, ils s'en prirent à plusieurs bourgades qu'ils n'eurent guère de mal à conquérir, où là encore la résistance catholique abdiqua. Les calvinistes fêtaient encore leur victoire lorsque la nouvelle de la mort du roi Charles IX parvint en Auvergne.

— En voilà un que je ne pleurerai pas ! s'exclama Magdeleine, dont la jambe bandée témoignait de l'ardeur qu'elle avait mise aux combats au corps à corps. La Saint-Barthélemy serait-elle vengée ?

— Je n'en suis pas si sûr… répliqua Henri de Bourbon-Malause. Son frère Henri ne devrait guère hésiter pour abandonner son royaume de Pologne au profit de la couronne de France, bien plus prestigieuse ! Et Henri n'est pas faible comme son frère défunt et il saura s'arracher à l'influence de sa mère Catherine, laquelle se montrait plus tolérante envers nous.

— Raison de plus pour continuer à combattre afin de pouvoir exercer notre foi ainsi que nous le voulons !

— Vous avez raison, dame Magdeleine. Le vicomte de Gourdon tient pour les protestants, entre autres, les villes de Beaulieu, Saint-Céré et Argentat. Nous avons Pleaux, Mauriac et Vic. J'aimerais bien y ajouter et soumettre Chaudes-Aigues, dont je suis officiellement baron et qui n'est qu'à moins d'une quinzaine de lieues d'ici !

— Je suis partante !

— Soignez d'abord votre cuisse, voyons !

— Pff ! Une simple estafilade qui ne me fait même pas souffrir…

Chaudes-Aigues… Une ville longtemps réputée catholique, mais dont les habitants, pour beaucoup, avaient depuis des années été séduits par les idées de la Réforme, aussi bien dans la noblesse, la bourgeoisie ou le petit peuple. Ce qui expliqua peut-être pourquoi elle se rendit aussi rapidement face au siège qui s'annonçait au pied de ses murailles : hormis quelques escarmouches assez sévères avec un petit nombre de défenseurs, ce fut assez aisément, contrairement aux craintes que nourrissaient les assaillants, que la cité se résolut à accepter d'être dirigée par des huguenots ! Les habitants préférèrent vite accepter les conditions de l'envahisseur :

— Avec pour seule clause celle que vous laissiez les catholiques de Chaudes-Aigues continuer à pratiquer leur culte ! avaient insisté les consuls de la ville. D'autant que plus de la moitié de nos gens sont déjà acquis à la Réforme…

— Alors nous verrons dans les jours prochains, avait répondu Henri. Si nul incident grave ne trouble notre installation en ces murs, je saurai me montrer tolérant, et j'interdirai toute destruction massive et toutes représailles envers les papistes si, grâce à vous et à la population, tout se déroule dans le calme.

* *
*

Un émissaire venu de Miremont vint refroidir son enthousiasme. À peine après avoir mis pied à terre, le cavalier oublia les formules de politesse. Essoufflé par sa course, il ahana :

— M… messire ! Depuis que vous êtes parti de chez nous, les choses se compliquent à Mauriac : M. de Turenne nous a informés sous le sceau du secret de ce qui se prépare sous l'autorité de M. de Saint-Hérem…

— Saint-Hérem ? s'exclama Magdeleine. Il doit être furieux de nos victoires : toute cette partie d'Auvergne est presque entièrement sous notre contrôle, et la majorité de la population acquise à notre cause !

— Mauriac, dis-tu ? s'enquit Henri. Une contre-attaque, peut-être ?

— Pas encore… mais le vicomte de La Tour d'Auvergne tenait à vous prévenir que, face à toutes les villes que vous avez conquises, l'ennemi est en train de réagir !

— Et qu'est-ce à dire ?

— Que le sieur de Saint-Hérem, gouverneur de la province pour le roi, le sieur de Montal, son lieutenant en Haute-Auvergne, et le baron de Cornusson, gouverneur du Quercy, ont appelé toute la noblesse catholique, dont messire de Noailles, à les rejoindre sous leur bannière. Ils sont en train de rassembler deux mille hommes de pied et plus de cinq cents chevaux. Mauriac serait leur première cible.

— Oh, oh ! Voilà du sérieux, dirait-on ? Et peut-être le moment de réviser nos plans et de lever le camp…

— Comment ? s'indigna sa belle-mère. Mais pourquoi abdiquer avant même de combattre ?

— Plutôt que de lutter sans espoir de l'emporter et avec de fortes pertes, mieux vaut céder la place et porter le fer ailleurs... mais en leur laissant une ville sans défense.

— Sans défense ?

— Oui ! Dès demain, nous rejoindrons Mauriac. Et je vais y donner ordre d'y brûler les faubourgs et tout ce qui se peut dans la ville, démanteler les fortifications, faire sauter à coups de pétard les portes d'entrée, pour que nous puissions y revenir plus tard et reconquérir facilement les lieux.

— Mais que faire ensuite ?

— Faute de mieux, nous replier sur Pleaux. Saint-Hérem et les siens, après Mauriac, voudront certainement y prendre leur revanche !

— Vous n'avez sans doute pas tort, Henri, car Montal ne cessera jamais de me poursuivre d'une haine implacable !

Le vicomte de Lavedan éclata de rire.

— Croyez-vous vraiment que, s'il se démène autant, c'est plus par dépit amoureux à votre égard que pour soutenir la cause papiste ?

Magdeleine se fendit d'une moue ambiguë.

— Je ne l'exclus nullement, mon cher Henri...

* *
*

Le retrait de Mauriac se fit sans précipitation, les religionnaires sachant que les forces à réunir contre eux demandaient un temps certain. Temps qu'ils mirent à profit pour ruiner les défenses de la ville, au moyen d'explosifs et d'incendies ravageant des quartiers entiers.

— Ce n'est sans doute pas très glorieux, s'en excusa Henri à sa belle-mère, mais il est hors de question de laisser à Saint-Hérem une ville intacte et prospère ! Je pense que nous avons quelques jours devant nous, et je prévois d'abandonner cette ville dès la fin de ce mois de juillet.

La dame de Miremont ne prit même pas le temps de rejoindre son fief, préférant accompagner les troupes pour défendre Pleaux, ville qu'elle avait contribué, à la force de son épée, à arracher au camp catholique. Elle fut étonnée de retrouver une cité assez calme malgré les récentes horreurs qui s'y étaient commises. Comme si, pour la population, le souci de se nourrir et de vivre restait plus important que les considérations religieuses. L'ambiance se tendit lorsqu'une compagnie menée par Gilles de Montal se positionna à proximité de la ville.

— Ses hommes s'installent, mais ne s'approchent pas ! constata Magdeleine. À mon avis, ils se préparent à un siège en règle.

— C'est vrai qu'ils sont nombreux, et on dirait même qu'ils disposent d'un canon.

— N'oubliez pas les troupes rassemblées par Saint-Hérem pour se joindre à celles de Montal afin de nous chasser de Mauriac !

— Pas si sûr. Je viens juste d'apprendre que Saint-Hérem a laissé à Mauriac deux cents arquebusiers, pas plus. N'ayant pas assez de pièces d'artillerie, il aurait déjà quitté la région en direction du Rouergue pour y quérir les canons qu'il lui faut pour mener ce siège. Mais je crains surtout qu'il n'envisage autre chose de plus préoccupant : poussé par Gilles de Montal, il est fort possible qu'il veuille s'en prendre à Miremont !

Magdeleine pâlit.

— Miremont ? Vous croyez ? Mais comment le défendre, puisque Montal a réuni assez de gens pour nous empêcher de sortir des murs de Pleaux ?

Henri de Lavedan n'était pas homme à se laisser intimider.

— Je vais envoyer dans l'heure un messager pour demander de l'aide aux autres chefs protestants avec qui nous avons un devoir de secours mutuel. À savoir Gourdon, Langoiran et La Haye. Ils ne devraient pas mettre plus d'une semaine pour nous rejoindre et nous prêter main-forte !

* *
*

Si le vicomte de Lavedan avait des informations, il en allait de même dans le camp catholique. Lorsque Gilles de Montal apprit les mouvements de troupes de Gourdon, La Haye et Langoiran, bien que disposant de forces supérieures en nombre à celle des assiégés de Pleaux, il préféra se retirer avec ses hommes au bout de trois jours, avec l'espoir de trouver un moment plus propice pour assouvir sa haine envers la dame de Miremont. Cette retraite prématurée fut saluée par les clameurs de joie et les quolibets des défenseurs, mais Henri de Bourbon-Malause ne cria pas victoire.

— Saint-Hérem a de la suite dans les idées, il ne tardera pas à revenir soutenir Montal avec des cohortes armées considérables, et nous ne pourrons tenir à la fois Pleaux et Miremont !

Magdeleine de Saint-Exupéry acquiesça de la tête.

— Ce qui signifie qu'il serait plus sage d'abandonner cette ville pour nous consacrer à la défense de notre fief ?

— Oui. Mais, avant cela, je tiens à ce que Pleaux se souvienne longtemps de notre passage ! Comme à Mauriac, qu'on brûle les faubourgs, qu'on abatte les portes de la ville, qu'on démantèle les enceintes et qu'on en ruine les fortifications à coups de pétard... Ensuite seulement nous nous replierons sur Miremont.

Il en fut fait ainsi et, durant deux jours, la cité résonna du bruit des explosions sous des volutes de fumées noires, âcres et piquantes. Et, surplombant l'agglomération, les flammes du château incendié de Soubeyre illuminèrent longtemps la nuit.

— Il n'était pas question que je laisse intacte la demeure de François de Lignerac ! se félicita Henri de Lavedan en prenant la tête de ses troupes et des chariots chargés du butin des pillages.

* *
*

Magdeleine retrouva avec plaisir les murs de son château, ses filles et ses fidèles.

— Ah ! Franchou, Déodat... Vous m'avez manqué autant que Rose et Marguerite ! Et Henri se languissait de ma Françoise... Mais enfin, je suis chez nous.

— Mais vous boitez, ma dame ?

— Ce n'est rien, je vous assure...

Contrairement à son épouse, Déodat usait souvent du voussoiement avec la maîtresse des lieux. Pourtant, ce jour-là, il s'emporta comme si la châtelaine de Miremont était encore une gamine :

— Mais c'est folie que tu prennes part à des combats comme de la vulgaire piétaille ! Ce n'est pas la place d'une femme, voyons, et encore moins d'une noble dame !

— C'est pourtant grâce à toi que je tire bien mon épingle du jeu dans l'usage des armes, non ?

— Ce n'est pas une raison ! Si je l'ai fait, c'était pour que tu puisses te défendre.

— Se défendre, dis-tu ? Eh bien, on va sans doute en avoir l'occasion : d'après ce que l'on croit savoir, les papistes sont en train de se rassembler pour enlever Miremont, avec des milliers et des milliers d'hommes et des pièces d'artillerie !

Franchou s'affola aussitôt.

— Mais jamais nous ne pourrons tenir !

— Nos fortifications ont la réputation d'être imprenables, et des forces protestantes sont déjà en route pour faire face avec nous aux armées de Saint-Hérem.

* *
*

Jamais les murailles de Miremont n'avaient connu une telle multitude bruyante ! Avec l'arrivée des troupes de soutien des protestants du Quercy et du Limousin, à l'intérieur de la vaste enceinte, tout l'espace fut bientôt envahi de tentes de campagne, d'une nuée de gens d'armes et de dizaines de chevaux, pour lesquels on établit à la hâte des écuries de fortune. Un brouhaha incessant s'échappait de la forteresse, alimenté de cris, de rires, de chants et de jurons : pour les soldats, il fallait bien se donner du cœur au ventre dans l'attente de jours qui s'annonçaient difficiles. Magdeleine prit d'emblée conscience des périls qu'imposait une telle affluence.

— Nous avons assez d'espace pour loger toute cette soldatesque, mais qu'en sera-t-il de la nourrir ? Dans un premier temps, nous pouvons y faire face, mais ensuite ? Si nous sommes vraiment soumis à un siège dur au point de nous affamer tous ?

— Nous avons depuis longtemps accumulé des victuailles non périssables, et nous avons un point d'eau qui est inépuisable...

— Pour l'eau, je suis confiante. Mais pour les provisions de bouche, si abondantes soient-elles, elles ne satisferont pas longtemps les estomacs d'une telle troupe !

— Rassurez-vous, dame Magdeleine, rétorqua Henri. Je connais les atouts de notre position escarpée, ce qui nous permettra d'envoyer et de recevoir des messagers agiles. Bâti comme il l'a été sur une si grande surface, et le relief aidant, jamais Miremont ne sera victime d'un siège totalement hermétique ! Mais je m'oppose formellement à ce que la grand-mère de mon futur enfant risque encore sa vie en se mêlant aux combats.

— Lorsqu'un fils ou une fille sortira du ventre de ma Françoise, ne lui manquera-t-il pas plus un père qu'une grand-mère ? En conséquence, ce serait plutôt à vous, mon gendre, de prendre garde à vous pour ne pas être un jour le défunt père d'un orphelin !

Déodat, toujours aussi discret, frappa à la porte du cabinet avant de l'entrouvrir pour signaler :

— Le vicomte de Gourdon désirerait vous entretenir, messire Henri.

— Fais-le donc entrer, mon brave.

Antoine de Gourdon, chef des huguenots du Quercy, était un homme d'action, certes, mais aussi un guerrier redoutable, ce qui ne l'empêchait pas d'avoir les attitudes les plus courtoises. Après avoir salué Magdeleine, il fit face à Henri qui lui demanda :

— Êtes-vous bien installés à Miremont, et vos troupes aussi ?

— Au mieux, mais là n'est pas l'objet de notre entretien. J'ai reçu un discret message du vicomte de Turenne...

— Encore ? Viendrait-il se joindre à nous ?

— Ce serait plutôt le contraire ! On vient de m'assurer qu'il participerait au siège de Miremont, mais dans le camp adverse.

— Comment ? s'indigna Magdeleine. Lui qui se disait si proche de nos idées ?

— C'est justement ce qu'il me charge de vous rapporter : le vicomte est sur le point d'abjurer le catholicisme et de se convertir à notre cause, mais il ne peut le dévoiler encore, trop proche qu'il est de la famille royale.

— Alors ?

— Alors il nous assure vouloir affronter nos murailles aux côtés de Saint-Hérem, Montal et leurs affiliés, mais simplement pour donner le change : moins de trois cents hommes !

— Mais que n'ose-t-il encore clamer haut et fort qu'il est protestant de cœur ? s'indigna Magdeleine.

— Il nous confesse ne pouvoir se déclarer pour le moment en faveur de la religion réformée, tant sa situation vis-à-vis de la Cour est encore délicate... Mais qu'il nous confiera secrètement tout ce qui pourra nous aider à résister.

— Un double jeu qui m'étonne de lui, grogna Henri.

— Il aurait voulu se déclarer des nôtres plus tôt, mais la récente arrivée du duc d'Anjou et roi de Pologne sur le trône de France, sous le nom d'Henri III, l'incite à une certaine prudence.

— Plutôt une preuve de faiblesse, non ?

— Je ne crois pas, répondit le vicomte de Gourdon. Je trouve plutôt heureux d'avoir, en sous-main et dans les rangs de nos ennemis, un grand homme favorable à notre camp !

— J'espère que vous avez raison...

36

Il ne fallut que quelques jours pour voir s'approcher les armées qu'avaient pu rallier le gouverneur de Haute-Auvergne, Gaspard de Montmorin de Saint-Hérem, et Gilles de Montal, baron de La Roquebrou : une marée d'hommes fortement armés, suivis par des paires de bœufs acheminant de puissantes pièces d'artillerie. Franchou, Françoise, Rose et Marguerite regardaient avec angoisse l'approche de ces troupes.

— Jamais nous ne résisterons à une telle armada ! s'horrifia Françoise. Ces gens-là sont pour le moins dix fois plus nombreux que nous...

Magdeleine, qui venait de les rejoindre au sommet du donjon, se récria aussitôt :

— Il n'est nullement question que Miremont se rende ! Il y va de l'honneur des Saint-Exupéry, des Saint-Nectaire, mais aussi des Bourbon... Sachez-le bien, mes hommes lutteront jusqu'au dernier, et moi aussi !

Son gendre Henri de Lavedan était du même avis :

— Céder face à Saint-Hérem, ce serait déjà se retrouver en geôle... Mais avec Montal, ce serait pis encore et un véritable massacre ! Jamais il ne laisserait quiconque de vivant à

Miremont, et il détruirait cette forteresse pierre par pierre jusqu'à ce qu'il n'en reste rien. Et tout cela parce qu'il vous hait, dame Magdeleine !

— À ce point-là ? Parce que je l'ai éconduit comme tant d'autres prétendants qui, eux, font toujours partie de mes amis ?

— Il est ainsi des gens pour qui la rancune prime tout, même des années après, affirma le vicomte de Gourdon. Gilles de Montal ne cesse de clamer depuis des lustres qu'il n'aura pas de repos avant d'avoir tué la dame de Miremont et anéanti son château !

Magdeleine exhala un long soupir.

— Si tous ceux qui ont vainement voulu ma main s'étaient montrés aussi vindicatifs, il y a longtemps que je serais morte ! Heureusement que j'ai quelques amoureux plus muets sur leurs sentiments...

Son gendre lui adressa un sourire complice.

— Je préfère faire semblant de n'avoir rien entendu, ma dame...

Même si on n'eût pu lui faire avouer sous la torture, depuis son veuvage Magdeleine se refusait à toute liaison sérieuse, mais la nature est ainsi faite que l'abstinence totale n'entrait pas dans les considérations d'une femme aussi vive et avide de la vie ! La garde rapprochée de nobles entièrement dévoués à sa cause ne lui en tenait pas rigueur : tous ces fidèles lui vouaient un véritable amour, qu'il fût paternel, fraternel ou assez ouvertement avec des espérances plus charnelles. Une faveur que la châtelaine n'accordait qu'avec parcimonie, et avec pour pacte que nul n'en sût rien.

* *
*

Depuis plus d'une semaine, les forces ennemies se pressaient sur toute la partie accessible de la forteresse, et elles installaient leurs camps à quelque distance pour isoler la place. Des milliers d'hommes qui établissaient des abris de fortune aux abords du plateau. Françoise, les mains croisées sur son ventre qui s'arrondissait, ne cachait plus son inquiétude à Franchou :

— Je ne comprends pas comment ma mère peut croire que Miremont pourra résister à une telle meute !

Franchou, bien qu'aussi peu rassurée que la jeune femme, ne pouvait que la réconforter :

— Ma belle... avec un mari tel que le tien qui maîtrise mieux que quiconque les lois de la guerre, nos assaillants se heurtent à une résistance que jamais ils ne sauront briser !

— Mais pourquoi autant de troubles et menaces sur nos murs, alors que j'attends un bébé ?

— Calme-toi, ma douce Françoise... Cet enfant sera du sang des Bourbon, bien sûr, mais aussi de celui des Saint-Exupéry et des Saint-Nectaire ! Et ces nobles noms issus des plus vaillants guerriers de ce royaume sont là pour défendre Miremont.

— Mon époux fera ce qu'il peut avec des troupes inférieures en nombre, mais quel rôle pourrait donc avoir ma mère dans les combats qui s'annoncent ?

— Détrompe-toi, Françoise. Je la connais depuis son enfance, et je peux t'affirmer qu'elle sait mener les hommes d'armes avec l'autorité d'un chef de guerre et qu'elle sait se battre l'épée à la main aussi bien qu'un vieux soldat !

— Mais nous ne sommes ici que moins de trois cents, face à des compagnies presque dix fois plus nombreuses !

— Fais donc confiance aux nôtres, ma belle, et surtout aux solides murs de Miremont : nos ennemis ne sont pas près de l'investir !

La brave femme avait beau affirmer ces propos avec assurance, elle n'en était pas moins secrètement angoissée...

* *
*

Le jour n'était pas encore levé et chacun dormait encore malgré la menace omniprésente, hormis les gardes qui ne cessaient d'épier le camp ennemi. Il y eut d'abord un bruit fort qui éveilla presque tous les habitants, puis ce choc assourdissant qui fit vibrer toutes les murailles. Henri de Lavedan repoussa brusquement le corps de Françoise collé sur son flanc nu avant de sauter dans ses vêtements.

— C'est parti ! clama-t-il. Ils veulent nous pilonner avec leur artillerie... Ma mie, mieux vaut te réfugier avec nos gens sous les voûtes du rez-de-chaussée et du sous-sol.

— Comment ? Nos murs ne seraient-ils pas assez épais et solides pour résister à leurs boulets ?

— Ils devraient... mais les canons sont de plus en plus puissants et, à force de tirs, ils peuvent abattre les plus formidables citadelles ! Je tiens à ce que tu sois à l'abri, car tu portes notre enfant à naître.

— Mais... et toi ?

— Moi ? Il est de mon devoir de résister à cet assaut et de combattre, pour protéger nos vies, la tienne, et celle qui reste à éclore et qui prolongera notre nom !

Le gendre de Magdeleine, arrivé sur la courtine, eut la surprise d'y rencontrer sa belle-mère déjà équipée en guerrière.

— Vous serez donc toujours aussi intrépide ?

— Je n'ai pas appris à manier les armes pour me terrer comme lapin en son terrier !

— Face à tant d'hommes, peut-être plus de deux à trois mille, il serait illusoire de tenter des sorties ! Il nous faut rester en défense...

— Non, non. Pour ma part, et avec les gentilshommes qui voudront bien me suivre, j'entends profiter du fait que nos ennemis soient suffisamment en retrait pour se trouver hors de portée de nos arquebuses. Ce qui nous laisse assez d'espace pour s'échapper d'un côté ou de l'autre et mener des attaques à revers...

— Un plan plutôt fou, non ?

— Assez fou pour que Saint-Hérem et les siens ne s'y attendent pas !

La châtelaine ne plaisantait pas. Si les défenseurs de Miremont s'agglutinaient la nuit dans la cour intérieure fortifiée, ils se pressaient tout au long du jour sur les remparts, prêts à repousser toute attaque. Dès le soir tombé, des gardes se relayaient pour observer le camp adverse, une incursion nocturne étant toujours à redouter. Il apparut bientôt que Gilles de Montal se contentait de faire tonner l'artillerie pour secouer les murailles du château, lesquelles résistaient bien à ces coups de boutoir.

— Nous avons bien fait de consolider au mieux nos enceintes et la solidité de nos murs ! se félicitait Magdeleine.

Une constatation qui était loin de satisfaire son besoin d'action. Ce matin-là, elle réunit ses fidèles, qui pour la plupart lui vouaient un véritable amour.

— Messires ! clama-t-elle devant ses adorateurs. Allons-nous longtemps subir sans bouger ces canonnades ? Il nous faut rendre coup pour coup ! Aussi, qui m'aime me suive, je pars à l'attaque ! Et je saurai récompenser les plus vaillants d'entre vous...

Même si cette dernière phrase pouvait s'interpréter de diverses manières, les gentilshommes à son service y virent la possibilité de passer au moins une nuit en compagnie de leur idole, et ils se levèrent comme un seul homme pour se porter volontaires.

— Nous sommes avec vous, dame Magdeleine !

— Alors que tout le monde soit prêt à la tombée du jour !

Magdeleine savait que Gilles de Montal, malgré ses milliers d'hommes, ne pouvait encercler efficacement le vaste espace de la forteresse, déjà naturellement défendue par des formations de basalte et des dénivelés importants. Aussi, ce soir-là, elle décida de s'échapper des murailles du château en empruntant le profond fossé qui longeait le donjon. Suivie par une cinquantaine de chevaliers voués à sa cause, elle fit un large détour et attaqua les arrières des troupes de Montal et de Saint-Hérem. La pique à la main, la visière relevée pour bien montrer qu'elle n'avait pas peur du danger, ce fut une fois de plus elle qui mena la charge. Les assiégeants ne s'attendaient certes pas à un tel raid, et ils ne durent leur salut qu'à une débandade effrénée. Magdeleine, après avoir ferraillé du fil de son épée, en profita pour embraser un maximum de tentes, et regretta seulement de n'avoir pu approcher un seul des canons disposés contre Miremont afin de le mettre hors d'état de nuire. Alors que sa petite troupe victorieuse qui n'avait à déplorer qu'un blessé léger se décidait à rejoindre le château, elle s'y opposa :

— Mes beaux messires, non ! Nos agresseurs ne semblent s'en prendre qu'aux murs de Miremont avec l'espoir de s'en emparer... Je crois qu'il serait opportun de loger nos chevaux dans des fermes proches ralliées à notre cause. Ainsi, il nous sera plus facile de nous échapper à pied du château, pour récupérer ensuite nos montures et mener des attaques rapides avant de nous retirer vivement ! L'ennemi n'y verra que du feu...

* *
*

Alors que d'incessants tirs d'artillerie ne cessaient de blesser les murailles de l'antique forteresse, la descendante de la valeureuse famille de Saint-Nectaire s'obstinait à se montrer femme de guerre aussi ferme et décidée qu'un vieux capitaine. Menant ses hommes avec autant de grâce que d'autorité, elle infligea tellement de pertes au sein des troupes adverses que son gendre finit par l'imiter. Pourtant, l'artillerie ramenée par Saint-Hérem continuait à faire des ravages : les courtines étaient en plusieurs endroits effondrées, ce qui empêchait la communication entre les tours, et une énorme brèche défigurait le donjon. Mais Miremont tenait. Tenait encore... Avec des provisions et des munitions grâce aux sorties incessantes de Magdeleine et de ses inconditionnels fidèles. Plus de deux mois... deux mois d'explosions, deux mois de pierres éboulées, de toitures effondrées, deux mois de destructions qui révoltaient la châtelaine et ne faisaient qu'accroître sa hargne et sa détermination !

— Dame Magdeleine ?

— Oui, Déodat.

— Depuis le début du siège, j'ai gravé sur ce mur une barre pour chaque tir des canons papistes. J'ai du mal à compter, mais Franchou affirme que cela fait près de neuf cents !

— Si elle le dit, c'est que cela doit être vrai...

En se rationnant, et les sorties de Magdeleine et de son gendre ayant apporté quelques vivres, les troupes assiégées n'étaient pas affamées, contrairement aux assiégeants dont les soldats menaçaient de se rebeller.

— Je crois qu'ils sont à bout ! prit plaisir à annoncer Henri de Lavedan. Un de leurs canons a éclaté hier, un autre est éventré, et ils manquent de vivres et de munitions... et surtout d'argent pour payer leurs soldats !

— Ce n'est pas tout, mon gendre... J'ai su que notre ami le vicomte de Turenne se mord un peu les doigts d'avoir mis symboliquement des forces face à nous.

— Il a pourtant dit qu'il était sur le point d'abjurer la religion catholique et n'a cessé de nous fournir des informations sur les intentions de nos ennemis.

— Mais il nous a fait dire aussi qu'il a perdu hier une vingtaine de ses meilleurs gentilshommes, lesquels, pour faire du zèle, ont voulu se rendre maîtres de notre contrescarpe !

— C'est vrai : n'oublions pas pourtant que Turenne est censé être de notre bord, même s'il ne s'est pas encore déclaré...

De fait, dans les premiers jours de septembre, les troupes amassées autour du château se délitèrent, sous les cris de joie et les chants de victoire lancés du haut des tours plus ou moins foudroyées. Magdeleine en profita pour attaquer les derniers traînards et leur infliger de terribles pertes.

— Et dire que, durant toutes ces semaines, nous n'avons eu à déplorer que peu de morts et quelques blessés ! Alors que chacune de nos sorties a semé la terreur dans leurs rangs...

Henri de Bourbon-Lavedan affichait la même satisfaction, tout en émettant un certain doute :

— Saint-Hérem va quitter la région et devra expliquer aux États du Rouergue pourquoi il leur ramène la plupart des canons prêtés inutilisables ou totalement détruits. Il est fatigué par l'âge et les infirmités et devrait rester tranquille désormais. Mais Montal, lui, ne nous lâchera pas de sa haine, attisée qu'elle est par l'échec de ce siège !

— Sans doute, mais cela nous laisse le temps de respirer un peu...

37

Magdeleine, sans même demander l'avis de son gendre, fit restaurer les murs de Miremont. Si l'assaut des catholiques avait été vif et long, s'il avait été infructueux et avait conduit leurs troupes à la débâcle, les dégâts s'avéraient importants ! Le plus long fut la réparation du donjon, fortement endommagé par les tirs.

— Mais enfin, il a tenu, non ?

Le danger désormais écarté, mieux valait pour elle se consacrer à la grossesse de sa fille.

— Tu verras, Françoise, tu donneras naissance à un gaillard solide comme ton père, ou à une belle garcelette de la trempe de ta mère !

— Pour peu que ce garçon ou cette fille garde le souffle plus longtemps que mon premier enfant…

— Cela ne fait aucun doute, voyons ! Le sort ne saurait longtemps s'acharner.

— Le sort ? Il s'est bien acharné sur nos murs et nos toits !

— Cela n'a rien à voir, c'était le fait des hommes et non de Dieu… et Miremont n'en ressort que plus fort.

— Je préfère oublier ces terribles journées, mère. À chaque tir qui nous atteignait, j'en tremblais autant que les murs de la demeure !

— La peur ne sert à rien, ma fille. Seule l'audace a des vertus pour qui veut résister aux tourments d'une vie.

Françoise eut un sourire un peu envieux.

— Tout le monde ne peut sortir du même moule que vous, mère.

* *
*

La levée du siège de Miremont n'entama nullement la volonté des huguenots à montrer leur force et leur détermination. Alors que les troupes de Lavedan continuaient à piller et rançonner les villes et villages environnants, Magdeleine ne baissait pas la garde : entourée de ses fidèles, elle multipliait les faits de guerre, toujours à la tête de ses troupes, sans casque et la chevelure au vent, loin devant ses hommes et la volonté de vaincre au fond des tripes. Sachant la rancune que lui vouait Gilles de Montal, elle ne cessait de harceler ses compagnies et de leur infliger de cruelles pertes, ce qui ne fit que décupler la rage du bailli d'Auvergne, seigneur de La Roquebrou. Pourtant, cet adversaire tenace sembla bientôt renoncer à se mesurer sur les champs de bataille, comme s'il laissait la région sous la coupe de Miremont.

— Je m'attendais à plus de hargne de sa part ! remarqua un soir le vicomte de Lavedan. Aurait-il abdiqué devant nos forces ?

— Ce serait mal le connaître. Gilles de Montal ne lâchera jamais l'affaire !

— Il se dit qu'il a juré votre mort, rétorqua Henri. Et tout ça par dépit amoureux ?

— Ce petit prétentieux pourrait être mon fils ! Et il prétendait solliciter ma main dès le lendemain de la mort de mon époux... De plus, il n'a aucune distinction et se comporte en bonne société comme les soudards qu'il commande.

— De toute façon, à mon avis, il attend son heure pour repartir à l'assaut de nos murs.

* *
*

En ce tout début d'année, Françoise de Saint-Exupéry-Miremont mit au monde un beau bébé de sexe masculin vite prénommé Henri.

— Il sera Henri II de Bourbon-Malause ! clama aussitôt son père.

Ce à quoi sa femme répondit, échevelée, en sueur et serrant le nouveau-né contre son sein :

— Et il sera aussi vaillant que son père !

Magdeleine s'empara doucement du bambin et conseilla :

— Repose-toi, ma fille. Je vais confier cet Henri II aux bons soins de Franchou, et nous aviserons pour lui trouver une nourrice.

— Non, non, je préfère le nourrir moi-même. Je ne crois pas tous ceux qui disent que cela abîme la poitrine d'une femme !

— Tu as bien raison : comme tes deux sœurs, tu as tété mon sein et, si j'en crois ceux qui me louangent, cela n'a aucunement nui aux charmes qu'on me prête !

— Je suis fière d'avoir pour mère une belle femme que chacun croit être ma sœur !

Magdeleine se mit à rire.

— Te placerais-tu toi aussi dans le camp de mes flatteurs ?

Cette naissance apporta un certain calme au château, malgré le va-et-vient des maçons qui reconstruisaient les murs blessés de la vénérable demeure. Le vicomte de Lavedan ne cessait d'ailleurs de s'étonner :

— C'est vraiment incroyable la vitesse avec laquelle tous ces gens reconstruisent !

— C'est la preuve que nos anciens savaient bâtir solide, avant même l'usage de nos canons ! Mais Montal veut certainement se venger de l'échec de sa dernière campagne. Je ne doute pas qu'il saura obtenir les appuis nécessaires pour reprendre la lutte. Sachant qu'il est en ce moment retiré en son fief de Carbonnières, j'estime qu'il serait judicieux d'en profiter pour lui prendre La Roquebrou. Ça le fera peut-être hésiter à se frotter de nouveau à Miremont ?

— Ou le rendre plus furieux encore ! Mais c'est une idée intéressante, à laquelle il nous faut réfléchir : hormis le château, la ville devrait vite céder à nos assauts !

— C'est ce que je crois. Et mes hommes sont prêts à me suivre si nous décidons de cette opération !

— Peut-être, mais ne nous pressons pas. Nous devons étudier l'affaire et mettre en place une stratégie gagnante !

— J'y ai déjà réfléchi, mon gendre, et je vous soumettrai mes plans dès que possible.

* *
*

La pique à la main, l'épée à la ceinture, les masses d'armes accrochées à l'arçon de sa selle, ses pistolets chargés et prêts à tirer, Magdeleine ne s'affublait plus de ce casque qui lui avait pourtant coûté si cher : la tête libre, elle estimait être plus apte à combattre.

— Il nous faut rester mobiles pour avoir assez de vivacité et surprendre l'ennemi. Ce n'est pas avec le poids de ces lourdes cuirasses que nous pourrons bousculer nos adversaires ! Pour ma part, je me contenterai d'une cotte de mailles et d'un plastron me protégeant le torse. Ainsi, vous me reconnaîtrez aisément à mes cheveux au vent !

— Nous sommes tous avec vous, ma dame !

Pouvait-elle espérer de soutiens plus fidèles ? Aussi réunit-elle le lendemain sa cinquantaine d'adorateurs dans la cour du château.

— Mes gentils amis, comme vous ne l'ignorez pas, mon gendre le vicomte de Lavedan veut partir à l'assaut du fief de La Roquebrou pour infliger à Montal un sérieux revers ! Mais je trouve qu'il attend trop et qu'il s'en tiendra d'abord à un siège classique… Si vous vous en remettez à ce que je pense, il vaudrait mieux, comme nous savons le faire, agir comme un éclair avant même que les nuages de l'orage à venir ne s'amoncellent ! Qui veut bien me suivre ?

Du cercle de nobles tous acquis à sa cause, une immense clameur s'éleva :

— Tous pour vous, tous pour nous, dame Magdeleine !

— Pourquoi attendre, alors ? En route pour La Roquebrou, qu'il nous faut prendre par surprise avant l'arrivée des troupes levées par nos adversaires ! Sinon cela pourrait durer des mois sans vainqueur ni vaincu… Bien que nous soyons peu nombreux, si vous vous en tenez à la stratégie établie, nous avons toutes les chances de l'emporter sans pertes notables !

— Hourra, hourra, hourra ! En avant !

Comment retenir une telle meute ? Elle hurla aussitôt :

— Suivez-moi tous, c'est moi qui conduis !

Sa détermination et son ton de vieux vétéran habitué à commander firent merveille. La petite troupe s'échappa de Miremont et fonça vers le sud en direction de La Roquebrou, sur les rives de la Cère.

Environ quatre lieues seulement, parcourues au pas pour ne pas épuiser les chevaux avant la bataille à venir. Il n'était pas midi lorsque l'escadron parvint en vue de sa cible. Magdeleine leva alors la main.

— Le terrain est si escarpé que nous ne pourrons le conquérir par le haut ! Mieux vaut faire un détour et rejoindre la rivière avant d'attaquer par le bas et profiter que le peu d'hommes que Montal a laissés sur place soient occupés à manger ! Saint-Hérem étant retourné en ses terres, la chute de cette ville est à notre portée.

À distance sur les berges de la Cère, les assaillants considérèrent la bourgade accrochée aux pentes et surmontée du château et de la tour de guet dont le propriétaire n'était autre que Gilles de Montal.

— Nous allons investir la cité depuis le pont sur la rivière, passer la porte dont personne n'a abaissé les herses et remonter jusqu'au château qui ne doit abriter qu'une maigre garnison : le seigneur des lieux a dégarni toutes ses possessions de ses hommes d'armes pour harceler partout les forces réunies par mon gendre... Nous pouvons non seulement nous rendre maîtres de la ville, mais peut-être aussi nous emparer de la forteresse perchée de notre plus acharné ennemi ! En avant !

* *
*

L'attaque se révéla bien plus aisée encore que Magdeleine ne l'eût espérée ! Les cavaliers déboulèrent à l'improviste alors que tous les défenseurs avaient depuis longtemps relâché leur vigilance. Si résistance il y eut, elle s'avéra plus symbolique qu'héroïque : la petite garnison affectée à la garde de la ville rendit vite les armes et les accrochages furent rares. Surprise de rencontrer si peu d'opposition, la châtelaine de Miremont leva la tête pour faire face à la montagne.

— Allons voir si les soldats affectés au château du sieur de Montal se montreront plus vaillants !

Bien sûr, l'accès en était plus difficile et périlleux, mais Magdeleine misait sur le fait que, s'il avait été aussi dégarni de ses troupes que la petite ville, il pouvait n'abriter qu'une poignée d'hommes en armes...

— Gilles de Montal n'a qu'une idée en tête, clama-t-elle, faire tomber Miremont ! Il essaie sans doute de rallier un maximum de piétaille et de cavaliers pour nous assiéger, ce qui explique que La Roquebrou soit ainsi démunie. Mais les murailles de ce château sont solides, et nous n'avons pas de pièce d'artillerie !

— Nous n'avons même pas d'échelles ! s'exclama l'un de ses compagnons. Dès que nous serons à portée d'arquebuse, nous risquons de nous faire tirer comme des lapins !

— Peut-être, mais pas si sûr. Grimpons tranquillement par tous les accès à cette place forte, mais en restant hors de portée de tir. Nous verrons bien !

Une initiative un peu aléatoire, mais qui contre toute logique s'avéra payante : de la tour de guet perchée sur un piton proche de la forteresse, les assaillants virent de loin sortir quatre hommes qui déposèrent leurs armes à leurs pieds, avant même que le premier attaquant ne parvînt aux remparts.

— Quels couards ! se moqua un des gentilshommes proches de Magdeleine. Ils se rendent sans même combattre.

Avec un rire qu'elle ne pouvait contenir, elle répondit :

— S'ils ne sont vraiment que quatre, je les comprends ! Mais qu'en sera-t-il de la forteresse ?

Une crainte bien vaine... Alors que sa petite troupe progressait prudemment de rocher en rocher pour approcher le château, Magdeleine eut la surprise de voir le pont-levis s'abaisser devant elle et ses fidèles.

— Un piège, peut-être ?

Un défenseur la détrompa en s'avançant sous le porche d'entrée en criant :

— Nous ne sommes que sept, ici ! Vous avez déjà pris la ville… Alors pourquoi résister ? Nous ne sommes pas en position de force !

Magdeleine s'avança et répliqua :

— Votre seigneur Gilles de Montal vous a donc abandonnés à votre sort en anticipant d'autres conquêtes à mes dépens ? Cela ne m'étonne pas de lui… Mais, en raison du mépris que je lui porte, je ne lui ferai pas l'honneur de vous faire prisonniers : laissez vos armes et vous serez libres de fuir où vous voulez, de rejoindre ses rangs, ou encore mieux les nôtres !

Un des chevaliers qui la vénérait protesta :

— Cela ne se fait pas, ma dame ! Nous devons enfermer ces gens-là pour qu'ils ne reprennent pas les armes contre nous.

— Non, non ! Je n'ai pas le cœur à permettre qu'on les égorge comme pourrait le faire Gilles de Montal, pas plus que d'en encombrer nos geôles… Ces pauvres soldats n'y sont pour rien et, s'ils retournent vers leur maître, ils seront sévèrement punis de leur trop facile reddition. Ils n'ont donc d'autre choix que de disparaître de la région pour redevenir paysans ou artisans, ou encore de rejoindre nos troupes.

— Des catholiques ?

— Mais allons, Guillaume… Croyez-vous vraiment que ces gars sont papistes dans l'âme ? Pas plus que protestants ! Ce n'est que par hasard et dans l'espoir de quelques gages ou du profit de pillages qu'ils se battent dans un camp ou dans l'autre. Les relâcher ne nous nuira nullement, mais je suppose que Montal en écumera de rage, et cette seule idée me met le cœur en joie !

38

Henri de Bourbon-Malause accueillit la nouvelle avec autant de satisfaction que d'irritation :

— Noble dame de Miremont, vous êtes la mieux placée pour savoir qu'en notre secteur d'Auvergne c'est moi qui, au nom d'Henri de Navarre, suis ici chef des religionnaires ! De quel droit, et sans mon ordre, vous êtes-vous permise avec votre troupe rapprochée de vous attaquer à La Roquebrou ?

Magdeleine, loin de faire profil bas, se contenta d'éclater de rire.

— Je sais que vous vouliez vous en emparer vous-même, en préparant soigneusement un siège qui n'aurait été lancé que d'ici quelques jours... Croyez-moi, l'information aurait vite fuité et Gilles de Montal aurait eu largement le temps de rapatrier ses forces ! C'est bien pourquoi j'ai jugé, avec mes fidèles amis, qu'attaquer à l'improviste cette cité presque dépourvue de défenseurs était la meilleure opportunité pour nous.

— Mais pourquoi ne pas m'en avoir parlé ?

— Allons, Henri... Vous n'avez point voulu m'écouter ! Vous vouliez regrouper vos troupes pour investir en force la ville de notre ennemi avec deux à trois cents soldats... Alors qu'avec moins d'une cinquantaine de mes braves, nous nous sommes emparés de La Roquebrou et de son château presque sans coup férir. Personne n'a été tué dans cette opération, et seul un de mes hommes n'a à regretter qu'une estafilade...

— Je ne peux que vous en féliciter, Magdeleine. Mais pourquoi avoir laissé libres ces défenseurs ? Pour les retrouver face à nous dans les prochains jours ?

— Je ne crois pas, mon cher gendre. En apprenant la chute de son fief et l'occupation de son château, Gilles de Montal serait capable de rejeter sur eux son dépit, et même de les faire pendre haut et court pour ce qu'il appellerait une trahison ! Non seulement nous avons pris leurs armes, mais je gage qu'ils n'ont rien de plus pressé que de se fondre dans la nature et de mettre le plus de distance possible entre eux et leur ancien maître. Peut-être même que la clémence dont j'ai fait preuve à leur égard peut un jour les faire basculer dans notre camp ?

— Bien, bien, n'en parlons plus... Mais puisque vous êtes si fine stratège, que feriez-vous, maintenant ?

— Ne vous leurrez pas, Henri ! Je ne cherche aucun laurier et préfère laisser cette victoire comme étant la vôtre. Je vous recommanderai donc seulement de dépêcher une compagnie de cinquante à soixante hommes à La Roquebrou pour empêcher Montal de reprendre son bien. S'il a appris sa déconvenue, il doit fulminer comme diable en enfer !

* *
*

Oh ! On eut vite des échos de la fureur de Gilles de Montal, mais aucune agression de sa part en retour. Comme s'il attendait son heure pour des représailles qui s'annonçaient sévères. Comme aucune menace n'était en vue, Henri de Lavedan reprit ses troupes pour combattre les papistes : investi par le jeune roi de Navarre, il tenait à conforter les positions huguenotes en la région, d'autant plus qu'Henri III incitait à la lutte contre les protestants. Durant ce temps, Magdeleine, toujours méfiante, en profita avec l'aide de Déodat pour améliorer les défenses de Miremont.

— Quoi qu'en dise mon gendre, Montal n'a pas renoncé à s'en prendre à nous ! Il rumine sa vengeance et cultive sa hargne contre moi. Il nous faut nous préparer à ce qu'il assaille de nouveau le château : s'il ne nous a pas encore attaqués, c'est qu'il s'obstine à réunir des troupes suffisantes pour faire face à nos murailles ! Il nous faut rester vigilants, et prêts à la riposte.

Le mari de Franchou tentait bien de la rassurer, mais il n'arrivait pas à calmer ses appréhensions :

— Allons, dame Magdeleine. Miremont a la réputation d'être une place imprenable ! Même Saint-Hérem et ses troupes s'y sont cassé les dents ! Comment pouvez-vous croire que Montal puisse de nouveau nous faire front avec des forces réduites ?

— Je ne sais, Déodat, mais je te l'assure : ce roquet n'a pas dit son dernier mot !

Elle n'avait pas tort : si le chevalier de Montal, fier de son récent titre de lieutenant général du roi en Haute-Auvergne, ne se manifestait pas, c'était, comme elle le pressentait, qu'il attendait son heure... Elle en fut d'autant plus persuadée le soir où sa fille Françoise, en pleurs, grimpa jusqu'à sa chambre en gémissant :

— Mère ! Mon cher Henri... On vient de m'annoncer qu'il a été fait prisonnier !

Bien qu'un peu inquiète, elle répliqua :

— Cela veut dire qu'il est vivant, et même pas blessé ! Comment cela s'est-il passé ?

— D'après ce qu'on m'a raconté, c'est lors d'une bataille qu'on m'a dit s'être déroulée au Puy-Quinsac... mais je ne sais pas où ça se situe.

— Et contre qui ?

— On m'a seulement précisé qu'il était détenu par le sieur François de Lignerac.

— Lignerac ? Ce n'est pas une si mauvaise nouvelle, après tout...

— Mais n'a-t-on pas brûlé son château, à Pleaux ?

— C'est vrai, mais Lignerac a aussi incendié le nôtre, au Doignon, dès qu'il a pu reprendre le contrôle de sa ville ! Ce sont là des faits de guerre, et il ne faut pas oublier qu'en dehors de ces affrontements les Lignerac entretenaient des rapports amicaux avec Miremont, même si nous sommes depuis d'un autre bord. Si tu veux m'en croire, Françoise, tu retrouveras vite le père de ton petit Élie, contre une rançon que nous pourrons aisément payer !

— C'est vrai, mère ?

— Puisque je te le dis...

* *
*

Le courage et la beauté inaltérable de Magdeleine faisaient que, bien souvent, elle n'ignorait rien des intentions de Montal : par admiration pour elle, plus d'un gentilhomme du camp adverse, souvent assez timide catholique mais ayant choisi le camp lui étant le plus favorable, lui faisait parvenir par messager et sous le sceau du secret quelques informations.

— Ce lèche-bottes a écrit maintes lettres au roi Henri et à Catherine de Médicis, dans lesquelles il demandait de l'aide pour contenir notre garnison de Miremont, qui selon lui se livrerait à des pillages et troublerait les paysans de la prévôté dans la levée des récoltes ! Mais il n'a pas eu de troupes envoyées par le pouvoir royal, seulement un encouragement à s'en prendre à nous...

— Sans renforts, remarqua un soir Jehan, l'un de ses fidèles les plus proches, il ne pourra envisager une attaque d'ampleur !

— Détrompe-toi, Jehan. Il sait désormais que les compagnies de mon gendre Lavedan sont privées de leur redoutable chef, et je parierais gros que cela l'engage à oser un affrontement direct !

— Il est vrai que les troupes qui étaient sous les ordres du vicomte sont plutôt découragées !

— Eh bien, je vais les remotiver, moi !

— Mais comment, ma dame ?

Sans aucune honte, elle le prit par la main.

— Je veux bien t'expliquer cela en ma chambre, mon cher ami...

— Moi ? s'exclama le gentilhomme chevalier en rougissant. Mais ce serait la première fois que je...

— Rassure-toi, il n'y en aura pas de seconde ! l'interrompit-elle. J'exige seulement que ce soit sans lendemain et que cela reste dans la plus stricte confidentialité ! Nous sommes d'accord ?

Trop heureux d'être ainsi invité en la couche de cette maîtresse femme que chacun admirait, incrédule encore d'en être l'élu d'un soir, Jehan balbutia :

— Je suis à vos pieds, gente dame Magdeleine !

— Allons, allons... Je préfère que tu sois en mon lit plutôt qu'à mes pieds ! Mais seulement pour une nuit, pas plus.

— J'espère alors qu'elle sera tellement emplie d'amour qu'elle restera à jamais la seule que je garderai au fond de mon cœur jusqu'à ma dernière heure...

Magdeleine ne put qu'éclater de rire.

— Cela, seules les années d'une longue vie pourront te le dire ! Quant à moi, je me contenterai des quelques heures à venir…

* *
*

Dès le lendemain, comme requinquée par de tendres ébats qu'elle ne s'accordait que rarement, la dame de Miremont se rendit dans l'enceinte où s'élevaient les tentes des religionnaires. Elle fit sonner la trompe pour que chacun l'écoutât.

— Mes amis ! Je sais que vous combattez tous pour la cause ! Mais je sais aussi que vous êtes désemparés depuis que vous êtes sans l'admirable chef que vous a été mon gendre, qui pour le moment est malheureusement captif du sieur de Lignerac. Ce n'est pas une raison pour baisser les bras ! Parce que je sais que Montal va profiter de ce que vous êtes sans meneur pour essayer à nouveau de prendre Miremont. Vous êtes ici plus de deux cents ! Mais vous savez aussi qu'avec moins de cinquante hommes j'ai emporté La Roquebrou et son château en moins de deux heures…

Tous les soldats accueillirent cette évocation par des acclamations et des hourras. Magdeleine poursuivit :

— Je ne suis pas chevalier, ni capitaine, ni lieutenant, mais je sais manier l'épée, la pique, la masse d'armes et les pistoles. Aussi, si vous voulez bien me faire confiance, je ne vois pas d'autre issue que de prendre moi-même la tête de la défense de Miremont !

Son ardeur dans son discours eut un effet immédiat, et ce fut sous une immense clameur qu'elle prononça ces derniers mots :

— Merci, vous tous ! Maintenant, j'entends bien rencontrer tous les responsables de section dans la grande salle du château afin que nous élaborions une stratégie en cas d'attaque.

— Nous sommes avec vous, ma dame !

— Tous ensemble ! Tous contre Montal et sa piétaille...

— Vive dame Magdeleine !

— À mort les papistes !

* *
*

Les alarmes de la maîtresse de Miremont étaient loin d'être vaines. En fin de semaine, les guetteurs signalèrent à force de trompe l'approche des premiers bataillons de Gilles de Montal. Du haut de son donjon, Magdeleine sourit.

— Il n'a pas été capable ou n'a pas eu le loisir de s'armer de canons ! Sans doute parce qu'il vient de se précipiter en pensant que la capture de mon gendre affaiblirait nos troupes... Nous échapperons donc dans un premier temps aux canonnades qui nous ont si fortement ébranlés l'année dernière.

Déodat, depuis que Lavedan ne dirigeait plus les forces regroupées à Miremont, ne lâchait plus Magdeleine d'une semelle. Son expérience d'ancien écuyer de Nectaire était précieuse pour la maîtresse des lieux qui venait de s'imposer comme véritable cheffe de guerre.

— Ma dame, commença-t-il, il me semble que le sieur de Montal ne nous oppose que quelques centaines d'hommes qu'il tient à distance, comme s'il voulait nous empêcher de sortir, mais sans tenir un siège rapproché.

— C'est bien ce que j'ai constaté, mon brave Déodat ! Et j'en conclus qu'il ne s'est mis en retrait que dans l'attente de renforts plus nombreux.

— Peut-être... mais s'il pense nous empêcher de sortir de Miremont avec des lignes aussi espacées, il se trompe ! Malgré le siège intense de l'année dernière et les tirs d'artillerie, vous avez réussi nombre de sorties face à une véritable armée.

— Tu veux donc dire que nous pouvons toujours échapper à une nasse aux mailles aussi lâches, c'est bien ça ?

— Oui, mais une ruée en masse pour forcer le passage reste trop souvent meurtrière.

— Si nous voulons continuer à mener des actions, il serait donc logique de nous échapper en plusieurs points, non ?

— Si vous voulez m'en croire, avec une vingtaine de cavaliers ou plus, il faut que chacun tente de passer par un point différent, et pas tous en même temps : nos adversaires se concentreront sur un premier à droite, avant de s'apercevoir qu'un deuxième fonce à gauche, puis qu'un autre essaie de passer au centre, et ainsi de suite. Cela dispersera en tous sens ceux qui voudraient empêcher la moindre sortie ! Il suffira alors que nos hommes se soient mis d'accord sur un lieu de ralliement à une ou deux lieues d'ici pour reformer un escadron capable d'agir et de nuire à ceux qui s'en prennent à nous !

— Belle manœuvre, Déodat ! J'avais un peu la même stratégie, mais la tienne est plus élaborée.

— Eh ! C'est pas aux vieux canassons qu'on va apprendre à ruer dans les brancards !

39

Forte de ces conseils et après avoir affiné cette tactique militaire, Magdeleine se lança dans plusieurs incursions sur des terres réputées catholiques, afin d'y piller des provisions en cas de siège prolongé. Son ennemi juré, Gilles de Montal, vexé de ces allées et venues qu'il n'arrivait pas à juguler, finit par retirer de l'encerclement de Miremont plusieurs compagnies pour mettre fin à ce trafic. Son adversaire de toujours n'attendait que cela : à la tête de ses fidèles gentilshommes, par deux fois en une semaine elle attaqua de front les escouades envoyées pour la défaire. En chargeant avec audace et toujours en première ligne, tout en encourageant de la voix sa petite troupe à plus de cran, elle réussit à anéantir deux des bandes armées chargées de mettre fin à ses razzias. De retour au château après une dernière virée, en sueur et ne souffrant que d'une légère entaille au bras, elle félicita aussitôt tous ceux qui avaient participé à cette action :

— Nous n'avons laissé de ses troupes que morts et blessés alors que nous n'avons perdu qu'un seul homme. Ce cher Gilles va sans doute écumer de courroux ! Mais je le connais assez pour savoir que ces échecs répétés ne le feront pas renoncer ! Nous devons nous attendre au pire de sa part...

Si les bataillons calvinistes installés au château s'étaient sentis assez désarmés après la capture d'Henri de Lavedan, ils se trouvèrent vite remotivés par l'attitude de la propriétaire des lieux. Les faits d'armes de Magdeleine à la tête de sa petite garde rapprochée les firent vite changer d'avis. Comment ne pas se montrer admiratif devant la façon dont elle menait ses hommes, toujours avec plusieurs longueurs d'avance sur ses cavaliers, juchée sur son fougueux coursier, la lance en pointe à la main gauche, l'épée à la main droite, les pistolets prêts à faire feu ? Chaque combat ne faisait qu'accroître sa réputation de bravoure au sein des forces protestantes, à tel point que toute la garnison lui voua bientôt une confiance inconditionnelle.

— Une vraie maîtresse de guerre !

— Fine tacticienne...

— Et plus vaillante que beaucoup d'hommes !

— Quelle femme fantastique !

En quelques jours seulement, on eût pu croire que tous les hommes en armes de Miremont étaient tombés amoureux de la dame de Saint-Nectaire, comme on l'appelait encore parfois. Magdeleine ne pouvait que profiter de cette notoriété pour entreprendre de nouvelles actions : pas question de laisser ces bataillons inactifs à l'abri des murailles ! Il fallait absolument mener des attaques pour contrarier les plans de Montal. Exaltées par l'exemple qu'elle donnait, les troupes de Miremont infligèrent en rase campagne de nouvelles défaites aux catholiques, jusqu'à disperser deux compagnies de gens de pied.

— Je n'ose imaginer la fureur et la honte de notre ennemi ! s'écria Magdeleine en félicitant ses hommes. Mais il nous faut plus que jamais demeurer vigilants, car il ne doit rêver que de revanche !

* *
*

Durant une semaine, l'étau établi autour de la forteresse se révéla une fois de plus trop lâche pour être étanche et pour vraiment empêcher les assiégés d'aller et de venir. Par grappes de quelques hommes et dans des directions différentes, ils échappaient aux hommes de Montal pour se regrouper ensuite à plusieurs lieues de Miremont. Les filles de Magdeleine avaient beau supplier leur mère de ne plus participer à ces coups de main, son tempérament impétueux l'incitait à rester sourde à leurs appels. Si chaque sortie s'effectuait en ordre dispersé, aucune n'était inutile. La solidarité aidant, Magdeleine et ses hommes s'approvisionnaient en armes et en provisions auprès des seigneurs protestants de la région. Le plus délicat restait le retour à Miremont, mais la manœuvre était bien rodée : la châtelaine ne choisissait jamais le même accès pour mettre les charrois à l'abri de ses remparts. Elle envoyait quelques escouades asticoter les positions catholiques en divers endroits, avant d'effectuer une percée rapide avec l'essentiel de ses forces, qui n'abandonnaient le combat que pour accompagner l'avance des charrettes jusqu'à l'intérieur de l'enceinte, tandis que les défenseurs tenaient à distance leur adversaire sous le feu des arquebusades. Même le taciturne Déodat ne cachait plus son enthousiasme :

— En une semaine, c'est la cinquième réussite de ce genre, et Montal est resté impuissant à y mettre fin... Il doit s'en étrangler de dépit !

— Oh ! Comme je le connais, il ne va pas tarder à réagir...

* *
*

En effet, les choses ne tardèrent pas à se gâter. Il y eut d'abord ces mouvements des unités papistes qui, contrairement à toute attente, ne se rapprochèrent pas des remparts mais au contraire s'en éloignèrent sans pour autant gagner d'autres positions. Magdeleine, accompagnée d'un de ses fidèles capitaines et de Déodat, observait ce manège depuis le sommet du donjon presque entièrement réparé.

— Mais à quoi jouent-ils ? Ils devraient au contraire resserrer les rangs ! Qu'en pensez-vous, mon cher Bussière ?

— C'est en effet assez étrange, reconnut cet expert militaire. Je ne comprends guère leur stratégie qui ne peut que favoriser nos sorties.

Déodat opina du menton.

— Peut-être attendent-ils des renforts ?

Magdeleine secoua la tête.

— Je ne crois pas. Montal, avec l'aide de Claude de Lévy, a rassemblé tous les hommes qu'il pouvait ! Environ mille cinq cents hommes d'infanterie et plus de deux cents chevaux. Si d'autres seigneurs catholiques voulaient se joindre à lui, nous le saurions déjà : du plus humble paysan aux nobles de notre camp, les huguenots sont discrètement partout et les informations circulent vite.

Assez perplexes, la maîtresse de Miremont et ses deux compagnons restèrent de longues minutes à observer les manœuvres du camp adverse. La chaleur était écrasante et la nature tout entière suffoquait sous l'ardeur du soleil. Aussi loin que portait la vue, l'horizon brumeux semblait vibrer...

— Au moins, nos soldats sont au frais à l'ombre de nos murs. Ce qui ne doit pas être le cas de ceux qui nous font face : cuirassés comme ils sont, ils doivent être en nage sous leur carapace de métal.

— Tant mieux ! En cas de combat, il sera plus facile de les mettre en déroute.

Il n'était pas loin de midi lorsqu'un garde introduisit dans la grande salle un jeune paysan essoufflé et en sueur qui s'inclina devant la châtelaine en bafouillant :

— Noble dame, noble dame... Les hommes du sieur de Montal viennent de s'en prendre aux villages du Mons et d'Anjoux ! Ils pillent, saccagent et incendient...

Magdeleine fila vers une fenêtre et constata en effet que des volutes de fumée s'élevaient au sud-ouest.

— C'est cela ! s'écria-t-elle. Ne pouvant pour l'instant se rendre maître de Miremont, il va semer l'effroi sur mes terres ! Qu'il ne pense surtout pas que je vais le laisser commettre ses ravages sans réagir !

Sans plus attendre et sans même prendre le soin de se protéger de sa cuirasse, elle se précipita dans l'escalier pour rejoindre la salle d'armes et l'arsenal, où elle rameuta les gentilshommes acquis à sa cause qu'elle appelait ses fidèles.

— Vite, à cheval et en armes ! Une vingtaine avec moi !

— Pourquoi seulement vingt ? protesta un chevalier. Nous sommes tous avec vous !

— Parce qu'il serait étonnant que Montal s'en tienne là. Il va certainement attaquer en d'autres lieux, et il faut que vous vous y teniez prêts ! Si je compte sur vous, c'est que je ne veux pas trop dégarnir le château des troupes laissées par mon gendre : je veux qu'elles continuent à assurer la défense de nos murs ! Allez, aux écuries !

Donnant l'exemple, elle fut la première à sauter à dos de sa monture.

— Allez, Zéphyr ! On va aller en découdre !

* *
*

Aucune hésitation. À la tête de ses hommes, elle dévala la pente en profitant d'une trouée dans le dispositif d'encerclement ennemi et s'étonna d'une percée si facile, d'autant plus qu'aucune compagnie ne se mit à leurs trousses. L'heure n'était pourtant pas à la réflexion, mais à l'urgence !

— Au galop !

Une chevauchée débridée, courbée sur l'encolure de Zéphyr, à cavaler à travers champs et forêts sans souci des branches qui fouettaient le visage et au mépris des cultures traversées. Un court trajet d'un peu plus d'une lieue avant d'apercevoir la petite bourgade du Mons dont au moins trois maisons étaient en flammes, avec les tourbillons d'étincelles du chaume des toitures qui se perdaient dans la fumée noire des brasiers. Magdeleine s'arrêta un bref instant pour estimer le nombre de reîtres sévissant dans le hameau puis, devinant déjà quelques corps jonchant la seule rue du village, elle hurla en relançant son fidèle coursier :

— En avant, tous ! Et taillons en pièces cette vermine !

La première, elle se rua vers le centre de la minuscule agglomération, sa lance ferrée en pointe, l'épée déjà dégainée.

— Taïaut ! Taïaut !

Enragée à la vue du cadavre d'un vieillard au crâne fendu et d'une jeune femme éventrée, elle fonça sur une poignée de cavaliers qui lâchèrent leurs torches pour faire face à la maigre escouade échappée de Miremont. Le sabre au clair, ils firent face, encouragés par le fait d'être au moins deux fois plus nombreux que leurs adversaires.

— Pour Dieu et pour Montal, sus aux hérétiques !

Certains que sans le vicomte de Lavedan les soldats de la forteresse devaient être démoralisés, et confortés dans ce sentiment en voyant une femme échevelée mener l'attaque, l'escouade des incendiaires ne douta pas d'avoir le dessus et se regroupa pour faire barrage. Trois longueurs devant ses hommes, Magdeleine ne ralentit pas. Elle dévia de sa pique la lance d'un des cavaliers avant de cisailler l'air de la pointe de son arme. La gorge entamée par un geste qu'il n'attendait pas de la part d'une femme, celui qui semblait être le chef de la bande pillarde s'écroula de sa monture en râlant de douleur, ses mains ensanglantées rivées à son cou. Guidant Zéphyr des genoux et de la voix, la châtelaine tournoya sur elle-même et la lame de son arme réussit à blesser deux de ses ennemis. Choisissant alors le combat rapproché, ce fut à l'épée qu'elle continua à lutter, et son adresse en cette discipline fit merveille. Alors que ses amis s'engageaient eux aussi dans une bataille acharnée, son fer meurtrier mit hors de combat trois belligérants. Ses efforts et ceux de ses fidèles firent vite reculer la partie adverse, dont les hommes encore vaillants tournèrent bride, laissant derrière eux au moins trois cadavres et plusieurs blessés.

Les hurlements de joie accompagnèrent cette retraite peu glorieuse, mais Magdeleine ne cria pas victoire :

— Non, non, poursuivons-les ! Ils vont rejoindre leurs compères à Anjoux, et ils ne s'arrêteront pas à ces deux bourgades. Montal ne veut laisser de mes terres que cendres derrière lui, et il faut l'en empêcher ! Avec moi, mes amis... Qui m'aime me suive !

À sa suite, la poignée de nobles cavaliers traça au travers des blés en direction du second hameau en se fiant aux nuages de fumée qui s'en échappaient. Contrairement à ce qu'avait supposé la châtelaine, la petite compagnie ayant mis à sac le bourg d'Anjoux n'attendit pas pour s'échapper, en empruntant la route poussiéreuse menant à Saint-Julien. Talonnant les fuyards, la troupe des religionnaires parvint à en abattre deux à coups de pistolet lorsque Magdeleine arrêta soudain Zéphyr en levant les bras.

— Oh, oh, vous tous !

Le souffle court, les poursuivants protestèrent :

— Pourquoi ? Nous allions les rejoindre et les mettre en déroute !

— Pourquoi ? Parce que nous sommes trop bêtes ! Je viens seulement de réaliser que Montal ne s'est pas donné la peine d'envoyer des hommes à nos trousses et que la résistance des pillards d'Anjoux et du Mons n'a guère été féroce. De plus, les lâches après lesquels nous courons auraient dû rejoindre leurs bataillons autour de Miremont, mais non : ils nous entraînent toujours plus loin de la forteresse !

— Ce qui veut dire ?

— Ce qui veut dire, mon cher Jehan, que je crains d'être tombée dans un piège ! Le seul but de Gilles de Montal en faisant attaquer ces villages était de m'éloigner de mes terres. C'est pour cela qu'il avait desserré l'étreinte sur nos murs... et il doit depuis notre départ la resserrer pour nous empêcher de réintégrer le château ! Sans moi ni mon gendre pour mener les opérations, il doit espérer qu'à un contre dix les défenseurs de Miremont ne pourront soutenir ses assauts...

Le toujours élégant sieur de Bussière approuva, mais nuança le propos de cette belle femme dont, comme tant d'autres, il était particulièrement amoureux :

— À mon avis, dame Magdeleine, ce roquet de Montal doit tout de même être assez déçu que vous n'ayez choisi qu'un maigre équipage pour aller croiser le fer contre ses incendiaires. Il s'attendait sans doute à ce que vous leviez la moitié de la garnison de Miremont, ce qui lui aurait facilité les choses pour s'en emparer.

— C'est vrai... Il est temps de faire demi-tour pour nous en assurer !

40

Aux abords du plateau et de l'éperon fortifié où s'élevaient les tours de Miremont, la petite escouade de Magdeleine s'arrêta sous le couvert d'un bosquet.

— C'est bien ce que je craignais ! s'exclama l'intrépide meneuse du groupe. La mise à sac du Mons et d'Anjoux n'était qu'un leurre pour m'inciter à sortir de mes murs ! Comme le soupçonnait Bussière, Montal en a profité pour rapprocher ses lignes de nos enceintes, assez loin pour être hors de portée des tirs de nos amis, mais suffisamment pour nous empêcher de les rejoindre et soutenir le siège que les papistes préparent à nouveau.

— Ce n'est pas vraiment une erreur, ma dame, intervint le chevalier de Roquelaure. La véritable erreur eût été de porter secours à nos villageois avec une grosse troupe ! Ce qui n'a heureusement pas été le cas.

— Gilles de Montal doit quand même se réjouir de cette diversion : sans Lavedan et sans Magdeleine de Saint-Nectaire, il estime sans doute que la déception et la pagaille règnent assez au sein de nos remparts pour enlever la citadelle en quelques jours ! renchérit l'un des écuyers.

— Certes non ! se rebella Magdeleine. Nous allons tenter une nouvelle percée pour rejoindre les nôtres !

— Comme vous voulez, noble dame... Nous sommes à vos ordres !

— Je ne pense pas que nous soyons déjà repérés. Laissons souffler nos chevaux, rechargeons nos pistoles, fourbissons nos armes et, ensuite seulement, nous essaierons d'enfoncer leurs lignes pour réintégrer Miremont. Vous êtes mes fidèles compagnons et vous avez tous su prouver votre courage : c'est le moment ou jamais d'en faire usage !

Le lieutenant général de Montal n'attendait que cela. Jusqu'ici, son plan avait fonctionné à merveille, à part le faible nombre de cavaliers qui s'étaient attachés à suivre la châtelaine de Miremont dans sa riposte pour mettre fin aux pillages de ses villages... Avide de revanche, il attendait de pied ferme son retour, espérant bien l'empêcher de rentrer en sa demeure.

— Cette roulure n'a pas voulu de mon vit entre ses cuisses ? J'espère que ma dague dans son ventre la fera autrement jouir, et l'entendre gueuler me sera la plus douce musique à mes oreilles ! Et après m'être emparé de son château, je saurai me régaler des filles de cette ribaude de luxe avant de les faire passer au fil de mon épée... Je m'en régale à l'avance !

Le dos tourné aux remparts qu'il assiégeait, le seigneur de La Roquebrou n'eut pas à patienter de longues heures avant de répondre à l'assaut de la maîtresse des lieux. Et, alors que le soir tombait, il fut le premier, à la tête de ses troupes, à sauter en selle pour lui faire barrage. Magdeleine et ses hommes se heurtèrent durement aux premières lignes, jouant dans la mêlée de leurs masses d'armes et de leurs épées, bousculant les compagnies en évitant la pointe des piques des gens de pied, ne se servant de leurs pistolets qu'en dernier recours, n'ayant pas le loisir de les recharger. Mais les forces catholiques de Gilles de Montal étaient trop nombreuses... Par trois fois, la noble guerrière se confronta avec hargne et fougue aux fers ennemis, mais par trois fois elle fut repoussée. Consciente qu'elle avait perdu trois hommes dans l'affrontement, que deux autres étaient blessés, qu'elle-même perdait du sang au fil d'entailles et d'estafilades qu'elle n'avait même pas senties, elle se résolut à reculer pour aller se perdre avec ses proches dans les bois descendant vers le Labiou.

En sueur, écumant sous son morion, le sieur de Roquelaure posa une main consolatrice sur l'épaule de Magdeleine.

— Il nous faut nous rendre à l'évidence, ma dame... Le plan de Montal lui est pour le moins favorable et, à une quinzaine seulement, nous ne pourrons jamais parvenir à pénétrer dans l'enceinte du château pour rejoindre les nôtres ! Et nous avons tous besoin de soigner nos plaies, vous la première...

— Ce ne sont que des égratignures, sous-estima la châtelaine de Miremont. Mais vous avez raison, Roquelaure : nous ne sommes pas assez nombreux pour forcer le barrage de ce paltoquet de La Roquebrou ! Mais je n'ai pas dit mon dernier mot...

— Veuillez me pardonner, dame Magdeleine, mais je ne vois pas ce que nous pouvons faire de mieux !

— Si ! Nous mettre en quête de renforts !

— Comme cela, à brûle-pourpoint ? Mais qui voudra bien nous épauler, en des temps si troubles ?

— Je me vois obligée de solliciter l'aide de Turenne...

— Henri de La Tour d'Auvergne ? C'est folie ! Il est du côté des papistes et proche de la Médicis ! N'oubliez pas qu'il a envoyé ses hommes à l'assaut de Miremont durant le siège de l'année dernière.

— Je le sais... Mais je sais aussi que son cœur penche pour la Réforme et qu'il est sur le point de se convertir à notre foi. Seules des considérations politiques l'empêchent de se déclarer trop tôt !

— En êtes-vous si sûre ?

— Oui, car il n'est pas avare de nous faire parvenir des informations sur les intentions de nos ennemis ! De plus, sa famille et les Saint-Exupéry ont eu de multiples alliances et mariages, ce qui ne peut qu'affermir les obligations qui nous lient.

— Oui, mais Turenne se trouve quand même à presque vingt lieues d'ici !

— Raison de plus pour profiter du crépuscule pour nous extraire de cette nasse... À cheval, tous !

Oh ! Le trajet était long et malaisé, surtout dans la pénombre d'une nuit sans lune, sur des sentes tortueuses au sein de forêts épaisses, ou le long de chemins traversant des plaines de villages en hameaux. Après avoir franchi la Dordogne, le groupe chevaucha ainsi de champs en prairies jusqu'à l'aube, où il fut décidé d'une halte pour soulager les montures. Magdeleine en profita pour féliciter Zéphyr :

— C'est bien, mon brave... Tu t'es montré aussi vif au combat que pour cette longue trotte ! Repose-toi bien, car nous n'avons fait que la moitié du trajet.

* *
*

Ce ne fut que dans l'après-midi que les cavaliers, aussi épuisés que leurs montures, parvinrent en vue de leur but : Turenne... Un village aux toits d'ardoise perché sur une hauteur, entre les cours de la Dordogne et du Lot, au-dessus de la vallée de la Tourmente. Et, trônant au-dessus de la petite agglomération, le fier château de la vicomté, ses puissantes tours et enceintes, et son impressionnant donjon élancé... Le passage de cet équipage dans les ruelles étroites ne passa pas inaperçu des habitants. Magdeleine, s'étant présentée aux gardes, n'eut guère à discuter pour être autorisée à franchir la porte d'entrée de la forteresse : sa réputation avait depuis longtemps débordé Chalvignac et Miremont ! Conduite avec ses hommes jusqu'à la grande salle de réception, elle y fut accueillie par un jeune militaire de belle prestance qui s'inclina devant elle :

— Ce m'est un plaisir sans égal de rencontrer en ces murs la dame de Miremont ! Vos exploits auprès du vicomte de Lavedan ont fait le tour de l'Auvergne, vous savez ?

— Je m'en serais bien passé, veuillez me croire. À qui ai-je l'honneur ?

— Jean de La Tour, seigneur d'Allagnat...

— Il me faudrait avoir un entretien d'urgence avec le vicomte Henri de La Tour d'Auvergne.

— Il a malheureusement été appelé par le roi à se joindre à son oncle Montgomery avec une partie de ses troupes, ce qui fait qu'il n'est point là... En ma qualité de capitaine et étant un sien parent, c'est moi qui commande la place en son absence. L'affaire serait-elle d'importance ?

— Pour le moins, capitaine d'Allagnat ! Le lieutenant général du roi pour la Haute-Auvergne vient de remettre le siège devant Miremont, et il a réussi par ruse à m'empêcher de réintégrer mes murs.

— Gilles de Montal ne renoncera donc jamais ?

— Jamais, tant qu'il n'aura pas eu ma peau et mon château ! C'est bien pourquoi je suis venue quémander votre aide pour le chasser de mes terres.

Jean de La Tour grimaça.

— Depuis le départ du vicomte, je n'ai à ma disposition que quatre petites compagnies d'arquebusiers à cheval, et je doute que ce soit suffisant face aux hommes de Montal ! En supposant que je réponde à votre demande et par les temps qui courent, il me faut bien en laisser au moins une pour la protection de ce château.

Bien qu'assez déçue, Magdeleine n'était pas d'un tempérament à se laisser abattre.

— Miremont, insista-t-elle, est encerclé par mille cinq cents à deux mille hommes de pied ne disposant pas encore d'artillerie. Je suis certaine que, tant qu'il n'y aura pas de canons en vue, ma garnison peut tenir à distance toute tentative de Montal pour s'emparer de la place forte. J'estime qu'avec seulement une cinquantaine d'arquebusiers je pourrais forcer les lignes ennemies pour reprendre le commandement de mon fief, et ainsi résister aux attaques de l'infâme seigneur de La Roquebrou ! En attendant d'autres renforts, bien sûr...

Après un instant de réflexion, le capitaine d'Allagnat hocha la tête.

— Je sais que le vicomte fait encore profil bas, mais qu'il est secrètement du côté d'Henri de Navarre et des protestants. Je me suis moi-même déclaré pour la Réforme, et il ne devrait plus tarder à en faire autant. C'est pourquoi je suis de tout cœur avec vous et que je vais mettre mon épée à votre service !

— Ah ! Grand merci, capitaine... Nous pouvons donc nous mettre en route ?

— Eh ! Doucement... répliqua d'Allagnat. Tempérez votre fougue et soyez raisonnable, ma dame ! Vos chevaux sont fourbus, et vous-même et vos hommes ne valez guère mieux. Veuillez donc profiter de mon hospitalité, vous restaurer à ma table et vous reposer le temps qu'il faut : il ne servirait à rien de faire marche forcée pour arriver éreintés et harassés au combat !

— Mais...

— D'après ce que vous m'avez dit, les défenseurs de Miremont ne sont pas hommes à se rendre, et ils peuvent tenir des jours en maintenant leurs adversaires à distance ! Je suggère que nous partions demain à l'aube pour ne faire que la moitié du trajet, en faisant halte par exemple à Argentat, qui est entre les mains des huguenots et entièrement calviniste. Et c'est particulièrement frais que nous pourrons le lendemain filer sur Miremont pour tenter d'en reprendre le commandement ! Qu'en pensez-vous ?

Magdeleine soupira.

— J'aurais aimé foncer tête baissée, comme d'habitude, mais je vais m'en remettre à votre sagesse : la bataille risque d'être rude, et mieux vaut ne pas avoir épuisé nos forces pour croiser le fer.

— Tout est bien, alors ! Une chambre sera à votre disposition, et des couches pour vos hommes.

— Non, non ! Je ne veux pas de traitement de faveur et préfère dormir avec eux.

— Comme vous voudrez, dame Magdeleine ! Mais pas avant de vous être avec votre suite rempli l'estomac ! Durant ce temps, je me charge de préparer cette expédition.

— Grand merci, messire d'Allagnat !

* *
*

Le capitaine commandant le château de Turenne avait bien estimé la situation : malgré son désir de repartir au combat, Magdeleine devait admettre que quelques bonnes heures de sommeil restaient essentielles pour avoir l'énergie nécessaire à se ruer à l'assaut. Aussi, le lendemain, elle ne rechigna pas à contenir son impatience lors de la halte à Argentat, ainsi que l'avait préconisé Jean de La Tour d'Allagnat :

— Il nous faudra partir avant l'aube pour avoir une chance de surgir au sein des troupes de Montal à l'improviste !

— Moins de dix lieues, dame Magdeleine... Sans épuiser nos montures, nous devrions être sur le pied de guerre avant midi !

— Ce serait peut-être mieux d'arriver au moins deux heures plus tôt, l'effet de surprise serait plus percutant !

Le capitaine se mit à rire.

— À condition que ce soit une véritable surprise pour Montal ! Les papistes envoient des éclaireurs partout, qui savent avoir langue avec les catholiques pour en tirer des renseignements... Si votre arrivée à Turenne a éventuellement pu passer inaperçue, il n'en a sans doute pas été de même lors de notre déplacement jusqu'à Argentat : votre quinzaine de chevaliers et ma quarantaine d'arquebusiers ne peuvent se cacher comme un petit groupe !

— Voudriez-vous dire que Gilles de Montal est peut-être déjà au courant de nos manœuvres ?

— Je ne sais, mais ce n'est pas à exclure... J'espérais un peu grossir nos rangs ici, à Argentat, car la ville est tout entière acquise à notre cause, mais elle ne dispose que d'un minimum d'hommes pour en assurer la sécurité ! Ne serait-il pas plus sage d'attendre mes deux autres compagnies d'arquebusiers pour étoffer nos forces ?

— Non, non ! Si Montal, comme vous le sous-entendez, s'attend à une attaque de notre part, plus on tardera à l'affronter plus il aura le temps de préparer une riposte. Je veux que nous quittions cette ville avant que le soleil ne se lève !

— Il en sera donc fait ainsi que vous le désirez ! Et vous pouvez compter sur mon épée pour être à vos côtés en première ligne.

— Je vous en sais gré, messire d'Allagnat, et n'en serai pas ingrate !

Le capitaine se sentit frémir : ce sourire, cet éclat dans les pupilles, ce ton suave... L'aura de vertu dont on parait la belle veuve de Guy de Saint-Exupéry n'était-elle donc pas une légende ? Un peu troublé, il préféra sortir de la pièce pour donner ses instructions à sa petite troupe.

41

Le premier coq d'Argentat n'avait pas encore lancé ses cris stridents que la cour du château était en effervescence. Il fallait équiper hommes et chevaux, vérifier l'armement et les pièces des cuirasses. Jean d'Allagnat jeta un œil admiratif sur Magdeleine, qui donnait avec son autorité naturelle directives et instructions à sa garde rapprochée. Il fronça pourtant le sourcil en s'approchant d'elle.

— Mais qu'est-ce que c'est que cet accoutrement, ma gente dame ? Ne me dites pas que vous envisagez de vous confronter aux troupes ennemies avec ce pauvre gilet de cuir passé sur votre chemise ? Sans une seule pièce d'armure !

— Je n'ai pas eu le temps de me préparer, vous savez ! Et puis je n'aime guère m'encombrer de ces ferrailles qui gênent les mouvements et nuisent à la vivacité des gestes. Au mieux, je me contente d'un simple plastron.

— Sans le moindre casque ? C'est vraiment de l'inconscience ! Laissez-moi vous fournir l'essentiel, même si ce sont des équipements pour hommes.

— C'est inutile, je vous dis ! Deux pistoles à ma ceinture, deux autres dans mes fontes, mon épée dans son fourreau, mes masses d'armes glissées dans mes arçons et ma lance en main, je ne veux pas imposer un poids supplémentaire à mon Zéphyr : il est pour moitié dans mes succès de combats et, sans lui, son courage, sa vitesse et son agilité, je ne serais sans doute plus de ce monde ! Sans un mot, sans un ordre, il devine à la seule pression de mes cuisses comment se comporter dans les mêlées les plus féroces.

— Puisque vous le dites... céda le capitaine sans oser insister. Mais, que vous le vouliez ou non, je vais vous doter d'un plastron cuirassé qui vous protégera au moins le torse !

Le départ se fit au petit trot alors que les premières timides clartés de l'aube frisaient l'horizon. La détermination de chacun empêchait l'esprit de s'attarder sur la beauté des paysages. Dans chaque regard, chaque geste se lisait la tension qui précède un affrontement. L'impatience d'en découdre était pourtant là, et le capitaine d'Allagnat comme Magdeleine avaient du mal à refréner l'ardeur des hommes :

— Inutile d'user notre force et notre énergie dans un trajet à bride abattue ! Il faut que nous survenions sur le champ des combats le plus frais possible, et nos montures aussi...

Peu après midi, le premier bataillon arrivait à proximité de Rilhac lorsqu'un des éclaireurs de Turenne se présenta à son capitaine.

— Sire, peut-être faudrait-il faire un détour. Des paysans nous ont affirmé que, depuis ce matin, de grands mouvements de troupes ont lieu dans le secteur. Montal a sans doute eu vent des renforts que vous envoyez à la défense de Miremont ?

— C'est fort possible... Qu'en pensez-vous, ma dame de Saint-Exupéry ?

Magdeleine releva le front.

— Pas question de reculer, ce paltoquet n'en serait que trop fier ! Pas question non plus de nous enferrer tous dans un traquenard si Gilles de Montal a préparé une embuscade. Aussi, si vous voulez m'en croire, je vais prendre la tête d'une cinquantaine d'hommes pour aller à sa rencontre. Que le reste des compagnies se détourne sur Auriac et passe la Dordogne pour revenir sur Miremont par l'ouest.

— Mais quel en serait l'intérêt, dame Magdeleine ?

— Voyant que nous n'engageons que quelques dizaines d'hommes, Montal va croire la partie gagnée... Mais si nous résistons suffisamment longtemps, le reste de vos troupes qui nous suivent à quelques lieues pourra le prendre à revers et nous apporter la victoire ! Enfin... si tout se passe bien.

— C'est une stratégie assez osée, mais pourquoi pas ? Le tout étant de savoir si nous pourrons tenir le choc avant que la contre-attaque de mes hommes ne vienne contrarier les plans de notre ennemi.

— Il nous faut oser... Si Montal nous a tendu un piège, je ne vois pas meilleur endroit que ce défilé resserré où le ruisseau de l'Algère se jette dans celui d'Aigueperse.

— Bien... Peut-être serait-il alors sage d'éviter ce traquenard et de faire un crochet pour aborder Miremont par une autre voie ?

— Non, non, d'Allagnat ! Au contraire, il y a mille à deux mille hommes ou plus autour des remparts de mon fief, je ne sais exactement. Alors que, dans une vallée aussi étroite que celle à laquelle je pense, nous aurons plus de chances de lutter et de résister, parce que le front étroit de nos ennemis leur fera perdre l'avantage du nombre ! Qui m'aime me suive !

— Je vais avec vous ! s'empressa d'affirmer le capitaine.

Sans plus tergiverser, Magdeleine lança Zéphyr au galop, entraînant dans son sillage ses plus fidèles compagnons et une quarantaine d'arquebusiers à cheval.

* *
*

L'instinct de l'intrépide châtelaine ne l'avait pas trompée : à peine son petit escadron eut-il atteint la rivière que les premiers coups de feu se firent entendre, sans causer le moindre dommage.

— À cette distance, ils ne font que gaspiller leur poudre !

— Regardez, dame Magdeleine, ils nous barrent le passage !

— À mon avis, ils ne sont qu'environ une centaine de cavaliers, et guère plus de piétaille...

— Et nous seulement une cinquantaine.

— C'est pourquoi Montal doit espérer que nous opérions un demi-tour, afin de nous prendre à revers et nous battre en rase campagne ! Ne lui laissons pas cette joie et profitons de l'étroitesse de ce défilé pour attaquer les premiers : l'encaissement des lieux ne peut que gêner une troupe nombreuse et favoriser la mobilité de nos hommes. Avec moi, les amis !

Sur ces mots et sans la moindre hésitation, la courageuse guerrière lança sa monture au galop en déchargeant ses pistoles sur les premiers rangs adverses. Puis elle faucha l'air autour d'elle de la lame de sa pique, bousculant les hommes de pied. Exaltés par son exemple, sa poignée de chevaliers et d'arquebusiers se rua à son tour dans la mêlée. Dans le vacarme des armes, le bruit des détonations et les chocs d'acier entremêlés s'élevèrent alors hurlements et vociférations accompagnés des cris de douleur des premiers blessés.

Le capitaine d'Allagnat remarqua vite que les cavaliers de Gilles de Montal se tenaient en retrait de son infanterie et un peu plus en hauteur, faisant des cibles idéales. Un seul de ses gestes à ses hommes déclencha un tir nourri qui contraignit le baron de La Roquebrou de se mettre à couvert. Jouant de la masse d'armes avec ses camarades de combat, Magdeleine effectua une percée dans les lignes catholiques qui refluèrent en laissant au sol nombre de morts et de blessés. Cette avant-garde enfoncée, l'intrépide châtelaine se prépara à affronter la cavalerie du lieutenant général, lequel n'entendait pas laisser passer l'occasion de se mesurer à celle envers qui il vouait depuis des années une haine mortelle. Bien qu'atteint à la cheville par un tir de pistolet venu d'on ne sait où, Gilles s'arrangea pour se placer en travers de la route de son ennemie, reconnaissable de loin à la blondeur de sa chevelure éparse. Dans la cohue des bataillons qui s'affrontaient dans un désordre indescriptible, les deux adversaires se toisèrent un bref instant du regard alors que les forces catholiques reculaient dans le carnage et la terreur. Gilles de Montal sembla ému de se retrouver face à cette belle femme bien plus âgée que lui, mais toujours aussi attirante.

— Il n'est pas trop tard, dame Magdeleine. Évitons cette passe d'armes inégale où vous allez laisser la vie ! Parce que, malgré les années passées, au fond de moi je vous aime toujours et, si vous le vouliez, je...

— Et moi, je n'ai jamais cessé de vous mépriser ! l'interrompit la fougueuse amazone en dégageant son épée.

Tout autour d'eux, les combattants des deux camps, figés, cessèrent de s'écharper pour assister à ce duel hors norme. Dès le premier croisement de fers, Montal comprit que la fille la maison des Saint-Nectaire se révélait une escrimeuse plus coriace qu'il ne l'aurait cru : cette diablesse maniait l'épée avec une force et une dextérité étonnantes ! Dans la luisance des lames et leurs chocs métalliques, le hennissement des chevaux et les coups sourds portés aux cuirasses, les deux duellistes entamèrent une danse sauvage et sans merci. Plus grand que Magdeleine, Montal bénéficiait de plus d'allonge, que sa rivale compensait par une vivacité et une souplesse dont lui-même ne pouvait faire preuve, engoncé qu'il était dans les pièces de son armure. Dans le feu de l'action, la cavalière ne gémit même pas lorsque le tranchant ennemi lui entama la chair de l'épaule. Dans les assauts qui suivirent, Magdeleine parvint à infliger deux blessures au guerrier expérimenté qu'était Gilles, mais au prix de plusieurs estafilades qui n'entamèrent en rien son ardeur. Dans un ultime effort, Montal profita d'un déséquilibre de son adversaire sur sa selle pour porter une estocade qu'il voulait mortelle. Son fer glissa sur le plastron de la belle et lui entailla le cou. Insensible à la douleur, Magdeleine eut un mouvement réflexe et son épée trouva la faille de la cuirasse du chef catholique : la pointe de son arme se fraya un chemin au-dessus du gorgerin, avant de pénétrer dans la poitrine du cavalier qui chuta de sa monture.

L'écuyer de Gilles de Montal se précipita.

— Monseigneur, monseigneur !

— Ce n'est rien, Gaspard, assura en grimaçant le lieutenant général. Qu'on me conduise au château d'Aymons, ce n'est qu'à une demi-lieue d'ici. Ce n'est rien, je te dis !

La mousse rosâtre qui écumait à ses lèvres ne pouvait que contredire son propos. Magdeleine profita du désarroi du camp papiste pour clamer haut et fort :

— Arrière, piétailles et ribaudailles ! Disparaissez de ces terres où je tue et tue jusqu'au dernier !

Elle accompagna ces mots de quelques coups du plat de l'épée sur les fantassins les plus proches, et les troupes de Montal refluèrent autour du corps de leur chef blessé qui crachait le sang. Ensanglantée elle aussi, la fière châtelaine s'écria alors :

— À Miremont, maintenant ! Allons faire savoir aux assaillants de Gilles de Montal la défaite de leur maître !

42

Sans leur chef, et découragés par la résistance qu'avaient opposée les défenseurs de la forteresse, les bataillons réunis par Montal abandonnèrent le siège sans combattre pour se retirer en diverses seigneuries restées fidèles à la foi papiste. Magdeleine et ses hommes purent ainsi entrer à Miremont en vainqueurs, acclamés par les troupes calvinistes. Françoise de Saint-Exupéry tomba dans les bras de sa mère.

— Mais… mais vous êtes blessée ?

— À croiser le fer autrement que pour des duels courtois, c'est un genre de désagréments auquel on ne peut que s'exposer, mais ce n'est nullement grave : une petite balafre au cou et quelques cicatrices à l'épaule ou à la cuisse, c'est tout ce qui restera de cette aventure !

— Peut-être, mais Montal ne peut demeurer sur un échec ! Il va revenir un jour ou l'autre, et le cauchemar va recommencer…

— Je ne crois pas. Ses gens l'ont emporté sur une civière dans un état plutôt inquiétant. S'il s'en remet, je crois qu'il réfléchira à deux fois avant de s'en prendre à nouveau à Miremont !

— Surtout après les succès qu'avec mon époux vous avez recueillis dans les guerres qui nous ont opposés aux papistes.

— N'en parlons plus, ma fille ! Et allons fêter cette victoire comme il se doit, non pas dans nos appartements, mais avec tous les défenseurs et combattants présents en ces remparts !

— D'accord, mère, mais pas avant que Franchou n'ait soigné vos plaies. Vous pissez encore le sang de partout !

— Quelques coupures sans conséquence qui ne m'empêcheront nullement de participer à la liesse commune en compagnie du capitaine d'Allagnat et de ses compagnies.

* *
*

Les réjouissances se prolongèrent durant trois jours, au terme desquels le bruit courut à travers la campagne que le seigneur de Montal avait rendu le dernier soupir des suites de sa blessure. Bizarrement, Magdeleine n'en éprouva pas la joie à laquelle on s'attendait.

— C'est vrai, il est mort de ma main, mais je n'en tire aucune gloire : tout jeune roquet qu'il fût, c'est bien triste de rendre l'âme à trente-cinq ans à cause d'une ridicule inimitié d'origine amoureuse !

— Mais il ne rêvait que de vous occire de sa main ! s'indigna Déodat.

Elle haussa les épaules.

— Un sourire de ma part et il m'aurait mangé dans la main... mais il était impensable que je cède à ses avances : à cinquante ans, je n'allais pas me vautrer dans le lit de cet arrogant, et encore moins envisager le remariage qu'il souhaitait ! Quel infatué prétentieux... Que Dieu ait son âme, si noire soit-elle !

Françoise restait malgré tout encore un peu inquiète.

— Êtes-vous vraiment certaine que Miremont soit désormais en sécurité ?

— Je le crois, ma fille… Si les guerres entre calvinistes et papistes doivent perdurer, elles se dérouleront désormais en des cités et régions plus importantes que notre pauvre Auvergne, même si des batailles restent possibles dans nos villes et leurs environs. Mais j'estime que, si Miremont est encore debout après avoir résisté à deux sièges, des centaines de tirs de canon, des assauts incessants, nos adversaires hésiteront plus que jamais à s'attaquer à nous pour s'en prendre à des proies plus faciles… D'ailleurs, j'envisage déjà d'engager des peintres italiens pour réaliser dans la tour du donjon des fresques évoquant le siège de notre maison sous les coups de canon.

— Est-ce vraiment une priorité, en ces tristes temps ?

— Tu peux dormir tranquille, Françoise, et te consacrer à mon petit-fils Henri. Quant à moi, je vais dès demain envoyer un émissaire à François de Lignerac. S'il détient ton mari qui s'était imprudemment éloigné de sa garde lors de la bataille de Quinsac, c'est sans nul doute pour le libérer contre une belle rançon. La fortune des Saint-Nectaire et des Saint-Exupéry devrait aisément couvrir un tel marché sans vraiment en pâtir…

— Vous feriez vraiment ça, mère ?

— Et comment ! Crois-tu que je n'aie rien d'autre à faire que de jouer les amazones ? Une fois ton Henri de Bourbon-Malause de Lavedan de retour au château pour en prendre les rênes, j'entends bien me consacrer à des occupations plus tranquilles… et ne plus prendre les armes, sauf en cas de péril majeur pour mon fief et ma famille ! Les champs de bataille, non seulement ce n'est plus de mon âge, mais on me serine depuis l'enfance que ce n'est pas non plus la place d'une femme…

Le capitaine éclata de rire.

— Comment cela ? Après vous avoir vu agir avec autant de lucidité que d'intelligence, j'envisageais sérieusement de vous mettre à la tête de mes compagnies pour rabattre le caquet des papistes qui nous chercheraient noise !

— Ignoble flatteur que vous êtes ! Il n'en est pas question… tout au moins pour ce genre de combats…

Le clin d'œil ardent dont elle appuya ces mots fit rougir le brave militaire : était-ce ainsi une manière sous-entendue de l'inviter en sa couche ou se faisait-il de fausses idées ?

— Je n'en suis pas moins à votre service, noble dame, bafouilla-t-il en s'inclinant avec maladresse.

— Je n'en attendais pas moins de vous, mon cher Jean d'Allagnat ! susurra-t-elle d'un ton léger avant de sortir dignement de la grande salle…

Si certains textes assurent que Magdeleine de Saint-Nectaire rangea ses armes après cette victoire, il en est qui évoquent sa participation à d'autres faits d'armes en compagnie de son gendre dans les conflits qui suivirent. Quelques mois après le retour du vicomte de Lavedan à Miremont, on sut qu'Henri de Navarre s'était échappé de la Cour pour rejoindre Pau. Françoise de Saint-Exupéry et son époux firent alors le voyage en compagnie de leur fils nourrisson pour le faire porter sur les fonts baptismaux par le futur Henri IV. Ce qui n'empêcha pas, selon plusieurs sources, Magdeleine de s'investir avec Henri de Bourbon-Malause de Lavedan pour soutenir Henri III contre la Ligue, certains ennemis d'hier redevenant des alliés pour l'occasion.

— Quel drôle de siècle ! aurait pu conclure notre héroïne.

Bibliographie

J'ai bien sûr eu recours à Internet (Wikipedia, Geneanet, Man8rove, des articles de *La Montagne* en libre accès, et nombre de sites sur l'histoire de France, spécialement pour la région Auvergne), mais aussi à beaucoup d'ouvrages, dont certains ne m'ont été d'aucune utilité malgré l'espoir que j'en avais. Pour ceux qui m'ont le plus servi, je voudrais citer, en en oubliant sans doute beaucoup, les titres suivants :

AIGUEPERSE Pierre-Germain, *Biographie des personnages d'Auvergne*, 1836

AUDIGIER Pierre, *Histoire d'Auvergne*, 1890

BOUILLET Jean-Baptiste, *Nobiliaire d'Auvergne*, sept tomes, 1851

IMBERDIS André, *Guerres religieuses en Auvergne aux XVIe et XVIIe siècles*, 1855

IMBERDIS André, *Histoire générale de l'Auvergne*, 1868

JALLIFFIER Régis, *L'Auvergne, histoire, monuments*, 1876

LA CHESNAYE-DESBOIS (de) François-Alexandre Aubert, *Dictionnaire de la noblesse*, dix-neuf tomes, 1863 à 1876

RIBIER DU CHATELET (de) Jean-Baptiste, *Dictionnaire statistique du Cantal*, cinq volumes, 1852 à 1861

TARDIEU Ambroise, *Dictionnaire des anciennes familles d'Auvergne*, 1884
Notice généalogique sur la famille de Saint-Exupéry, 1878
Mémoires du vicomte de Turenne, republiées en 1901

Ainsi que beaucoup d'autres ouvrages ou fascicules qu'il serait trop ardu de citer ici...

deboree.com

livres@centrefrance.com

Achevé d'imprimer en mars 2023
Sur les presses de la Source d'Or
Numéro d'impression : 303038
Dépôt légal : mars 2023
ISBN : 978-2-8129-2816-1
ISSN : 1769-1788